U0926017

许家印

地产、足球，恒大的世界

吴　玲◎著

台海出版社

图书在版编目（CIP）数据

许家印：地产、足球，恒大的世界/ 吴玲著 . —北京：台海出版社，2017.2

ISBN 978 – 7 – 5168 – 1309 – 6

Ⅰ. ①许… Ⅱ. ①吴… Ⅲ. ①纪实文学－中国－当代 Ⅳ. ①I25

中国版本图书馆 CIP 数据核字（2017）第 033419 号

许家印：地产、足球，恒大的世界

著　　者：吴　玲

责任编辑：刘文弃

装帧设计：张合涛　　　　版式设计：红　英

责任校对：史小东　　　　责任印制：蔡　旭

出版发行：台海出版社

地　址：北京市东城区景山东街 20 号　　邮政编码：100009

电　话：010 – 64041652（发行，邮购）

传　真：010 – 84045799（总编室）

网　址：http://www.taimeng.org.cn/thcbs/default.htm

E - mail：thcbs@126.com

经　销：全国各地新华书店

印　刷：三河市腾飞印务有限公司

本书如有破损、缺页、装订错误，请与本社联系调换

开　本：710 mm × 1000 mm　1/16

字　数：166 千字　　　　印　张：15.5

版　次：2018 年 3 月第 1 版　　　　印　次：2018 年 3 月第 1 次印刷

书　号：ISBN 978 – 7 – 5168 – 1309 – 6

定　价：48.00 元

序

苦出身， 大出息

到底有没有命运一说？怕是没人说得清楚。但是，如果真的有，那也并非天定。许家印就是最好的例子，苦出身，却有大出息。

许家印，1958 年出生于河南周口农村，八个月大的时候，母亲不幸去世，对世界尚且一无所知的他，成了没娘的娃。家境虽贫寒，心却比天高，起点只是人生的开始，只要有改变的勇气，就真的可以逆袭，从低谷走向巅峰。

原本出身穷苦的许家印，如今，是坐拥百亿美元财富的超级富豪，位列《2015 年福布斯中国富豪榜》第八位。他是恒大商业帝国的缔造者，不但在房地产行业占据一席之地，而且助力中国足球，使之有较大突破。

他对成功有着强烈的渴望，不甘于一生碌碌无为。1978 年，他以周口市第三名考入武汉钢铁学院（现武汉科技大学），之所以选择钢铁学院，是考虑到钢厂设在城市，他便可以从农村走出去，见识更广阔的天地。4 年之后，他如愿以偿，成为河南舞阳钢铁厂的一名工人。当时，他并不满意这个安排，但已成定局，容不得他有其他选择。

既来之，则安之。他振作精神，鼓舞自己奋进，两年后，他一跃成为车间副主任，到了第三年，他已经是车间主任。他有能力，又肯努力，怎能不受重视。在车间主任的岗位上，他兢兢业业，一干就是七年，他的全力以赴没能换来进一步提升。最终，他决定“下海”。

深圳，是他梦想腾飞的地方。先是在宜家贸易公司打工，从业务做起，平日不敢有半分松懈，他的勤奋再次得到良机，在征得老板同意后，前往广州开始从事房地产的生意。天道酬勤，在广州经手的第一个项目，便赚到了上亿的利润，与巨额利润相比，他每月仅有 3000 多元的工资，可以说，他的付出和所得是严重不成比例的。

他是顶天立地的男人，他需要养家糊口，况且他还有野心。基于长远打算，许家印离开老东家，投奔到恒大的怀抱，由此开启了神话般的地产生涯。在亚洲金融风暴面前，他用了 3 年时间，带领恒大杀出一条血路，成为同行业中的佼佼者。

如今的恒大，士气一如往常，业务范围之广，让人惊叹，涉及文化旅游、快消、健康及体育等多元业务，总资产超 5000 亿，员工超 8 万人。此外，许家印对中国足球事业的贡献可谓非同一般，在中国的足球史上，有他浓墨重彩的一笔。

恒大一直在奔跑，完全停不下来，也不会停下来。

目　录

第一章
“半个孤儿” 的大学梦

1. 苦涩的童年

1958 年 10 月 9 日，许家印出生在河南省周口市太康县高贤镇聚台岗村一个普通家庭。他的父亲是位老红军，16 岁的时候便成为一名红军战士，为八年抗战立下了汗马功劳，在枪林弹雨中成为一名共产党员。

负伤后，无奈告别了昔日的戎马生涯，复员归乡，在村里担任仓库保管员，负责保管公家的物品、记工分等事务。许家印的父亲为人耿直，对工作认真负责，注重细节，追求极致，这一点，对许家印的影响颇深。在那个年代，父亲算是见过大世面的人，在战场上也战功赫赫。1951 年，中央政府颁给许家印父亲一枚毛主席像章，作为对他工作的认可。

原本平淡却幸福的生活，在许家印 1 岁的时候发生了翻天覆地的变化。许家印的母亲不幸患上了败血症，这在现在来说，都依旧是可怕的疾病，更何况当时的医疗条件十分有限，加上并不富裕的家境，母亲没能坚持多久，便撒手人寰，离开了丈夫和孩子。可以说，许家印自幼没能享受到母爱的滋润，而母爱的缺失对他的性格影响颇深，造就了他独立、坚强的性格。

许家印打心眼里渴望母爱，幸运的是，奶奶填补了缺失母爱的空白，倾尽心力爱护他，守护他，将他养大成人。

奶奶有一项绝活，那就是酿醋，闲来无事的时候，她都会酿上一缸醋，然后拿到集市上去卖。虽然收入微薄，但是可以稍微补贴下家用。奶奶辛苦卖醋并无法维持全家人的生计，家中的重要收入来源是父亲种的柳树，随着小家印的长大，一棵棵柳树拔地而起，时不时地可以砍下来拉到集市上卖钱，还有一些新种下的柳树苗，也可以卖钱。

一棵小柳树苗的价钱在几毛钱左右，每年可以贡献几块钱的收入，可不要小看这几块钱，在当时算是相当不错了。许家印在不上学的时候，不仅会陪着奶奶去卖醋，还会跟着父亲去卖树，大人们讨价还价的场景在他的脑海中挥之不去，看着自家的醋和柳树变成薄薄的钱币，许家印对做买卖有了最初步的认知。

许家印一出生，给这个连续多代单传的家庭带来了巨大的喜悦。对自己的孙子，奶奶自然是宠爱有加，更何况他的母亲早早便离开了人世，奶奶更是倾尽心力。比起溺爱，奶奶对许家印的爱多了份责任，她希望孙子能够像他父亲一样成为顶天立地的男子汉，所以在关怀备至的同时，对他多了一份严厉。但凡许家印不听话，奶奶就会狠狠地批评他，甚至有时候会动手打他。每逢奶奶动手的时候，许家印都会拿出自己的看家本领——大哭大闹，来对付奶奶，脾气倔起来甚至会坐在地上哭一天，饭也不吃水也不喝，任凭谁来劝也不管用。

日子一天天过去，虽然过得清苦，却也有滋有味。到了上小学的年纪，许家印便背着小书包蹦蹦哒哒地往学校走去。上学的第一天，充满了新奇，放学回家后，许家印将“我爱北京天安门”的课文念给奶奶听，奶奶乐得开了花，别提有多高兴了。就是这样一个简单的场景，却让许家印一直铭记在心，他永远忘不了奶奶慈善的笑容，每每回忆起来，都犹如昨日之事，记忆犹新。

在许家印的家门口，有一块大石头，每天到了他快放学的时候，奶奶就会走出家门口，坐在石头上等他回来。悠悠岁月中，奶奶就是这样一点点期盼着孙子茁壮长大，期盼他健康平安，期盼他有所作为。一向身体硬朗的奶奶，在96岁时安详地离开，算是真正的高寿了。奶奶对许家印的恩情，他这辈子都不会忘记，尤其是奶奶曾对他说了无数遍的做人的道理，他都谨记在心，不敢有丝毫懈怠。

许家印上小学的时候，豫东地区还处在极度贫穷的状态下，“十年九涝”，成为重度受灾地区，家家户户的日子极为难熬，甚至难以为生。在饭都吃不上的年代，人们迫不得已背井离乡，去异地他乡讨饭糊口，出现不少“乞丐村”。在如此艰难的岁月中，许家印的小学是何种场面就可想而知了，几间破草房，用泥巴台子当做课桌，一个台子能挤下七八个孩子，黑板则是用水泥做的，经过黑炭染黑而成。

简陋的茅草房，难以抵挡风雨的侵袭，晴天还好说，但凡赶上刮风下雨，孩子们的日子就更加艰苦。外面“哗啦啦”下着大雨，教室里也跟着“哗啦啦”，用泥巴堆砌而成的房子，遇到雨水，很快就和了泥。加上没有窗户，教室里一片阴暗，不下雨的时候都见不着光，下了雨就更加的昏暗。就是在如此简陋的条件下，许家印硬是坚持着完成了小学的学业，并且品学兼优，是块上学读书的好材料。

尽管一贫如洗，少年时的许家印却有一个非常的爱好，那就是喜好“科技”。当其他小伙伴追逐打闹的时候，许家印正在家安安稳稳地琢磨自己的小发明创造，找来块铁片当做开关，然后把破电线、铁丝一起连在废旧的手电筒电池上，一个可以照明的“家用电器”便诞生了。除了科技，许家印还热衷于绘画，这个爱好对于在泥巴房子学习成长的孩子来说，着实与众不同。

多年后，许家印长大成人，也慢慢踏上了创业之旅，当广东省举办“十大民心工程”，其中一大工程便是针对农村的危旧房加以改造。得知消息后，许家印毫不犹豫地捐资1000万，帮助那些住在破房烂屋中的人们。这个行动，与幼年时的坎坷遭遇有关。

在1999年，当许家印刚刚开始创业的时候，资金并不宽裕，许家印为村里捐了100万元，用于建造学校。最终，一座拥有三层教学楼的小学拔地而起，被村民们命名为“家印学校”。

“吃得苦中苦，方为人上人”，这正是许家印的真实写照。吃过的那些苦，走过的那些曲折，都成为许家印人生道路上的宝贵财富。即便是在创业最为艰辛的时刻，许家印都没有想过放弃，没有想要屈服，因为这点苦只是一般般而已，他可以做得更好，绝对不会认输。

2. 跟着奶奶去卖醋

河南省太康县高贤乡聚台岗，就是许家印的家乡。正是在这片并不肥沃的土地上，他度过了一个与“无忧无虑”截然相反的童年。

在生下许家印的几个月后，虚弱的母亲患上了败血症。在落后的医疗条件和窘迫的家庭条件这双重打压下，母亲没能挺过来，不幸离世，与出生不久的儿子阴阳相隔。尚在襁褓中的许家印，自此开始了凄苦的生活。缺少了母亲的关怀，许家印小小年纪便懂得坚强，也愈发独立。

多年后，功成名就的许家印看着年轻的下属，时常会感慨万分：“你们这些从小跟着母亲长大的人，比我小时候可幸福多了！”他坦言，正是由于自幼丧母的经历，让他比旁人多了几分独立和坚强，悲惨的遭遇带给了他正能量，而非形成孤僻自闭的性格。

自幼，许家印跟着奶奶前前后后地忙活，帮着奶奶做醋、卖醋。成长有一个必经的过程，起初他还放不开手脚，与陌生人打交道还会脸红，后来可以到大街上扯着嗓子吆喝。

毫不夸张地说，奶奶是许家印商业上的启蒙老师，她潜移默化地影响着小许家印，为他创造了一个接触商业的环境，在润物无声的岁月中，许家印逐渐成长为小男子汉。

许家印年纪虽小，却格外懂事。放学后，当小伙伴们三五成群地四处疯跑时，他早就回到家，老老实实地帮奶奶干活。还在上小学的孩子大多是贪玩的，然而许家印却与众不同。别人打打闹闹的时候，他已经帮着奶奶把做好的醋拿到集市上贩卖了。利润微薄的小本买卖，支撑着这个家庭，一两分钱的醋见证着许家印的成长。

忙活一年下来，辛苦攒下的钱可以买回些许猪肉。贫穷的年代，食不果腹很常见，能够吃上一顿肉简直是最幸福的事。为了长时间的保存猪肉，奶奶会直接把肉放到冰天雪地里，或者腌成腊肉，等到了春节再拿出来吃。所以，过年是许家印最期待的事情，原因很简单，就是因为可以吃到香喷喷的炖肉。每每想起这段艰辛的岁月，许家印就会回想起浓郁的肉香，那时吃到的肉要比如今的山珍海味美味得多。

香喷喷的肉就是许家印的动力，帮奶奶卖醋的劲头儿更足了，在热闹的集市上，他高喊着“卖醋，卖醋，上好的酸醋”。年纪虽小，却相当有气势。声音洪亮，不卑不亢，早已不再是那个畏畏缩缩的小家伙了。忙碌了一天过后，他躺在床上反复思索，如何能够帮着奶奶多做醋，并且统统卖掉，如此岂不是可以经常吃到肉？

与一般人仅停留在动脑子的阶段不同，许家印除了想，他还要实践。一次，正当许家印考虑着如何才能改善生活的时候，偶然发现村头的河里有许多鱼，但是河水很深，单凭他自己肯定捞不到鱼。

思来想去，许家印有了一个好主意。第二天放学后，他鼓动大家一起去河里抓鱼。在他的一再号召下，几个男孩子也动了心，决定加入他的队伍。组织好人马，许家印开始思考如何抓鱼。很快，他灵光一闪，想到可以采用拦水的办法。农村为了方便灌溉，在河的下游修建了一道堤坝。当时不是灌溉的季节，所以堤坝的中间有一个开口，许家印想到将堤坝堵住，从而为捞鱼创造便利的条件。

到达目的地后，几个人便行动起来，各尽其能，搬来大大小小的石头，不多会儿便大功告成，将堤坝堵了个严严实实。准备工作完成后，许家印带领大家下河捞鱼。小伙伴们忙得不亦乐乎，最终战果累累，天色稍晚时，各自带着战利品欢天喜地回家去了。许家印沉浸在自己的喜悦中，心中是满满的成就感。

经商不仅要有头脑，更靠人的品格。

奶奶教会许家印诚实，这成为他走南闯北最不可磨灭的印记。在商海摸爬滚打多年，他自始至终未曾忘记过奶奶的教诲。

一天晚上，奶奶忙活半天，做好了第二天要卖的酸醋。岂料，第二天早上，满满一盆醋竟然变成了半盆，有半盆醋不翼而飞。奶奶断定是许家印在捣鬼，当即质问他为什么一盆醋会只剩下半盆。望着奶奶生气的模样，许家印小声答道：“不是我干的，早晨起来的时候，我看见几只黄鼠狼。”

听他这么说，奶奶反而更生气了，她认为是许家印知道自己做错了事却不敢承认，于是撒谎骗人，想要躲过惩罚。在奶奶眼中，做错事可以，但是撒谎却绝对不行。她怒气冲冲地举起了板子，不容分说便打向孙子的屁股，没有丝毫手软。

打也打了，骂也骂了，看着孩子红肿的屁股，奶奶也着实心疼。她赶忙找来药酒，小心翼翼地给孙子抹药。她语重心长地对他说：“家印啊，咱们穷人最讲诚信，用谎话来哄人可不对。”挨了打的许家印，屁股虽然很疼，但是一再反抗道：“真的不是我干的。”

挨了打还不认错，这让奶奶更加生气，随即又要拿板子教训他。这时，一阵“吱吱吱”的叫声响了起来，奶奶顺着声响走过去，竟然真的发现有几只黄鼠狼在喝醋！这下真相大白，许家印是无辜的，奶奶错怪了他。

知道是自己打错了人，奶奶心里也不是滋味。当晚，奶奶加班加点做了一缸醋，第二天和许家印一起来到集市上。不久，一大缸醋便卖完了，奶奶领着孙子去肉铺买了肉，回家给他炖了一大碗。屁股挨了打，嘴上吃了肉，通过这件事，许家印更加深刻地记住了做人要诚实，不论什么时候，不论发生什么事，这都是不容动摇的两个字。

追求利润是商人的最大动机，如何才能使利益最大化，如何才能在竞争激烈的商战中拼出一条血路，不光要靠智慧和胆量，更离不开正确的处世之道。“无商不奸”这句俗话描绘出商人奸诈狡猾的模样，然而为商之人，想要获得真正的成功，靠的绝非是损人利己的伎俩。

3. 吃进去的是窝头，挤出来的是斗志

是不是所有功成名就的富豪，都曾经有过穷困潦倒的生活体验？这个问题不好回答，但是出生于1958年的许家印，在幼年时期饱尝艰辛。

许家印曾如此描述童年生活：“我的小学在没有窗户的茅草房中读完。六年里，我都蹲在一个泥台子上听课并完成作业。高中住校时睡的是大通铺，每人墙上挂个竹筐，里面一年四季都是窝头。这是我全部的粮食，冬天可以吃一周，夏天只吃三天，就这样还是要长毛的。但没关系，洗洗还可以吃。”

窝头这种粗粮，现在被看作是健康食品，然而在贫困的年代，窝头吃在嘴里不是为了健康，而只能是为了果腹。夏天一到，窝头很容易发毛，然而更悲惨的是冬天。外面寒风凛冽，教室里也好不到哪里去，茅草房根本抵挡不住寒风侵袭，呼呼地刮着小风。冷怎么办？许家印的答案是忍着。哪怕两只手冻得通红，作业照常写。

饿了怎么办？吃窝头。早就冻得硬梆梆的窝头，甚至带着冰碴，吃到嘴里真是透心凉。

身体冻得有些僵硬，头脑却依旧灵活。寒冬腊月，冰天雪地，要是没点取暖设备，那怎么受得了。为了取暖，许家印自制了一个小火炉，用柴草做引子，放上煤炭，不多会儿，小火炉就开始发挥作用。靠着它，许家印不仅暖和了身体，还可以把冰块似的窝头热了吃。

冬去春来，小火炉陪伴许家印熬过了一个又一个冰冷的冬天。时至今日，他早已忘了多少次因为发霉的窝头而吃坏了肚子，多少次因为挨冻而高烧不退。这些艰难的日子重要吗？当然，正是经历过苦难，才磨砺出坚韧。

年少时的许家印，是个聪明伶俐的孩子，有头脑且乐于钻研。傻玩傻疯是孩子们的通性，许家印却喜欢开动脑筋搞点发明创造。小学的时候，接触到了些许自然知识，这可激发了他的兴趣，开始对手电筒“情有独钟”。他不仅局限于想，更是琢磨着如何动手实践。

“手电筒工程”进展到一半，许家印意识到必备的材料，如电池、电线和铁皮，他都没有。思索片刻，他忽然想到一个好主意，去垃圾场挑拣宝贝。次日放学后，他来到垃圾场，专心致志地翻来翻去，好不容易凑够了废旧电池、电线和铁皮，有了这些，手电筒的雏形出现在面前，不过没有灯泡也不行，于是他又跑了一趟垃圾场，千辛万苦也只找到几只破旧的手电筒，顾不上铁锈和脏泥，他拆了一个又一个，最终找到一个能用的灯泡。

至此，手电筒必需的材料都拿到手了，组装好之后，许家印的自制手电筒亮起了光。巨大的满足感和成就感占满了他的胸膛，这完全凭借自己的聪明才智完成的“事业”，对于一个小学生而言，值得骄傲。

许家印不仅有头脑，还非常有魄力。群龙不能无首，一群小毛孩也不能没有孩子王，许家印就担当起了统领小伙伴的角色。他带领大家像模像样地站队，练习稍息、立正，每个动作都一板一眼。

热衷于创新，并不畏挑战，这就是许家印骨子里的精神。生活在贫困之中，却挣脱了贫困的束缚，不甘于贫困，不屈服于命运。

对于许家印而言，贫困并不可怕，因为他拥有想要战胜贫困的斗志。日子一天天过去，岁月不仅锻造着他的体格，更锤炼着他的意志。正值20世纪70年代，“文革”仍未结束，商业活动还处于冰封时期，此刻的许家印却将目光锁定在做生意上。

在许家印的再三游说下，堂哥最终答应他的请求，带他去做点小生意。这时的许家印刚刚16岁，在那个特殊的年代里，开始摸索着向商业生涯靠近。但那时若是经商被抓，直接就会被扣上“走资本主义道路”的帽子，随之而来的便是没完没了的批斗打击。鉴于社会的整体风气，即便是食不果腹，人们依旧守着工分来勉强度日，做生意的寥寥无几。

国家当时而处在计划经济时代，对商业活动有着明确的限制。即便如此，有些人甘愿“顶风作案”从事商业活动。16岁的许家印，正是在这样的大环境下，竟然萌生了做生意的念头，实在不简单。

许家印和堂哥做的是贩卖苹果的买卖，天还没亮，二人就已经踏上了去集市的路。太阳还没出来，气温还很低，许家印推着满满一板车的苹果，顾不上已经冻僵了的手和脸，连忙赶路。单薄的衣服被风一吹就透了，可许家印却累得浑身是汗。毕竟还是孩子，堂哥看他如此辛苦，提议稍作休息，谁料传来滚滚雷声，一时间黑云密布，一场大雨是躲不过去了。

眼瞅着要下雨，二人赶紧找避雨的地方。倾盆大雨哗啦啦地落了下来，许家印看着不知道什么时候才能停的大雨，不禁有几分茫然，他最担心的就是这一大车的苹果到底能不能卖出去。他的手和脸被冻得生疼，脚被磨得起了泡，却没有丝毫后悔。

走了那么远的路，许家印早就饿得前胸贴后背了，于是他俩便开始吃苹果。不多一会儿，雨便停了下来，二人继续赶路。下过雨后，道路泥泞不堪，坑坑洼洼的全是泥，许家印却并不在意，他现在满脑子想的都是卖苹果。

辛苦了几个小时之后，终于来到了目的地。对于卖东西，许家印可不是新手，之前跟奶奶去卖醋，积攒了不少经验。摆好架势，许家印就扯开嗓门吆喝，招徕顾客。幸运的是，这个集市上倒卖苹果的商贩很少，他俩的苹果很快便被抢购一空。货物卖出去了，算了算收入，竟然净赚了十几块钱！在当时，这可是一笔巨款。攥着得来不易的钱，许家印兴奋极了，他赶忙买了酒和肉往家赶，要和家人一起庆祝。

赚了钱之后，许家印认真地考虑了一番，认为经商是非常可行的。自此，他开始琢磨新买卖。很快，他决定倒卖石灰。奶奶听了孙子的想法后，始终放不下心，当时正值特殊时期，做生意稍不留意被抓个正着，后果不堪设想。然而，奶奶也清楚，孙子已经不再是跟在自己身后的小孩了，他已然有了独立的意识，她应该尊重他的决定，让他出去闯一闯。

有了想法，许家印兴致勃勃地等着实施。他明白，只有行动跟得上，才能抓住赚钱的机会，否则一切都是空想。随后，他四处打听哪里可以购进石灰，然后借来板车，将石灰拉回来，准备在合适的日子大干一场。

这次许家印更专业了，他带足了干粮和水，独自一人推着板车前往目的地。他使出最大劲儿推着板车爬坡，然后又拽着板车下坡，一上一下，费了不少力气，一个不小心，板车撞到了大石头上，弄了个人仰车翻。

借来的板车撞坏了，借钱买回来的石灰也洒了，原本的满腔热血全被眼前的现实浇灭了，这下不仅赚不到钱，而且还要赔进去不少钱。望着眼前的一切，许家印呆呆地坐在路旁，手心被磨破了很疼，心却更疼！

第一次独自外出经商竟然是如此结果，许家印的心里实在不是滋味。然而，事已至此，也用不着悔恨了。这次经历让他深受启发，做生意也不是稳赚不赔，想要避免风险就要做好应对风险的准备。此时，他心中翻腾着更加火热的斗志。

4. 不认命的鲤鱼越过了龙门

18 岁那年，许家印的人生开始发生转变。

太康县城一行，是他第一次离开农村走进县城，第一次感受到“天外有天”，原来农村之外的世界如此繁华。

据许家印回忆，当年进城是一件非常辛苦的事情。由于交通远不如当今发达，想要进城，唯一的办法就是靠腿走，那种遇上顺路车的好事，十有八九遇不到。他和几个同学结伴而行，随身带着干粮和水，吭哧吭哧走了整整一天的时间，从天亮走到天黑。初来乍到的许家印，对县城里的一切都感到新鲜，这是他之前从未见过的世界。顾不上歇息，他们东逛西逛，饿了就啃几口凉窝头，困了就直接躺玉米地里眯一觉。

躺在玉米地里，许家印开始幻想今后的生活，他向往城里，向往去与农村不同的天地谋求发展。他对小伙伴们说，“看谁先混出名堂！”这次短暂的停留，将城市深深烙印在他的心中，他近乎疯狂地想要进城，这成为他最渴求实现的目标。

为了能够进城谋一份开拖拉机的工作，他开始勤学苦练，不敢有丝毫懈怠。当年高考失利后，许家印没有心灰意冷，恰恰相反，他迸发出更加坚定的力量，为的就是离开农村，到心驰神往的城市去！

不过，想法的确很好，现实却有点难为人。不要小瞧开拖拉机这份工作，在当时，这可是风光无限的活儿，更不是谁想干就能干的，惦记这份工作的人都排队等着呢。许家印也是其中的一员，不过他可没有傻等着，而是稍微动了一下脑筋，特意请村长和书记喝了顿酒。“吃人家嘴短，拿人家手短”，掌管着决定权的村长自然随了许家印的愿。

为了尽快上岗，许家印起早贪黑，跟着开拖拉机的老师傅学习驾驶技术。许家印勤学苦练，很快如愿以偿，成为一名拖拉机司机。那段岁月足以刻骨铭心，如今回想起来，仍历历在目。几个月下来，许家印对驾驶拖拉机已经门儿清，但他志不在此，他时刻都在想着进城闯荡一番。

关于如何在城里找份工作的问题，许家印思来想去，最终，他想到邻居的舅舅在城里公安局工作，他拿出纸笔虔诚地写了一封信，大意是想去城里找份开拖拉机的工作。薄薄的一页信纸，寄托着许家印的希望，然而终究没有得到对方的任何回信。

希望破灭后，失落的许家印不得不老老实实地待在农村，继续从事农活。不过，他始终未曾放弃自己这个说大不大、说小不小的梦想。只是一时之间找不到出路，所以只得待在原地耐心等待。

一心向往城市的许家印，掏过粪，也做过保安，此时的隐忍为的就是有朝一日能够大大方方地走进城里，寻求自己的舞台。在机会来临之前，他要做的就是积蓄力量，早晚会派上用场。

许家印有着得天独厚的优势，那就是远高于一般人的文化水平。村里决定重用这位高材生，于是安排他去协助队长工作。像掏大粪这样的活，人人避之不及，许家印毫不在意这种又脏又累的活，他一板一眼地卖着力气。先是把大粪掏出来，然后挑着担子运到地里，最后加以利用，成为田里的上等肥料。许家印用自己的行为，影响着周围的人，逐渐改变了大家的偏见，带动了村民的积极性。

此后，许家印当过“大队治保员”，相当于当时的民兵，具体工作类似当今的保安。与掏大粪相比，这是份清闲的工作，不过在他心里，想要进城的念头从未熄灭过。

1977 年 9 月，教育部正式下达恢复高考的通知，彻底改变许家印命运的时刻到了。此次高考，大大扩宽了招生对象，工人、农民、知识分子、复员军人以及应届高中生等有同样的权利参加考试。这个消息让许家印欣喜若狂，他清楚这次机会对他而言意味着人生轨迹的转变，他必须牢牢地抓住这次机会。

许家印第一时间报了名，随后马不停蹄地进入复习阶段。时间紧，任务急，他没日没夜地做着准备。事实上，将这次高考视作命运转折的人不在少数，取消高考的那些年，许多人日夜期盼着恢复的一天，如今得以实现，人人都在拼命。据资料记载，当年报名的人数高达500多万，录取人数仅27万，想要脱颖而出，免不了一场厮杀。

可惜的是，满怀憧憬的许家印没能在这次高考中取得成功，他落榜了。又一次失败了，进城对他来说成了黄粱美梦，不管怎么努力却总是竹篮打水一场空。换做是别人，可能早就放弃了，就这样算了，勉强半天终归是要失败的。然而，许家印不是别人，骨子里的倔劲儿督促着他决不罢休，他要继续发奋！痛定思痛后，许家印决定来年再战！

1978年，恢复高考的第二年，报考人数上升至600万人以上，录取人数随之增加到40万人，人数有所变动，但竞争依旧激烈。

为了专心致志地复习功课，许家印打算回到学校。然而，有这样打算的人不只他一个，学校的地方毕竟有限，许多人连睡觉的地方都没有。许家印没有因此而有所动摇，他在学校附近找了一间住处，屋子十分残破，条件非常艰苦。就在这里，他开始了全新的备战。

那段日子十分艰苦，住着破烂不堪的房子，吃着难以下咽的饭菜，一筐红薯、一瓶盐、几滴麻油就是他一周的口粮，在这样的条件下，将近一米八的许家印，体重降到90斤，整个人快要瘦成竹竿了。

苦吗？许家印并不觉得。他的眼里、心里，都是学习，都是高考。只要他能越过高考这道龙门，他就可以奔向光明的未来，可以离开农村，可以走进城里，可以去实现梦寐以求的理想。

古人云：天道酬勤。在百里挑一的竞赛中，谁学得快，谁学得多，谁才有机会赢得这场没有硝烟的战役。许家印绷着劲儿，夜以继日地努力，他不怕苦，怕的是没有抓住千载难逢的机会。

1978 年，许家印以周口市前三名的成绩，如愿考取当时的武汉钢铁学院，这是武汉科技大学的前身。命运为这个有闯劲儿的年轻人打开了希望的大门，给了他宝贵的机会。自此，他终于可以摆脱开拖拉机、掏大粪、当保安的农村生活，一直惦记的进城梦终于如愿以偿！

这不是命运的眷顾，而是他凭靠一己之力扭转了命运，未来虽远，但路就在脚下。

5. 好人缘是混出来的

一套黄军装，是许家印仅有的一身像样的衣服，进进出出全靠着它了。为了确保每天能够精精神神地出现在大家面前，他会每天晚上把衣服洗干净，第二天接着穿。万一碰上哪天衣服没干透，也只好硬着头皮套身上。

顺利考上大学后，他选择了冶金系的“金属材料及热处理”，毕业后最差的出路也可以去当钢铁工人。从许家印的种种决定上，不难看出他想要逃离农村的决心，大城市才是他的落脚之处。

大学四年中，他担任班里的卫生委员一职，勤勤恳恳，承揽了各种苦差事。即便如此，许家印却并不觉得苦和累，比起掏大粪的活儿，他现在所做的干净、清闲得多。

许家印自然懂得以身作则的道理，他的职责就是召集同学们打扫卫生，维护好卫生区的环境。当时，学校将校园分为多个卫生区，然后分派给各个班级进行打扫，不但每周有大扫除的任务，而且还会进行评比，给出成绩和名次。春、夏、秋季还好，冬天就难受了，外面寒风凛冽，冻手冻脚的天气里，谁也不情愿出来打扫卫生。这个时候，就要发挥卫生委员的“威力”了。

面对同学们的不情不愿，许家印没有着急，他只是默默地身先士卒，第一时间行动起来。让其他卫生委员颇为犯难的事，在许家印眼里，却不是问题。他不知疲倦，毫无怨言，总是第一个忙活起来，然后扯着嗓子在宿舍楼下招呼大家，“打扫卫生啦！大家都快点！”喊归喊，总有那么几个不自觉的人。每当这时，许家印总会耐心地一一做思想工作，四年下来，极大地提高了他的交流沟通能力。如今看来，他游说人的本事也多少归功于这四年的苦口婆心。

班干部就是为班级服务的人，自然少不了要牺牲掉个人的时间，粗略估算一下，许家印花费在这个职位上的时间几乎占到了全部个人时间的三分之二，他费尽心力地组织各种集体活动，鞍前马后，亲力亲为。有付出总有收获，一心想要多为集体做贡献的许家印，正是通过日常点滴的积累，才有了日后在公司管理上的炉火纯青。尤其是处理人际交往的关系上，许家印从中受益匪浅。

上大学之后，贫穷依旧伴随着许家印的生活。不过幸运的是，他能得到助学金，多少缓解了一些压力。然而，助学金并不能彻底消除贫穷。大学期间，热干面是许家印的最爱，直到现在，哪怕贵为首富，他依旧没有改变这份喜爱。不过当时，热干面一毛钱一碗，对于穷得叮当响的许家印而言，这就属于“奢侈品”。甚至，因为他吃了热干面，还挨过批评，老师对他说：“你是吃助学金的人，怎么能吃这么奢侈的东西呢？”

批评归批评，老师还是非常器重许家印的，因为他不仅有着出色的能力，还在同学中树立起一定的威望，这是所有老师都喜欢的得力助手。于是，老师将看管公共财物的任务交给了他。接下这个工作后，许家印从宿舍搬到了学生会办公室，看似享受，实则受罪。新住处不仅隔音效果差，而且保暖效果也不佳，唯一值得庆幸的就是室内有台黑白电视机，闲时可以看看电视，打发一下时间。

从宿舍搬出来的许家印，仍旧注重与同学们的联系，虽然少了往常的“卧谈会”，但是有时间，他都会与同学们保持互动，以此加深彼此的感情，培养信任。这种思路也是恒大的思路，即便是作为头号领导人，许家印却从不以强权压人，他是老板没错，但他更是与员工们站在同一条战线上的老板，所以大事小情上，他都愿意放低姿态，与员工真诚交心，以此获得了大家的绝对支持。

除了学习外，大学生活的乐趣还来源于每周六的“电视时间”。每逢周六，学校就会组织大家一起看电视，其他时间如有需要，只要提出申请，经过批准也可以组织这样的活动。当时，最有吸引力的节目就是有“铁榔头”郎平的中国女排比赛，那一幕幕激动人心的时刻，尤其是夺冠的那一刻，大家欢呼雀跃，兴奋地无以言表。

多年后，许家印回忆起这件事，仍旧能回想起当年的欢声笑语，不得不承认，在当时，“学习女排，振兴中华”是一件多么振奋人心的事情，让每一个人血脉喷张，不由得振奋起来！

6. “小皇帝”德才兼备

1982 年，许家印完成了大学四年的学业，分配到河南舞阳钢铁厂，成为一名炼钢工人。舞阳钢厂位于舞钢市，虽说担着“市”的名号，实则却是比一般山沟大点的山沟。

许家印拼了命地考上大学，为的不就是想要摆脱贫穷落后的农村吗，结果好不容易熬出头来了，却又要回去，这让他一时不好接受，独自里也憋着委屈和失落。

为了更远的将来，此刻的许家印选择忍耐，他在等待一个成熟的时机。怀着略带落寞的心情，他收拾好铺盖，前往舞钢报到，从一名踌躇满志的大学生转变成一名普通的炼钢工人。但凡能成大事者，不论身处怎样的环境，都能够游刃有余地展现自己的才华，赢得一片掌声。许家印就是这样的人，丝毫没有被环境埋没，在平凡的岗位上发光发热。

1970 年，舞钢正式建厂。作为国防军工项目，原本应该得到最大的支持，然而“文革”的干扰和破坏大大延缓了建厂的进程，直到 1977 年底，厂区才配备了基础生产设备，4 年后才得以投入生产。许家印刚刚加入舞钢时，舞钢还处在起步阶段。作为冶金专业的毕业大学生，许家印得到了舞钢的极大重视，舞钢缺的就是高端技术人才，他在这里可以尽情地施展才华。刚下火车，前来接站的人是舞钢热处理车间的主任陆岳璋，他对许家印印象深刻，“他书带得挺多，都是专业书，别的东西就不多了”。许家印保持着一贯的勤勉和俭朴，也保持着出人头地的梦想。

如果说四年大学生活锻炼了他的各项技能，那么舞钢则是检验技能的战场，在这里，他将接受来自方方面面的挑战，同时，也赢得了各种机遇。到厂后，他接到任务，最主要的工作是尽快建立起车间的工艺技术规程，在最短的时间内全部投产。

许家印很快适应了新的环境和工作内容，他勤勤恳恳地协助车间主任陆岳璋工作，不敢有丝毫懈怠。他是一个有着完美主义情结的人，凡事都力求完美，对工作有着极高的责任感，在一些琐碎的细节上，他反复考量，希望达到最佳效果。白天，他钻到钢板缝里研究流程；晚上，则根据实际情况总结问题。不总结还看不出什么，一总结竟然有几百个问题，涉及生产流程的方方面面，一个差错就可能影响生产安全。既然发现了问题，许家印绝不会轻易放过，而且要做就做到最好，否则不如不做。

问题摆在眼前，许家印开始着手一一解决。在主任陆岳璋的授权下，许家印主持制订了两百多条生产管理条例。其中“150 度考核法”堪称经典，解决了一个重大问题。“150 度考核法”是专门衡量人是否睡觉的考察机制，详细来讲，当时舞钢工人是 24 小时三班倒，这就意味着机器在不停运转的同时，每个时刻都会有专人在岗。晚上值夜班的时候，犯困打瞌睡的情况非常普遍，这就存在极大的安全生产隐患。基于这种情况，许家印精心制订了“150 度考核法”。许家印的这个考核方法规定，只要值班人员的身体打开幅度超过 150 度，即视为睡觉，就需要接受罚款。

这项规定引发厂内的热议，大家纷纷表示这个办法颇有创意。随着规定的推行，工人们一下子记住了“许家印”这个名字，大家对这个新毕业的大学生另眼相看，觉得他在管理上有点本事。在如此短的时间内，还是新人的许家印，赢得了全厂的认可。许家印这块金子，在舞钢开始发光。

短短一年时间，凭借高超的管理能力和卓越的技术能力，许家印从技术员直升为车间副主任，这可是极大的跨度，所用时间之短，不得不令人佩服。

他勇于开拓创新，大胆提出并创建了热处理和厚板方面的调度中心，实现了对车间 24 小时的全天候监控，大大提高了生产效率，督促每月的合同准时完工。这在当时是一项先进的生产管理制度，时至今日仍是各企业纷纷效仿的管理办法。

然而，这只是许家印众多成就中的一个而已。舞钢曾获得冶金工业部颁发的二十三个奖项，其中六项属于许家印，而这个数字不足以概括他的付出和成绩，在其他项目上，他也都有突出表现，但一向谦逊低调的他愿意将奖项让出来，让更多同事享受荣誉和成功的喜悦。

许家印用了短短几年的时间，成为舞钢不可或缺的分子，甚至人送外号“小皇帝”，人人对他佩服得五体投地。大家对他满脑子的奇思妙想感到惊奇。陆岳璋认为，“这和许家印的交友本事是分不开的”。来舞钢不久，许家印曾到鞍钢做实习生，学习技术及管理，实习结束后，他将鞍钢的圈套热处理技术以及规章制度等一点不落地学了回来，全部被他一笔一划地记在笔记本上，足足攒了厚厚一摞。想学本事可不是件容易的事，但对许家印来说却不难，这是因为他与鞍钢的师傅们十分熟络，关系处得非常好，师傅们愿意教，许家印愿意学，自然收获就多。

许家印运用自己的聪明才智，为大家伙办了不少实事，解决了不少麻烦。在当时的条件下，由于车间没有洗澡的地方，所以洗澡成了难题。为了改善大家的生活条件，许家印冥思苦想，决定在车间专门做个“热处理大院”，囊括了休息室、会议室，甚至还配有专门洗澡的区域。更为人们津津乐道的是，建造热处理大院的材料全部是废旧钢材，让废物废料得到了再利用，很好地服务于大家的生活。出自舞钢的钢材都是厚钢板，热处理大院的建材自然也是厚钢板，厚度达到10厘米，甚至可以用于坦克的建造，有人戏称他们的洗澡房是“防弹澡堂”，机关枪绝对打不透。

“小皇帝”许家印不是徒有虚名，在这三个字背后，是他超人的能力，这不仅仅体现在管理上，也体现在技术上，除此之外，他待人接物的处事方法，也为他加分不少。有真本事，却不骄傲自满，时刻保持着谦虚的姿态，不仅兢兢业业奋战在自己的岗位上，还能竭尽全力为大家服务，为大家排忧解难。

7. 炼钢厂里十年磨一剑

在舞钢，许家印如鱼得水，淋漓尽致地挥洒着聪明才智，尤其在管理方面，他的表现格外突出。

舞钢有300多名职工，许家印算得上是最勤快的人之一。十年的职业生涯中，他像是打了鸡血一般，不知疲倦。没有休假，没有多余的休息，度过了忙碌的一天又一天。早晨7点准时出门，半个小时后来到车间，随后对生产工艺进行巡视，直到8点准时主持召开安全会。一上午的时间很快过去，下午有各种会议在等着他，还需要参加生产流程的监督工作。哪怕是阖家团聚的春节，他都依旧坚守在自己的工作岗位上。

他在工作上投入了全部的心血，也正是由于他百分之百的用心、用力，他也颇有收获。在长年累月的实践中，他总结出自己的管理理念，摸索出一套独特的管理模式，如今恒大依旧遵循着他在舞钢探究出来的管理模式。

许家印为舞钢制定的管理模式可以用“外紧内松”来形容，乍一听似乎有些摸不着头脑，实际上却很好理解。当时，舞钢的规章制度达300余条，光看数字会以为条条框框非常多，其实执行起来，却并没有给人以压迫感。对舞钢的工人来说，管理规范的内容的确很多，但是在这张无形的网之下，他们拥有充分的自主权，有足够的空间去施展自己的主观能动性。

许家印被破格提升为车间副主任后，他更加有干劲儿，主动向上级申请，希望可以去热处理车间工作。热处理车间属于一线，这正是许家印向往的舞台，越是扎根基层，越是能够锻炼一个人的各项能力。许家印证明了自己，很快就把“副”字去掉了，成为车间主任，实现了从技术员到车间副主任，再到车间主任的变身。

走上车间主任的岗位后，他在这里苦苦奋斗了七年。他崇尚“时间就是金钱，效率就是生命”，一向雷厉风行，十分讲究效率。一个拥有300多人的厂子，想要管理得井井有条，实非易事。但是，到了许家印这里，再难的事也不叫事。他非常重视制度的作用，奖罚分明，有理有据，让属下都很是服气。

人人都想向许家印讨教一二，大家急于想知道他的成功之道，每每遇到有人上门请教，他都会毫无保留地传授经验。久而久之，他把自己的心得对不同的人讲了一遍又一遍，着实消耗掉不少时间，为此他感到心疼。为了节约时间，他想到了一个好主意，那就是拍摄了一部名为《热处理在前进》的专题片，向世人呈现出热处理车间工人高效的生产状态。成片后，通过舞钢电视台反复播放，极大地宣传了舞钢，为舞钢的热处理车间树立起良好的形象。

如何让300多号人按部就班地进行作业呢？又如何保证操作规范及生产效率呢？许家印的答案是规范制度、从严要求、提高工人的福利待遇。与其他车间相比，由许家印管理的热处理车间无疑是舞钢的榜样，在各方面都有着卓越的成绩。这与他的努力息息相关，三点之中，除了提高工人福利待遇稍有困难外，其他都是小事一桩。

舞钢作为国有企业，员工的待遇不能随便变动，都是由上级领导统一制定的。想要提高工人们的福利待遇，许家印作为小小的车间主任，似乎有些自不量力。然而，就是这小小的车间主任，让一切成为可能。

管理规范、业绩突出，这就是热处理车间的金字招牌，其他车间不服不行。为了获取经验，其他车间的人总会到许家印这来串门，聊东聊西，无非就是学点经验回去，许家印都会坦诚相待，绝不会藏着掖着。来请教的人也很实在，学到东西后总会给些钱作为“学费”，面对这送上门的报酬，许家印从未占为己有，他将这笔钱全部用于给大家发福利。每逢过年过节，他都会给大家分发大米，犒劳一下辛苦的工人们。

这时候，热处理车间的工人们高兴了，问题也随之而来。同样是舞钢的工人，却只有许家印的车间发大米，其他车间一概没有，这样的对比让有些人看不过去。厂里领导叫来许家印，非常不悦地质问道：“你怎么老给员工发大米？”

面对领导的责问，许家印开始反思自己的行为。他的出发点是好的，对自己车间那些勤勤恳恳的工人而言，能够获得大米的奖励无疑是喜出望外，但总归来讲，这也只是小团体得到了实惠，其他兄弟车间只能眼巴巴看着，这让领导很没面子。对于这件事，许家印深刻认识到，矛盾有方方面面，唯有考虑周到，才能妥善处理各种矛盾。

在舞钢待了十年，许家印呕心沥血。从最初的技术员，到如今的车间主任，他用自己的行为推动着舞钢的发展。但是直到这一刻，许家印忽然感到自己的发展空间其实很小，他需要改变，需要重拾昔日的壮志。

十年间，他付出了，也收获了，可以说一切都值得。然而，离开农村去往城市曾经是他的梦想，如今在舞钢待了十年，也就是在山沟里待了十年，这么多年过去了，他的梦想仍旧没有实现，他的内心深处燃起了新的希望。

车间主任也好，明星车间也罢，他想要得到的远远不止这些。许家印是胸怀大志的人，他想站得更高，看得更远。想要收获更大的成就，首先就要改变现状，重新出发，重新启程。

如果许家印是安于现状的人，那么就不会有如今关于恒大的故事。他决心从体制中分离出来，走出国有企业，投身中国经济体制改革的大潮。如今，是时候离开这里，奔向更广阔的天地了。

与初来乍到时不同，34 岁的许家印褪去了稚嫩，早已成家立业，早就不再是“一人吃饱全家不饿”的状态了。即便如此，他依然选择离开舞钢，换种生活。敢于抛开安稳的现状去继续闯荡，这源于一个男人不灭的梦想。

伴随许家印重新开始的，不仅有他的勇气和胆量，还有十多年来积攒下来的经验和本领。踏出舞钢，意味着他要彻底走出山沟，向真正的城市——深圳，进发！

正是有了这一步的迈出，许家印才获得了崭新的人生，才有了恒大，才有了说不完、道不尽的荡气回肠。

感谢舞钢这十年，感谢向前迈步的勇气。

第二章 闯荡新生活

1. 让简历先瘦身

眼瞅着奔四十的许家印，毅然决然地离开待了十年之久的舞钢，来到深圳。深圳对他而言，机遇与挑战并存，他坚信这里有容纳他野心的地方。

在旁人看来，辞去车间主任的决定是不明智的，放着安稳的日子不过，偏偏出去冒险，这是近乎疯狂的举动。许家印揣着 2 万块钱踏上了下海经商的道路，这些钱是他的全部家当，要拼就动真格的，绝对不含糊。

人生地不熟的许家印，除了千辛万苦攒下的本钱，还有取之不尽的聪明才智。在深圳找到落脚的地方后，他开始琢磨着找工作。现实摆在眼前，可供 30 多岁的人选择的机会远不如年轻人多，34 岁的许家印走在熙熙攘攘的人才市场，必须要承受来自年龄上的压力。遥想当年大学毕业，工作是直接分配的，也用不着他东跑西跑，就去了舞钢，不管好赖，这份工作得来的比较容易。不过现在，他必须和其他需要工作的人一起，在人才市场寻找机会。

在舞钢时，他是车间主任，好歹管着300多号人，大小也算是个官。而且，“许家印”三个字在舞钢无人不知无人不晓，一提起他，大家都是崇拜的眼神。如今，他需要放下过去的辉煌，从零开始，再度出发。不是所有人都可以轻易做到放平心态的，许家印做到了，他克服了巨大的落差，全身心投入到找工作中去。

半个多月的求职之旅开始了。

来之前，许家印做了充分的准备，不论是心理上，还是身体上。他奔波于各地的招聘会，为的不过是找份工作。1992年的中国，去找工作，不仅需要一个大活人，还需要带份简历。这是许家印在招聘会上学到的新鲜玩意，简历，这可是他第一次听说这个词，一时间不知道怎么回事。仔细看过别人准备的东西后，他才恍然大悟，这可难不倒他。

火急火燎地赶回住处后，许家印开始构思人生的第一份简历。做人做事，他一向讲究一丝不苟，所以在写简历上，他可是下了十足的功夫。胸有成竹后，他开始动笔，洋洋洒洒，似乎有说不完道不尽的话。就这么奋笔疾书了一整天，第一份简历诞生了，足足有三十多页。在这几十页的打印稿中，他详细介绍了自己在舞钢的十年工作经历及积攒下的工作经验，算得上是对过往十年的大总结。

本以为准备好了敲门砖，一切进行地会更为顺畅，谁成想，当他拿着分量十足的简历再次来到人才市场时，结果依然没有改变。

有了简历，依旧没能获得用人单位的青睐，当初的豪情壮志正逐渐被现实消磨。半个月的时间匆匆而过，一腔热血都快被熬干了，信心被苦闷和绝望取代，这个时候的日子可不好过。

选择从舞钢辞职来到深圳重新开始，许家印对自己是满怀信心的，他坚信凭借自己的聪明才智，在偌大的深圳照样可以出人头地。然而现实却给他泼了一盆凉水，浇得他透心凉。没有一家企业打算聘用他，连个试用的机会都不给，更何谈重用。从人人追捧仰望，到人人不识才俊，许家印感受到了截然相反的两种境遇。

难道真的如他人所说，离开舞钢来到深圳是个错误吗？在无人赏识的这段日子里，许家印一直在苦苦思索这个问题，从信念坚定，慢慢变成了失落和茫然，他无法肯定地给自己一个答案。

烦闷许久后，许家印决定必须走出现在的困境，他联系了在深圳的挚友，约他出来谈谈心。见面后，他开门见山地讲述了自己最近的不顺。好朋友耐心听完后，对许家印说了这样一段话，“不是你才能不够，是你的简历实在是太厚了，招聘人员看的是简历，可不是小说，简历顾名思义就是一定要简单，能在最短的时间使人看明白，人家招聘也是讲究效率的，谁又有时间看你的长篇大论呢？”

好朋友的一席话瞬间打消了许家印心中的困惑和茫然。他准备的简历确实非常用心，内容也足够全面，然而试想一下，这么厚的一份简历摆在面前，谁会耐心的一页页翻看呢？搞清原因后，许家印三下五除二，在他的快速精简下，三十多页迅速变为两页，留下最关键的内容，随后拿着精简好的简历再次来到人才市场求职。

信心又回到了许家印的身上，他意气风发地穿梭于人群之中。这一次，不再是无人问津的结果，有目的有选择地投出十几份简历后，许多公司对他表示满意，也有几家公司表示愿意聘用他。得到回应的许家印喜出望外，然而面对多种多样的选择时，他依旧保持着固有的沉稳。经过再三权衡，他选择了一家连锁店——中达，双方很快便签订了劳动合同。至此为止，许家印找到了在深圳的落脚点，这将是他在此地大展拳脚的第一个舞台。

中达的发展前景非常好，足以为许家印提供一个广阔的舞台，这也是他最为看重的一个方面。他对自己在深圳的第一份工作抱有极高的期望，他用长远的眼光看待即将从事的岗位和涉足的领域，对他来说，未来才是最重要的。

许久之后，早已功成名就的许家印回忆初到深圳的岁月，都会谈起在中达的经历，他对曾经工作过的地方仍旧满怀感激之情。

2. 业务员也疯狂

毋庸置疑，许家印是商界成功人士的杰出代表，与大部分富豪一样，他也做过跑断腿、磨破嘴的工作——业务员。

谁都知道，业务员的门槛很低，但又不是人人都可以在这个岗位上坚持下去。在中达，许家印接受了业务员这个角色，对此他怀有无与伦比的热情，准备大展拳脚。

1992 年，在邓小平同志视察南方并发表重要谈话后，掀起了一股下海淘金的热潮。尤以深圳的氛围最为浓厚，在十几万的大军中，官员和国有企业职工所占份额最重，其中又以党政干部的比例最大，他们毅然决然地辞去安稳的工作，赶往沿海经济特区寻求机会。

地理位置得天独厚的深圳，理所当然地被划为经济特区，享有一系列优惠政策，这是内地城市望尘莫及的契机。正是这一重大举措，中国经济得以迅猛发展，造就了中国传奇。众多有胆识有魄力的人们，纷纷涌进深圳，开始尝试建立中国现代企业制度，成为新时代经济的奠基人。其中不乏有识之士，在优胜劣汰的角逐中，成为行业的领军人物。

车间主任干得好好的许家印，抛开已经取得的一切成绩，大胆投身于商海。来到深圳后，他的第一份工作是毫不起眼的业务员。对于这份工作，许家印很是满意，与其他年轻人不同，他最不怕的就是吃苦，而且他尤为看重的是发展前景和上升空间。确切地说，他要找的不仅仅是一份养家糊口的工作，更是一个施展才华的平台，他需要一块跳板，来实现更远大的目标。

向来严于律己的许家印，走上业务员的工作岗位后，依旧勤勉。他渴望用看得见的业绩来证明自己的实力，他明白想要有所作为，不下苦功夫是办不到的。他往往一出门就是一整天，四处奔波，苦也好，累也罢，一切努力都是为了拉到业务。难能可贵的是，除了具备吃苦精神，许家印还具备聪明的脑袋瓜。他从来不是一个只会埋头苦干、不懂随机应变的人，他的勤勉和智慧成就了他。

在舞钢十年的工作经历，让许家印收获颇丰。年纪轻轻就已经成为主管的他，十分善于人际交往，多年来交了不少朋友。有句话说得好，朋友就是财富，而且多个朋友多条路。在许家印因为没有一笔业务而愁眉苦脸的时候，他的朋友出现了，为他拉来了第一单生意。有了朋友的穿针引线，许家印不敢掉以轻心，他一丝不苟地经营着这笔业务。有朋友搭桥，再加上他的用心，这第一笔业务为公司创造了10万元的利润。

单看数字，10万块钱似乎不值一提。然而，1992年的深圳，10

万就是一个天文数字，能赚这么多钱，是许多人想都不敢想的事情。以许家印本身为例，他在舞钢工作十年，其中做了七年车间主任，就是这样一个中层干部，勤勤恳恳干了十年后，也不过是攒下了2万块钱。

由此可以看出，许家印能够拿下10万元的业务，是一件多么了不起的事情。中达老板对这个年纪稍大的打工仔另眼相看，让他从普通的业务员成为办公室主任。许家印最清楚自己能够得到重用，靠得绝非运气。

业务员靠的除了三寸不烂之舌，还有就是情商要高，但凡与客户搞好关系，再谈业务就轻松方便很多。为了拉近距离联络感情，送礼是惯用的手法。

许家印慢慢意识到，送礼是出于一片好意，但是收礼的人却有些为难，花了钱却没能讨人家欢心，这完全违背了送礼的初衷。因许家印决定再也不去送红包了，这种费力不讨好的事情还是免了吧。

他坚信，“做业务就是实打实的做业务，容不得我们去搞‘贿赂’工程，真正的业务是干出来的，不是‘送’出来的，铁打的客户关系，是在平日里一点一滴里积累下来的，不是用钱买来的”。

作为车间主任，许家印有自己的一套原则。作为业务员，他同样有雷打不动的准则。能够从技术员升到车间主任，能够从业务员升到办公室主任，正是基于许家印做人的原则。许家印再一次完成了从低到高的逆袭，这是他在深圳的第一次蜕变。

3. 在自己搭建的舞台上演出好戏

凭借傲人的业绩，许家印完成了从业务员到办公室主任的迁升，职位的转变意味着新的机遇和挑战。比起时常见首不见尾的业务员，办公室主任自然清闲许多，不仅不用风吹日晒四处奔波，而且收入也直线上升。

处在新的工作岗位上，他在适应周遭的同时，努力开拓着前进的道路。

之前是在寻求平台，如今，稍有能力的许家印琢磨着给自己搭建一处平台。在他看来，环境的利与弊是可以转换的，甚至可以改变。许家印有着格外明确的目标，到底为什么要来到深圳重新打拼，他比谁都清楚，所以他不遗余力地为自己争取机会。

时机成熟后，许家印主动将自己的想法向老板提出，希望得到老板的认可和支持。他的计划是与舞钢联手，在深圳注册一家新的贸易公司，作为新的前沿阵地，以此开拓更广阔的市场。老板对这位新晋办公室主任的才智与能力颇为赏识，平日工作的点点滴滴，足以证明许家印的实力。可以说，在没有遇到任何阻力的情况下，许家印的构想有了成为现实的可能。

得到老板的同意后，许家印积极着手实施，不久，一家名为“全达”的新公司诞生了，成为中达公司的新成员。新公司的负责人，则由许家印担当。老板对这件事充满了期待，也对许家印抱以极高的期望。

作为新公司的灵魂人物，许家印对一切充满着无限憧憬，他似乎天生对挑战情有独钟，对看似不可能完成的事情跃跃欲试。是成功，还是失败？他不敢妄下结论。唯一能够肯定的是，他会全力以赴，在新的起点上加速奔跑。

“全达”对许家印而言，是梦寐以求的舞台，他为此倾注了许多心血。踌躇满志的他，开始了艰辛的创业。厚着脸皮从朋友那借来了些钱，置办了办公桌椅及办公用品，新公司逐渐有了雏形。随后，开始招兵买马，组织团队。至此，全达正式投入运作。虽然建立公司的钱不是许家印出的，但是公司成立的七零八碎的事项都是他亲自操办的，看着一手扶持起来的公司，许家印有着无以言表的喜悦、激动。

公司成立了，要忙的事情更多了。许家印一人分饰两角，不仅是全达公司的老总，还得兼任中达办公室主任，两头都得照顾到。一天就24小时，许家印承担着两份工作，就意味着接下了两份责任。累吗？累。但是，身体上的劳累实在算不上什么，能有这样大展拳脚的机会，他求之不得，自然苦中作乐，浑身上下充满力量，似乎有用不完的力气。

但凡能够有助于新公司发展的事情，许家印都会不遗余力地去完成，他全身心投入到公司的运作中。作为新生公司，力量还很弱小，能否经受得住市场的考验及同行们的冲击，能否顺畅度过初期的艰难时刻，一切都没有准确的答案。许家印使出浑身解数，为新公司保驾护航，这是他的心血，他不得不拼尽全力。

可喜的是，全达成立初期，在许家印的带领下，公司上下齐心协力，业务从无到有，一步一个脚印地步入正轨。然而好景不长，一年后，还没等许家印实施更庞大的扩展计划，中达老板却先行打了退堂鼓，全达因为资金、人员等多方面的原因而没能坚持下去，以解散告终。

这样的结果，最心痛的莫过于许家印。全达如同他的孩子，在他的照顾下，得以茁壮成长，本以为会有更辉煌的未来，却草草收场，连奋力一搏的机会都没有。商场如战场，每天都在上演着大起大落，这不是什么新鲜事儿，许家印自打来到深圳，也做好了迎接成与败的心理准备，然而全达的解散，还是给了许家印的胸口重重一击。没人能够体会他的心酸与无奈，纵然有万种头绪，他也只是默默地埋藏在心里。

从大喜到大悲，不过短短一年的时间，让许家印对人情世故看得更加透彻明白。经历过这样的起伏，他更加坚定了信念，同时，也磨砺了他的心态。许家印没有颓废，而是迸发出更加强劲的势头。

在为全达呕心沥血的一年中，许家印没有白费力气，他付出了汗水，也收获了不少经验。作为全达的老总，他全权负责公司的各项事务，小到办公地点的选择、人员的招聘，大到公司的财务及业务情况，都由他一一经手。在短短一年之中，许家印学到了许多公司创业的知识，为以后自立门户做了演练，成为缔造恒大传奇的基础。

表面来看，全达瓦解，许家印当初的设想也成为泡影，但实际上他得到了千金难买的实战经验，要知道，不是谁都有机会做这种尝试的。全达的创立，成为恒大创立的一个缩影，许家印由此积攒下丰富宝贵的经验，为组建恒大做了充分的准备。不得不说，全达的失败是恒大成功的开始，也许这就是失败的最大意义。

1994 年，机会再次来袭。中达集团准备组建广州鹏达实业有限公司，原本即将派往长春出任老总的许家印，紧紧盯住了鹏达这次机会，他仿佛看到了自己再次创业的希望。于是，许家印毛遂自荐，向公司申请放弃去长春，而申请去广州。再次如愿以偿的许家印，少了份冲动，多了份成熟。这一次，能够为自己争取到开拓广州市场的机会实属不易，他更加珍惜广州的历练。

许家印有着卓越的人际交往能力，这是人尽皆知的事情，不论是在舞钢，还是在中达，他将这种能力发挥的淋漓尽致。到达广州后，他再次向世人证明他高超的公关才能和游说技巧。有了全达的铺垫，在组建鹏达的过程中，许家印轻车熟路，几乎没有遇到任何阻力，轻而易举地完成了团队建设，有了兵马，他准备“不知天高地厚”的大干一场。

在一次次的挑战中，许家印不断汲取着养分，不断成长着，他对未来的向往远不止于此。每时每刻，都要迎接来自市场的挑战，这不是负担，而是他的追求之所在。在自己搭建的平台上，许家印越战越勇，骨子里那种绝不服输的劲头儿越来越有张力。在不断进取的过程中，他的商业头脑也得到了极大的发挥，朝着更广阔的舞台迈进。

许家印的终点，不是舞钢，不是中达，不是全达，也不是鹏达。

4. 曾经的苦是如今的甜

正当他埋头苦干的时候却突然传来一个噩耗——岳父病危！由于高血压，老人健康堪忧，第一时间住院治疗，得到这个消息后，许家印放下一切事务，马不停蹄地赶往医院。

当时的交通远不如现在发达，许家印赶紧坐上了回河南漯河的火车，到了之后已经是大半夜，早就没车了，无奈下只能坐三轮车，又是一阵颠簸才见到躺在病床上虚弱的岳父。老人见到亲人后，首先想到的是告诉许家印他有一个心愿，希望有生之年可以回到安徽老家。一向极重孝道的许家印，二话不说，立马找来一辆货车，帮岳父收拾妥当后，带着病情愈发严重的老人踏上了返乡的路。

在寒风凛冽的夜里，整整颠簸了12个小时，从深圳赶来后，直到此刻，许家印几乎没有任何休息的时间，一直在忙碌。推开家里的大门，许家印的妻子看着眼前的两个人，不由得哇哇大哭，一个是病重的父亲，一个是满脸风霜的丈夫，让她着实感到心痛。屋内是刚满六个月的儿子，小家伙尚且无法了解此刻发生的一切，许家印望着那张稚嫩的小脸，望着嘶声力竭的妻子，不由得也落下泪来。

时过境迁，当许家印坐拥数亿资产时，每每念及这段往事，仍然难以忘记当初的艰辛与不易。这一点一滴都深深印刻在许家印的内心深处，作为人人仰望的成功者，他的故事被人们追捧，然而他却很少对外人提及过往。那段日子有多苦，只有他自己清楚，他以一个男人的韧劲儿对抗着艰难无比的创业之路。

起初，刚刚来到深圳，破费了一番周折，才得以找到一份业务员的工作。来深圳打工，经费有限，为了尽可能的节约成本，许家印最初都是借住在朋友家的走廊上，一晃就是三个月，再苦再难也坚持了下来。由于表现突出，他被提拔为办公室主任，生活水平稍有改善，终于不用再在走廊上过夜，搬到了公司空闲下来的厨房。然而，厨房的面积就那么大点，放下一张床就已经很勉强了，实在没有多余的空间，甚至连门都关不上。冬天时，就在房门半敞的屋子里生活，那是一种什么滋味，恐怕没有切身经历过的人，实在无法体会。

人到中年的许家印，不是一个单身汉，然而却过着单身汉一样的日子。为了拼事业，不得不暂时舍下家庭，与家人分隔两地。这不是他愿意看到的情景，却又不得不忍受着分居两地的痛苦，对于一个事业心爆棚的男人来说，取舍很重要。他知道妻子苦苦一个人守护着家庭，承受着多么大的压力，他心有愧疚，唯有更拼命地创业，才对得起在身后默默支持着他的家人。

直到1993年，即便已经担任全达的老总，许家印一家人依然无法聚首。大老板知道他的情况后，主动找许家印谈话，他说："一家人一直分居怎么行，公司出钱，你去租套房吧。"大老板的提议让许家印兴奋许久，他立即着手租房子，期待着与家人团聚的那天。许家印的办事效率就是高，房子租好后，一家人终于可以朝夕相处了。

刚解决了两地分居的问题，新的问题来了。毕竟资金有限，许家印选择与别人合租了两室两厅的房子。其中一间是合租人住，另一间则是许家印一家住，当时的情况是，许家印、他的妻子、两个儿子、岳母、父亲以及朋友，加起来7口人，挤在剩下的面积里生活。

最难熬的当属炎炎夏日，对于许家印的儿子来说，火热的天气就是一种煎熬，他们的房间没有空调，但是另一间房间有，为了稍微凉快一下，许家印的儿子一到夏天就迫不急待地去人家门口打地铺，这样就可以吹吹凉风了。许家印自己再苦再累都能忍受，但是看着儿子怕热却只能去别人那里解暑的样子，苦涩和自责涌上心头。作为父亲，他没能让孩子过上舒服的生活，实在是愧疚难当。

跻身富豪榜首的许家印，吃过太多的苦，但在攀上名利的巅峰后，很少对外提及过去的苦日子。许多富豪乐于讲述自己曾经经受过的磨难，年轻人也乐得从中汲取养分和力量，然而许家印却不，他常对员工说的话是："我的阅历很简单，毕业后给国企打了十年工，又给私企打了五年工，最后自己做老板。刚到深圳没地方住，我就在朋友家的走廊住了三个月。后来进了一家公司，一个月工资只有五百元，但我就看上了这个老板，我觉得在他身上可以学到很多东西。入职几个月我就当了办公室负责人，把公司不用的厨房当卧室用，还是个不到四平方米、门都关不上的小房间，在那里住了一年的时间。”

受过的一切苦难，到了许家印那里，只有简单的几句话。然而了解他的人知道，即便是再复杂、再冗长的文字，都无法全面揭示他吃过的苦，何况是如此简洁的三言两语。

苦日子教会许家印勤勉与节俭。经过不懈的努力，一家人的生活得以大大改善时，他依然秉持节俭的作风。当他的大儿子在香港谋到了一份工作，准备租房子时，考虑到上下班方便，于是在市中心以每月2万港币的价钱租了一套房子，许家印听说后，立即和儿子通话，批评道：“2万块，你一个人才赚多少钱？”批评教育完还不算，督促儿子将租好的房子退掉，重新选了一处便宜些的。其实许家印不知道，当时2万一个月的房子已经算很实惠了。

古人云，“由俭入奢易，由奢入俭难”，正是有一颗敢于拼搏的心，正是有一个坚不可摧的信念，才使许家印在吃了那么多的苦之后，依然不改初心，咬着牙坚持到了最后。曾经与许家印一起在中达共事的老同事邓凡这样评价他：“许家印不爱享受，不怎么认名牌，有时候买衣服都是我帮着挑，他好像也没什么爱好，就是一心想把事业做大，把企业做强。”

5. 在广州地产界的第一仗

20世纪80年代，中国房地产进入萌芽阶段。当深圳，逐步燃起房地产的苗头时，许家印还只是刚刚走出大学校园的毛头小子。当房地产的热度稳步上升时，他还埋头于舞钢，专心致志地搞管理，搞技术。

对房地产一窍不通，甚至毫不在意，是当时大部分人的状态。对于那时候的人们来讲，房地产的发展是太过遥远的事情，与其关心未知，不如着眼现在。许家印也是其中之一，他对房地产行业不感兴趣，也从来没有考虑过往这个行业发展。

在许家印为舞钢殚精竭虑的同时，房地产行业发生了翻天覆地的变化。1984 年，邓小平同志首次视察深圳彻底点燃了这一地区的发展，如今耳熟能详的大企业，如万科、招商地产、华发股份、广州城建及天鸿集团等，无一不是借着东风迅速崛起雄霸一方的。

1984 年，是不可思议的一年，新式建筑如雨后春笋般拔地而起，迅速占领了广袤的土地。其中，最令世人瞩目的便是深圳的国贸大厦，以“三天一层楼”的速度刷新了人们对建筑速度的认知。前赴后继的房地产商不遗余力地创造着属于深圳房地产的未来，涉足此领域的人们，怀揣着一份热忱，高效率和高质量是他们不断追求的目标，而且没有止境。

此时，看似与房地产相隔十万八千里的许家印，还在自己的工作岗位上不断探索，谁也不会料到，在房地产界，这个姗姗来迟的男人，竟然会缔造出恒大地产，成为房地产行业无可争议的霸主。

如今，人们习惯性将恒大和万科进行比较，都是行业巨头，自然也要分个高下。但是，当万科早已声名鹊起的时候，恒大的老总许家印还在舞钢当车间主任呢，与房地产行业隔着千山万水。可以说，许家印带领恒大发展壮大到现在与万科并驾齐驱的程度，得益于他骨子里的韧劲儿，要做就做到最好，否则就不要开始。

从 1992 年初到深圳，到 1994 年，转眼到了第三个年头。正是 1994 年，许家印迈出了关键的一步，选择了一个分岔路口，一路往前走，视野愈发开阔。得到大老板的首肯后，许家印雄赳赳气昂昂地向广州地产界进军。他对广州颇有好感，再次来到这里，已然褪却了曾经莫名的紧张，只有无以言表的兴奋和决定大干一场的冲劲儿。由许家印领衔的鹏达房地产公司在广州安营扎寨，除了他之外，公司成员还有一个业务员、一个财务以及一个司机，这些人员都是他从深圳带过来的，此外，他还带来了一辆标致车。

除了人力、物力的支持，许家印还得到了强有力的资金支持。此次闯荡广州，中达老板对这位得力干将器重有加。当年，全达在万般无奈之下草草收场时，留有 1500 万的未使用贷款，而这部分钱则成为鹏达的启动资金，靠着这笔钱，鹏达在广州开始扎根发芽。手里握着一大笔钱，许家印依然精打细算，为了节省开支，四个人在广州黄埔附近的城中村租了农家房，由三个卧室和一个客厅组成。作为顶头上司，许家印拥有独属于自己的一间房，其余三个人则住在剩下的两间房内。在恒大混得风生水起后，许家印对曾经的这段光辉岁月充满感恩，他认为这样的条件与之前在全达住厨房的日子相比，简直是幸福。

简单的农家房，既是鹏达的宿舍，也是办公地点。配备好一台传真机和一个厨师，鹏达公司开始正常运作起来了。从事房地产的生意，办公的人却区区四个人，在别人眼里也许会有点可笑，但是许家印带领着自己的小团队，踏上了征程，事实证明，团队虽小，实力却很大。

许家印清楚，谈生意还是需要讲究环境的，该省的钱一分都不能乱花，不该省的钱绝对不会舍不得。简陋的农家房实在不适合约谈客户，于是，许家印在酒店订了个套房，每每需要与客户会面，都会来到这里。许家印从不说空话大话，性格成熟老练，又有业务员的经验，嘴皮子自然利索，经过多次洽谈后，一举拿下名为“珠岛花园”的地产项目，这是鹏达第一单生意，也是鹏达进入房地产行业的敲门砖。

精益求精是许家印从始至终都在恪守的准则，他之前是如此，对“珠岛花园”更是如此。房地产界的新手，不意味着注定会屈居人后，诸多前辈虽然战绩赫赫，气势汹汹，但是在许家印眼中，他要做的项目必然要有所超越。

公司刚在广州落户时，许家印就没少往外跑，他对本地的房地产行业进行了一次详实的摸底工作，得到不少宝贵的资料和数据。由此，他总结出了广州房地产的诸多特点，其中最为突出的一点便是大户型较为普遍。于是，许家印灵机一动，决定不跟风，转换思路，选择与大户型背道而驰的小面积，并高调宣传价格低的优势。项目一经推出，还没等到正式发售，就先声夺人，成为一匹黑马，闯入了人们的视线。更让人意想不到的是，项目首期就取得开门红的业绩，不多时便被抢空。

许家印用“珠岛花园”项目向广州房地产行业发出讯号——鹏达房地产公司值得信赖。进入房地产行业的第一仗，许家印赢得漂亮！为鹏达打响了知名度，成为广州地产界新加入的英豪，与成名已久的前辈们逐鹿广州。

这样出彩的结果，是中达老总万万没有想到的，他对许家印的能力没有半点担忧，但是如此亮眼的成绩着实让他吃了一惊。也许就连许家印自己，都没预料到会收到如此热烈的反响。“珠岛花园”以强势之姿抢占了广州房地产的头条，直至今天，这个项目的运作模式依旧如教科书般指导着地产行业。

“珠岛花园”仅仅是个开始，更为精彩的故事还在后面，恒大的辉煌也在不远处。

6. 地产，我来了

提及地产业，很多人脑海里都会闪现出一个名字——许家印。可把时间调回 1996 年，那时的他不过是一个四处奔走的无名小卒。那一年，他从企业辞职，开始了自己的创业之路。白手起家的他，从无名小卒到地产界大亨，靠的是智慧与双手。

普普通通的 7 个人，默默无闻的恒大集团，少得可怜的资金，这是许家印的全部家当。但他没有放弃，一直努力寻找契机，寻找属于自己的人生之路。12 年后，恒大集团正式上市，他的一番心血没有付之东流。而这辉煌背后的苦涩，又有几人知晓呢？

1996 年，许家印正式告别打工生涯，成立了一家公司，名为广州恒大地产。10 年的打工生活，让他积累了丰富的工作经验，也算给他的创业之路奠定了一些基础。那年，恒大地产一穷二白，总共就是一台车、几个人。

后来许家印说：“用最少的钱拿更多的地，发展的时间持续更长。”这话说着容易，真落实起来，有无数难以想象的困难。

项目，是当时恒大地产的首要目标，只有找到合适的房地产开发项目，自己这样的小公司才能存活下去。

万事开头难，许家印在寻找项目上大费周章。他踏遍了广州的千山万水，反复考察、调研和论证，再三权衡之下，终于盯上了一块“宝地”——海珠区广州工业大道的原广州农药厂。

从当时来看，这根本算不上“宝地”，可许家印看到的是这片土地的发展前景。经过思考再三，他买下了这片土地的使用权，作为恒大地产的第一个开发项目——即后来赫赫有名的“金碧花园”。

当时的金碧花园，工厂林立、污染严重、市政配套滞后，是名副其实的远郊区，很不受欢迎。不过，许家印仍投入极大的激情，他相信这片土地会在自己的手中发生翻天巨变。事实证明，他成功了，他真的“化腐朽为神奇”了。

因地处僻静之所，这块地并非多么抢手，可首期也需500万元的地价款。500万元！这对刚刚起步的恒大地产来说，无疑是天文数字。许家印没办法，只能从银行贷款300万，而因恒大地产一无所有，这300万银行贷款是否能到手也是未知数。

摆在面前的困难一目了然，宛若行走在黑暗的道路上，难以前行。许家印亦是摸索着徐徐向前，他是个喜欢在逆境中寻找希望的人。

彼时，许家印做好万全的准备，信心满满地来到银行，开始了商务谈判。他向银行高层描绘了恒大地产的宏伟蓝图，也说明了付款方式。最终，或许是银行方面的确被其出色的口才所折服，或许是因为的确有赚头，总之，许家印把300万元收入囊中。后又多方走动，筹得了其余款项。

购得了土地使用权，预示着恒大地产有了资源。随即，他立即着手开发，将贫瘠的土地变成一幢幢房子。他复制了珠岛花园的模式——小户型，薄利多销，快速回笼资金。这是个赚快钱的好办法，足见许家印那灵活的头脑及善于变通的行事风格。

俗话说，“火车跑得快，全靠车头带”，许家印勤奋，恒大地产的员工也不懒惰，在他的带领下，员工干劲十足，熬夜通宵已是家常便饭，甚至工作到次日早上6点，之后9点又接着上班。

1996年6月8日，金碧花园破土动工。这是一场硬仗，是属于许家印的第一场硬仗，他没有退路，只能赢不能输。而他也坚信，金碧花园会一飞冲天！

8月8日，金碧花园正式公开发售，开盘价定为2800元/平方米。此价位对属于广州老城区的海珠楼盘而言，诱惑力十足，无数顾客奔走相告。

当日上午，金碧花园首期的323套住宅一售而空，8000多万元资金迅速回笼。这仿若奇迹一般！首期的成功，许家印像吃了定心丸一样，紧绷的神经松了下来。

彼时，恒大地产有了现金流，在第二期开发之时，许家印开始注重环境和配套设施，随之，售价自然也跟着提高了。第二期开盘定价为3500元/平方米。

此次楼价比首次高，可开盘之后，依然很快销售一空，这让许家印也未曾想到。近亿元的回款，解决了当时恒大地产的诸多问题。自此，金碧花园成功了，许家印算是真正意义上成功淘得了“第一桶金”。

当年征地、当年报建、当年动工、当年竣工、当年售罄、当年轰动、当年入住、当年受益……金碧花园从头至尾的活动皆在同一年完成。1996年，是属于金碧花园的一年，也是属于恒大地产的一年，更是属于许家印的一年。金碧花园至此一战成名，被誉为“中国著名城镇化社区50佳”名盘。

1997年5月1日，许家印同中达老板做了一次深谈，他在对老板感恩之余，开诚布公地说：“人是有价值的，什么样的人、什么样的水平、什么样的贡献，就一定要有什么样的待遇。不然，从管理上来说，是留不住人的。”

许多年后，许家印忆起金碧花园，说道：“无论何时，企业运作最重要的问题都是现金流，尤其是刚起步阶段。”这宛若一种信念——是支撑许家印走过数次资金危机的信念。步履维艰之时，他却丝毫不退缩，勇往之前。

在机遇面前，许家印想到的只有一点：机会不抓住，过去了就过去了。他审时度势，看准时机，迅速出手，这是他走向成功的关键。随后，他带着恒大地产一路奔跑，迅速成长起来。恒大地产一跃成为地产界应当当的企业，许家印也渐渐开始蜕变，从默默无闻到名声大噪，一路高歌猛进！

7. 急流勇退

许家印骨子里的韧劲儿，是作为商人最为重要的气质。三天打鱼两天晒网，奔波几天就喊累的人，注定与成功企业家无缘。他说一不二，有野心，也有压力。进入新的领域，就要面临新的挑战，作为鹏达的老大，肩上的担子很重，但依旧走得健步如飞。

凡是与许家印共过事的人，无一例外地认为他是一个乐天派，就是那种甭管遇到多大的困难，都不会垂头丧气的人。在地产行业摸爬滚打，就会遇到大大小小的绊脚石，而且优胜劣汰在地产界尤为明显，运作不善的公司很快就会被淹没在滚滚洪流中。

当初带领团队来到广州，是许家印毛遂自荐，而且获得了中达老总的鼎力支持，给了他人力、物力和财力，这可不是白给的，是为了让他开拓广州的市场，把投入进的钱翻倍的赚回来。有所期待，就一定会给予压力，这都很正常，但也看得出许家印的抗压能力是格外的好，不论身体还是精神，始终保持着昂扬的斗志。

说实话，作为鹏达的主心骨，许家印对地产行业并没有多丰富的知识储备，在公司成立之初，如果问他“容积率”是什么，他都只能摇头。在舞钢呆了十年，各项业务都颇为熟练的他，如今要重头再来了。时间不等人，机遇不等人，支出也不等人，为了尽快熟悉地产业，他边干边学习，付出加倍的努力。学习能力超强，又肯下苦功夫，他不成功，谁成功？最难能可贵的是，他已经步入中年人的行列，却仍能拿出一定的精力用在学习新事物上，这是一般同龄人所无法比拟的。

许家印身上背着巨大的压力，却以猎豹般的速度向前奔驰。压力就是他不断向前奔跑的动力，他决不允许自己半途而废，不达目的决不罢休。他十分讲求效率，在保证高质量的前提下，尽最大可能提升速度，大跨步前进。

第一单生意“珠岛花园”为鹏达带来了轰动效益，房地产行业的大兵小将们纷纷四处打探鹏达的背景，对这个名不见经传的小公司刮目相看。不过，骄人的业绩可不是大风吹到许家印手中的，若是没有前期的投入和努力，就不会有后来的产出。

初到广州，一个半路出家的团队，如何在激烈的竞争中揽到生意？没有客户，也就没有项目可做，没有项目可做结局意味着没有资金来源，一行人只得坐吃山空。开头第一步走得确实难，但许家印也是踏踏实实地把第一步迈了出去。没有客户，那就出去创造客户。他和同事们一起走遍大街小巷，到处张贴宣传广告，去挖掘一切有可能成为客户的公司。

经过多方努力，刚刚成立不久，还从未运作过项目的鹏达，竟然一口气收购了当地的一家房产公司，“珠岛花园”的项目由此而来。有了可以经营的项目，也就有了接下来的目标。但是，没有项目的时候，许家印犯愁，有了项目，他还是犯愁。这可是他们的第一单生意，做就做到最好，不过问题在于鹏达对地产行业而言是个新手，没有任何经验可言，如何能够将这个项目运作好，如何才能借此扎根下来，是最亟需解决的难题。

在高压之下，许家印的聪明才智迸发出前所未有的活力。万事开头难，但是走出第一步，就不再怕第二步、第三步。一边摸索实践，一边总结学习，不怕学不会，只怕不肯学，凭借出众的学习能力，很快，不论是房地产的开发还是运作，管理还是创新，许家印都游刃有余，展现出非同一般的创造力。

在各行各业中，房地产行业属于比较特殊的一类，由于与民生息息相关，国家政府部门对这个行业保持着较高的把控力度。一个项目从正式立项开始，不论是施工还是销售，都有相关部门严格把关。鹏达接手的第一个项目——“珠岛花园”，前前后后去政府盖了108个章，走过一道道程序后，才算是完事。“珠岛花园”创造了“许氏效率”，即“当年开工，当年销售，当年销罄”，这样优异的成绩实属难得。不单单提升了鹏达的知名度，更是让许家印成为广州与地产界家喻户晓的黑马。

在光鲜的成就背后，是许家印说到做到的骨气。他认准一件事，就不会东张西望，而是埋头苦干，就算遇到南墙，也要撞倒它，继续往前走。在鹏达的历练，让许家印快速地适应了房地产行业的规则，从一无所知到触类旁通，也只不过是短短一年多的时间。他跨过了地产界的门槛，成为圈里人，甚至成为举足轻重的角色。

敢想才敢做，敢做才有可能出成绩。奔赴广州从事房地产，到成功运作“珠岛花园，许家印以实际行动证明着自身的价值。有机会就一定不会得过且过，但凡这种挑战与机遇并存的机会，许家印从来没有犹豫过，当机立断，绝对的稳准狠。

1997 年 5 月，正当“珠海花园”二期销售过半的时候，就在鹏达走得越来越稳，大好局面就此展开的时候，许家印做出了让他人意想不到的决定——离开由自己一手操办起来的鹏达。此时，他为中达效力已有五年之久，付出的辛苦和为公司带来的收益，绝对对得起老板的器重。

为什么选择离开呢？说得简单直白一点，就是付出与回报不成正比，俗话说就是工资太低。在许家印心中，中达老总对他有知遇之恩，他也不是拐弯抹角之人，离开之前，与老总来了一次推心置腹的长谈。由他带领的鹏达公司，成功运作了“珠海花园”，为中达直接带来 2 个亿的收益，堪称天文数字。然而，作为最大功臣，许家印每月仅有 3000 元的工资，一家人的生活依旧得不到改善，这是他最为失望的。其实，坦白来讲，如果年薪可以达到 10 万或 20 万，他不会选择去自主创业，毕竟与创业比起来，打工更为稳定，承担的风险会小很多。

许家印离开鹏达不久后，中达的管理层年薪达到10万，这曾是他渴望的标准。不过，他没有半分后悔，路是他自己选的，坎坷也好，颠簸也罢，他都一一笑纳，解决掉一个个挫折之后，就等于得到了一块块垫脚石，所以才有了日后威武的恒大。

提到1997年，发生了很多重大事件。其一，香港回归，阔别已久的孩子终于重返祖国母亲的怀抱；其二，亚洲金融风暴来袭，造成全球经济的动荡不安，中国当然也受到了严重的冲击，国内不少企业的命运因此变得摇摇欲坠。但是，鹏达的“珠岛花园”的二期项目却在经济海啸的怒吼下，销售飙红，延续了一期的辉煌。

正是在这样的大背景和小背景下，许家印做出了自己的决定。不管大环境如何危险，不管小环境如何诱人，他都做好了重新开始的准备。对于别人来说，选择放弃蒸蒸日上的大好局面，是一件非常困难的事情，毕竟成功就摆在眼前，谁也不愿意在可以尽情享受胜利果实的时候退场。但是对许家印而言，他看重的从来不是眼前的蝇头小利，也不是一时的水涨船高。即便大的环境不尽如人意，可以说并不适合独自创业，可许家印却愿意接受这样的挑战，他坚信，机遇与挑战如影随形。

谁不想成功？谁不想问鼎江湖？但是有几个人能像许家印这样，敢于脚踏实地地追求理想呢？房地产发展的势头正盛，这是他创业的最佳时期。

离开鹏达，绝不是逞一时之勇，也不是头脑一时发热，而是经过深思熟虑的结果。回顾在中达的五年间，业务员、办公室主任、全达老总，这是一个阶段；随后是担任鹏达老总，这是下一个阶段。这期间，许家印不断学习，不断进步，用五年的时间积累了丰富的实战经验。在快速发展变化的深圳和广州，他的能力得到了质的提升和飞跃。

“深圳五年比舞钢十年的收获更多。”许家印对这段时间做了这样的总结，他非常认可自己的收获，在五花八门的商战中，他已然成为一位优秀的商人，具有灵敏的嗅觉和独到的眼光。

第三章 打响自主创业第一枪

1. 恒大成立

有备而来，才不至于抓瞎。向中达老总申请辞职后，许家印将工作的重心全部转移到自己的创业之路上。离开中达，并非是一时头脑发热的结果，而是筹备已久。

1996 年，还未离开鹏达时，许家印大笔一挥，收购了广州天帝实业开发有限公司。这家公司隶属于中达集团，是由广州鹏达事业有限公司与深圳千盈实业公司共同合资组建的公司。同年 8 月，鹏达将 40% 的股份转让给广州凯隆，而此时，凯隆已然被许家印攥在手掌心中了。

1997 年 3 月，广州天帝更名为恒大实业，许家印迈出了重要的一步。因为，此时的董事长并非旁人，正是许家印，而恒大实业也已经逐步完成了独立，更名之时与中达不存在半点关系。5 月份，许家印正式脱离中达，开始独立自主地管理恒大实业。

“恒大”二字，许家印将其释义为“恒大者，古往今来连绵不绝，曰恒；天地万物增益发展，曰大。颇有在时空的双向维度上绵延发展之意”。在时间和空间两个维度上，对恒大做的阐述，字字可见许家印对于新公司的期许，将其做大、做强，势在必行。

愿景是美好的，现实就稍微有点艰苦了。在起步阶段，恒大仅有一辆车，有限的一点资金，员工也不到十个人。面对有些惨淡的条件，许家印却始终昂扬着斗志，想当初，条件比现在还要不尽人意，但是照样靠着自己的实力在广州地产界混得风生水起。更何况，如今自己早已经不是门外汉，有了成功和失败的经验，干起事来顺畅多了。

兜里的资金有限，许家印就盘算着如何让有限的资金发挥最大的价值。纵观地产行业，不难发现，占有的土地越多，成功的胜算也就越大。早在那时，许家印就深谙其道，坚持少花钱、多拿地。他有广阔的视野，精明强干的头脑，决定了他的前瞻性和预判性都胜人一筹，所以恒大能够发展如此之迅速，也就不足为奇了。

权衡再三，许家印相中了一个无人问津的地块。如今的广州工业大道地区就是他瞄准的猎物，准备就此大干一场。当时，这片地区聚集着各类工厂，环境受到了严重污染，而且连基本的生活配套设施都不完善，甚至一度落后于一般地区。条件如此之差，自然不受广州地产企业的欢迎，所以一直受冷落。许家印却大胆买下了原广州农药厂的这块地，此处位于工业大道地区，是人尽皆知的重度污染区，唯一诱人的就是它低廉的价格——500 万，比起其他寸土寸金的地块，这个价钱实在是很划算。但即便如此，对于成立不久的恒大而言，想要弄到这么一大笔钱，也非易事。

许家印千方百计延迟了付款日期，在此期间，往来于各大银行四处游说，最终得到了300万的贷款。有了资金，恒大的第一个项目——“金碧花园”，二话不说立即启动。有了珠岛花园的成功案例，恒大此次依旧延续了之前的模式，主打小户型，并且将价格保持在较低的水平。如此一来，既可以达到薄利多销的目的，又可以在最短的时间内收回投入的成本，确保资金链的运转正常。资金对房产企业的意义超乎想象，周转资金一旦出现问题，不仅会导致项目瘫痪，更有可能毁掉一个企业。作为新成立的公司，恒大对资金问题更是保持谨慎的态度，资金回笼的速度直接关乎企业的稳固与否。

1996年6月8日，“金碧花园”正式破土动工，这也是恒大独立运营的第一个项目，也是许家印作为公司全权负责人的第一个项目，可谓意义重大。这个项目，代表着他的雄心壮志，凝聚着恒大想要做大、做强的伟愿。两个月后，“金碧花园”进入销售阶段。开盘价为每平方米2800元，毫不夸张地说，在地产业迅猛发展的广州，这个价格着实让人心动。借着价格的绝对优势，仅开盘当天上午，一期300多套住宅销售告罄，根本没有喘息的机会，几个小时而已，掀起了一股抢购热潮。半天时间，回笼资金8000余万，轻而易举地缓解了恒大的资金压力。就此，“恒大”两个字，成为广州地产界响当当的牌子。

与轰动一时的“珠岛花园”相比，“金碧花园”项目更是名利双收。纵观“金碧花园”的始末，不难发现，每个细枝末节之处都体现着许家印的行事风格，他将多年积攒而成的管理模式熟练地运用于这个项目，这也成为恒大日后较为固定的发展模式。诸多事实证明，许氏管理模式是无懈可击的，恒大的一路凯歌足以说明一切。

成功背后，总是暗藏着数不尽的辛酸，许家印和恒大也不例外。在公司举步维艰的初期，没有雄厚资本做辅助的许家印，遭到了来自四面八方的明嘲暗讽，众多企业都不看好恒大，对许家印买下的地块更是不屑。许家印顶着外界并不友好的眼光，带领恒大一步一个脚印，克服种种困难后，一飞冲天，以傲人的业绩击退了质疑的声音。一年的时间而已，许家印完成了逆袭，让那些等着看他笑话的人，惊得目瞪口呆。

首战告捷，有了富裕的资金，许家印接下来要做的是提升品质，狠抓质量。“金碧花园”二期着重改善小区外的环境，做到配套设施一应俱全，大大提升了小区的软实力。二期的开盘价为每平方米3500元，高出一期700元，一经推出，同一期一样，不多时，便被抢购一空。划算的价格加上恒大的名号，房子卖不出去才怪。“金碧花园”项目让恒大在广州地产行业站住了脚跟，让“恒大房”与质优价廉画上了等号，在购房者心中，买恒大的房子肯定买不亏。

“金碧花园”项目用事实印证了许家印的策略，不论是少花钱多买地，还是薄利多销，还是用品质说话，都是十分正确的。恒大的发展，离不开他的这些基本论调。恒大用经得起考验的作品，赢得了广州人民的青睐。慢慢的，恒大催生出品牌效应，巩固了其在行业内的地位，也为自身的发展奠定了坚实的基础。

“金碧花园”项目后，恒大的发展一发不可收拾，逐步向顶级房地产企业靠拢。

2. 敢拼才会赢

做人不能妄自菲薄，更不能骄傲自大，做企业也是如此。凭借“金碧花园”耀眼夺目的战绩，恒大在广州地产界小有名气，也获得了不错的口碑。然而，广州的房地产行业早就过了萌芽起步阶段，大大小小的地产企业近乎 2000 家，而且其中有不少企业都成立于 1990 年前后，这就意味着它们的实力远超恒大，在它们眼中，恒大不过是小小一只。

在激烈残酷的竞争环境下，恒大仍旧面临着危机，不进则退，退则意味着灭亡。虽然渺小的恒大处于金字塔的底端，时刻受到前辈们的威胁，但许家印却毫不畏惧，他知道，每一家企业都要经历由小及大的历程，期间注定遭遇坎坷磨难，甚至要承受倒闭的风险，不过他却没有丝毫动摇。路是走出来的，他许家印势必会带领恒大踏平荆棘，让恒大持续发光发亮，直至站在地产界的顶端傲视群雄。

1998 年，终于迎来了金融危机的消退，随之而来的便是房地产行业的蒸蒸日上。在利好的形势下，必须不能掉链子，恒大能否走的更远，关键看前期的根基打的是否足够牢固。

1998 年 3 月份，在第九届全国人大一次会议上，朱镕基总理郑重宣布了五项改革措施，最引人瞩目的便是其中一条关于住房制度的改革。根据规定，福利分房制度就此退出历史舞台，住房商品化成为一种大趋势。有变革，就会衍生出商机，目光精准独到的许家印，自然不会错失良机。乘着住房制度的改革春风，许家印默不作声地将恒大引领到了一个崭新的高度。

1998 年 6 月，广州举行了有史以来第一次土地拍卖会。在许家印看来，这就是一场没有硝烟的战斗，在房产改革的大潮中，房产企业拼的就是拿地多少和速度快慢。房产的市场份额绝对不会为谁等待，契机摆在每家房产企业的面前，先到先得。眼疾手快的许家印，斥资 1.34 亿一举拿下了海珠区南州路的农药厂地块，随后，金碧华府、金碧御水山庄、金碧湾等 13 个楼盘齐头并进。

大手笔的付出，回报给他的便是实实在在的钞票，据统计恒大此时段有五六个亿的资金进账。开发规模大、速度快，紧随其后的便是销售规模，在产与销的共同推进下，恒大用实力再次巩固了根基，从一家小型房产企业摇身一变，迈上了中型企业的台阶。如此迅速又稳健的发展势头，得益于许家印摸准了国家大政方针的脉搏，顺应时代的发展趋势，一路小跑，赶在了众多房产企业的前头，占领了广阔的市场。

1999 年，迎着胜利的曙光，许家印为恒大制定了更为远大的目标，他将目光投向全国市场，不再拘泥于广州一地。有人认为许家印未免有些骄傲自满，取得了一点成绩就按耐不住冲动。实则不然，在广州地产行业综合排名榜上，恒大赫然冲进了前十名，它早已不再是默默无闻的小兵小将，迈向全国市场的时机已经成熟，此时不向前大跨一步，更待何时。

从恒大的第一个项目起，许家印坚持着多拿地的原则，因为他深知，土地是房产企业存活下去的根基，拿地多少势必决定着项目的规模大小，而这又影响着项目的整体运作，直接关乎企业的走势。作为不可再生资源，土地的重要性不言而喻，尤其对房地产企业，有了众多土地，就等于攥住了大把的机会，增加了企业竞争的胜算，在特定时期内，更是抓住了先机。正是许家印对市场敏锐的洞察力，他才会对房地产行业有如此透彻的了解，在反复权衡下，制定出与市场形势、政策形势所相应的战略计划，引导着恒大走一条规模之上的道路。

恒大所取得的业绩，足以说明许家印的前瞻性和正确性。短短几年时间，名不见经传的恒大，蜕变成不可小觑的大企业，在广州地产界占有举足轻重的地位，再也不是那个受人嘲笑、遭人白眼的小公司了。如此神速，成就了恒大的位置，让人望尘莫及。

纵观1998年前后，尽管大的环境呈回暖的迹象，但是1997年的金融危机仍令人心有余悸，名号响当当的万科，在此情此景之下，都选择了保守的策略，缩手缩脚，不敢轻举妄动。恒大却正好相反，在其他人瞻前顾后、左顾右盼的时候，许家印胆大心细地冲了上去，稳准狠地抓住了金融危机过后所带来的前所未有的机遇。恒大以惊人的速度迅速崛起，当他人意识到恒大来势汹汹的时候，恒大已然成为一方霸主。没有人能料到恒大的发展能够如此之快，似乎在短短一瞬，曾经弱不禁风的恒大，摇身一变，杀进了顶尖房产企业的圈子。

归根结底，许家印赢在“机遇”二字。不论是毛遂自荐执掌鹏达，主动请辞离开中达，还是成立恒大运作“金碧花园”等等一系列动作，都实实在在的证明了一件事情，许家印对形势的判断力超乎常人，他懂得何时隐忍，何时迸发，每次时机都把握得相当完美。有了机遇，接下来靠的是胆识和智慧，房地产行业的竞争激烈程度可想而知，稍不小心就有满盘皆输的风险，大笔银子投进去，有可能血本无归。大风大浪过后，许家印用事实说话，证明自己的确是房产行业内的翘楚。

他人选择静观其变时，许家印一不做二不休，果断出击，还没等竞争对手有所醒悟，他早已带领恒大在风雨之中建立起岿然不动的王国。一天回笼资金近亿元，这是怎样的神话？恒大做到了，所以恒大成为房地产行业的一个奇迹。

3. 资金管理的好手

谁都懂得钱能生钱的道理，企业尤其如此。流动资金是否丰富顺畅，直接决定着企业的成败。从一开始，许家印就对这一点看的非常透彻，他在恒大的运作管理上，十分注重资金的流动性。

毫不夸张的说，正是基于对流动资金的深刻认识，恒大在许家印的带领下才得以迅速跻身前列，否则，在与行业大佬们的竞争过程中，弱不禁风的恒大不足以创造如此举世瞩目的辉煌。在充足的流动资金的保障下，恒大将项目顺利地向前推进，一而再再而三地提升发展速度。

众所周知，恒大成立后的第一个项目是“珠岛花园”，地块标价500万。就恒大本身而言，不过是一个刚刚成立不久的小公司，谈不上任何根基，也没有多少资本。为了凑够买地的钱，许家印东奔西跑，在银行软磨硬泡，最后也只是借到了300万。还有200万的缺口怎么办？没有钱就是最大的问题，但是短时间内又实在凑不齐，难道就这么放弃？反复思量过后，他决定采取“低价地，然后以高效实现快速回款”和“不压价，只压付款方式”的策略。事实证明，在资金缺乏的情况下，他的办法无疑是行之有效的。

由于一时拿不出500万的土地款，许家印只好与卖家一再商谈，恳请宽限一下付款期限。在他的好说歹说下，付款方式由一次性付清改为分期付款，极大地缓解了恒大的资金压力。许家印相中的这个地块总占地11万平方米，同时开发的话对恒大来说是不可能实现的，因为实在缺钱。为此，许家印采取分步骤的方式，第一步先开发其中4.7万平方米的土地，本来分批开发已经是很划算的买卖了，可许家印愣是凭借三寸不烂之舌，说服卖家接受他分期付款的方式。

创业初期的恒大基本上就是一穷二白的状态，但是许家印有信心做成这个项目。对于工程款，可以由施工单位暂时垫付，一旦进入销售阶段，做到资金快速回笼的话，就可以保证流动资金的正常运转，那么一切问题都将不再是问题。经过对市场的认真调研，许家印制定了相对较低的价格，采取薄利多销的战略。这就在最大程度上，提高回款的速度，及时补充资金链，缓解各方面的压力。许家印的战略是成功的，“小户型，低价格”一炮打响，一期开售后，不到半天的时间，收回资金8000多万，轻而易举地解决了恒大资金严重短缺的问题。

恒大的成功，不仅仅是因为许家印拥有灵活多变的战略战术，还有一点尤为关键，那就是他对国家大政方针的把握。1998年，房改提上了国家的日程。有人曾问了朱镕基总理这样一个问题，“如何看待住宅市场?”总理这般作答，“开发金融市场，消费信贷，取消福利分房制度，两年内一定要将住宅行业打造为支柱产业”。

从中，许家印深刻意识到了金融市场和消费信贷对房地产行业的无限影响力。有了消费信贷，广大普通市民就可以通过贷款的方式，去购买原本买不起的房子。如此一来，有能力买房子的人一下子多了起来，地产商的消费群体一下子就多了起来，市场立即变得尤为广阔。正是有了这样的先决条件，许家印才更加坚定地搞开发，哪怕背一身债，也要把项目做起来。他正是看准了消费潜力的大幅度上涨，才敢于拼上身家大举进军房地产行业。

可以这样说，金融市场的活力是恒大的贵人，如果没有如此好的形势，初生的恒大不可能造就属于自己的传奇。金融市场的大力开放，让许家印获得了运作项目的资本，有了这笔钱，恒大才能迈出这重要的一步。没有金融市场作支撑，恒大想要在高手如云的地产界站住脚跟，恐怕难上加难。

贷款、分期付款、施工单位垫资以及尽快回笼资金，许家印对企业运营资本有着相当强的把控力，他明确了各个环节的资金往来，也深知每一个步骤的目的，并竭尽所能地打造顺畅的过程，从而得到理想的结果。环环相扣，步步为营，在许家印的运筹帷幄之下，原本菜鸟级别的恒大，迅速成长为地产的后起之秀，实在令人佩服。

从第一个项目起，一直到如今，许家印依旧秉持着高效的资金运转模式。有了雄厚稳定的资金流，也就有了钱生钱的便利条件。

4. 品牌是新动力

许家印对恒大的发展规划，可以分为两步，一是重规模，二是树品牌。一个企业，唯有在规模上有所突破，才能奠定未来走势的基础，这也是重要的量的积累。当企业规模达到一定程度，有了向更高一层攀爬的根基，品牌建设则变成必不可少的目标。先规模，后品牌，这是众多成功企业走过的路，也是恒大的发展轨迹。

2004 年是恒大的分水岭，此前，恒大一直致力于壮大企业规模，开拓广阔的市场，从而不断累积资本；此后，恒大有了雄厚的资金基础，许家印开始转移重心，着重树立恒大的品牌。“精品”是他最为倡导的一点，恒大力求每个项目都是出类拔萃的精品，在质量上赢得消费者的认可，让人们一提起恒大，首先想到的就是它的品质。

恒大创立于1996年，借助第一个项目完成了第一波高速发展，为此后的节节高升奠定了基础。经过三年发展，恒大已然摆脱了菜鸟的身份，跻身广州房产行业的前列，在1600多家企业中脱颖而出，成为毋庸置疑的佼佼者。2004年，恒大完完全全地走出了广州这个圈子，走向全国市场，并且以无人敢挡的气势杀入全国地产行业的前十名，这就意味着恒大已经不再是弱不禁风的小企业了，而是真真正正的龙头企业。

恒大的发展是爆发式的，高效运转的同时，稳扎稳打，绝非华而不实的泡沫。当恒大以惊人的速度一飞冲天时，许家印没有被眼前的成绩冲昏头脑，此时，他反而保持着更加冷静的头脑，他审时度势，琢磨着找到新的增长点。于是，他想到了转变思路，不再单纯求规模，而是增加了“品牌”效应。他清楚地认识到，企业无法永远依靠规模取胜，想要持之以恒地发展下去，必然要赋予企业内在的东西，这就是品牌。

八年的积累，让恒大有了转变的底气和能力。之前是狠抓规模，如今，则是兼顾规模和品牌，而且尤其要突出品牌的建设。2004年，“金碧花园”项目彻底告一段落后，恒大走上了改革之路。许家印向恒大全体员工宣告，“从今以后，恒大只打造精品，一定要把恒大的品牌树立起来”。

许家印从来不是一个只会喊口号的人，既然说了这话，他就势必会采取行动。首先是价格的转变。“金碧花园”的样板房装修标准固定为400元/平方米，而此后，样板房的装修标准直升到2000元/

平方米，这还不算完，随后飙升至3000元/平方米。从一跃而起的价格上，不难看出许家印是铁了心想要打造精品的决心了。但是，所谓“精品”可不单单是价格好看，更主要的还是质量要经得起考验，对得起价格。

说起来容易，做起来谈何容易。一个广受追捧的品牌，绝对不是一两个项目可以撑得起来的。许家印自然知道其中的难度，但是他也坚信，没有他完成不了的目标。

既然锁定了“品牌”之路，那么势必需要提升项目的整体质量。恒大的项目遍布全国大小城市，可以说四处开花，想要真正让“恒大”成为家喻户晓的品牌，那么每个项目都要称得上是精品才行。当全国各地的项目共同以精品出现在大众视线内时，恒大才有机会完成品牌化，真正拥有较高的知名度。

许家印带领恒大加足马力，将这场品牌革命进行到底。一时间，一系列中高端楼盘纷纷开始运作，比如耳熟能详的恒大城、恒大绿洲以及高端产品恒大华府。在大举进军高端楼盘的同时，许家印没有忘乎所以，占据市场份额仍在他的考虑之中，他很清楚，一旦产品过于单一化，那么也就意味着消费者流失，这对企业发展是不利的。因此，在放弃底端楼盘的同时，许家印将恒大的项目分为中端产品、中高端产品以及高端产品，这几者之间形成产品梯度，满足不同阶层消费者的需要。

世界上没有一帆风顺的企业，恒大也不例外。就在恒大高歌猛进的过程中，发生了一件令许家印大为恼火的事情。不论是企业的发展前期，还是主打品牌策略的后期，许家印对质量的追求一向是精益求精。但是，在金碧世纪花园中心广场的施工过程中，却发生了严重的质量问题。当时，恒大的发展速度非常之快，快节奏的步伐势必会带来一些负面影响，不知不觉间，由于中层管理人员的粗心大意，在管理上出现了漏洞，导致项目粗制滥造，质量根本不过关。

许家印得知此事后，不由得火冒三丈，他对质量的要求向来非常严格，没有质量何谈发展，恒大是绝对不允许发生糊弄消费者的事情的。一旦因为质量问题而引发消费者的抵触心理，恒大的宏图伟业也就可以就此打住了。

从不轻易发怒的许家印，这次真是触到他的雷区了。怒气冲冲的许家印，召集全体员工赶往出事现场。到了那里之后，许家印一脸严肃地将残次品——花园广场砸毁！目睹了这一幕的员工们都惊呆了，他们谁也没想到老板会亲自上阵，将投入了上千万资金的项目毁于一旦。许家印下手之决绝，震惊了恒大的员工们。他要让大家知道，恒大决不允许有这样的产品问世，没有质量过硬的产品，怎么好意思说要走品牌之路，又要拿什么去树立品牌？

眼睁睁看着老板东砸一下西砸一下的员工们，真是心疼，但是他们也能够体会老板的良苦用心。许家印这一砸，虽然损失了上千万的成本，但是却给恒大带来了更有利的影响。在媒体的争相报道之下，恒大注重品质的形象一下子树立了起来，并且将恒大的精神广而告之，没花广告费，就收到了不错的效果。

为了真正引起恒大全体上下的高度重视，此后，在公司大大小小的例会上，许家印都会不厌其烦的强调质量的重要性，反复说明恒大的品牌之路。他要让大家明白，恒大今后的发展，已经不再是依靠规模致胜了，成败关键转变为品质，没有过硬的品质，就没有长久发展的竞争力，想要更上一层楼就成了妄想。

在许家印坚持不懈的努力下，恒大运营的中端及中高端产品已经占据了企业70%的项目，而高端产品和旅游地产各占15%的江山。这样的比例说明，恒大已经完成了许家印的战略计划。

5. 和员工一起挺过经济寒冬

加入世界贸易组织是中国的夙愿，想要发展就离不开与世界市场接轨，然而这是一把双刃剑，机遇与挑战时刻并存。2008年，爆发全球性的金融危机，波及范围广，影响力深远，作为全球经济活动的参与者之一，中国境内的企业自然没能逃过一劫，繁荣的经济一下子步入了寒冬。

众所周知，美国的经济尤为发达，这要归功于美国次贷的繁荣。但是，到了2008年，受美国次贷危机影响，直接引发了全球性经济危机。放眼美国，愿意付全款买房的人寥寥无几，在人们的思想意识中，大多倾向于贷款买房。银行贷款给用户的前提条件是必须归还，但是如果贷款人失去还款能力，就等于银行或其他贷款机构借出去的钱收不回来，出现极少数类似的情况尚且可以补救，一旦有大部分人还不上钱的时候，贷款机构就要面临破产倒闭的下场。

目光转回到中国，国内的房地产市场日益火爆的原因之一，就在于金融开放，中国老百姓也能同美国人一样，从银行借钱买房，所以当经济危机席卷整个世界时，中国的房地产行业也格外惨淡，甚至到了岌岌可危的地步。恒大也在此次经济危机中遭受到巨大损失，可以说是恒大创立以来，最严重的一次重创。

经济形势不容乐观，让那些原本打算近期买房子的人们，一时间打消了这个念头，一些购房欲望比较强烈的人们，也在谨慎观望局势。市场上有大批量的房子坐等出售，但是有意购买者却是为数不多，房地产行业在2008年被迫无奈地缓慢前行，甚至有倒退的迹象。这就是市场的开放性和自主性，行情就是不尽如人意。面对有头无尾的经济危机，众多企业纷纷缩短战线，静观其变，尽量将企业的损失降到最低。

2008年的恒大，在中国房产界是响当当的名字。当时，恒大有32个楼盘正在全国各地紧锣密鼓的运作着，总建设面积达到906万平方米，这是一个惊人的数字，但是这还不算，此时恒大面临100多亿元的资金缺口，这才是真正的吓人。哪怕是房产行业火爆的时候，这个数目也会带来极大压力，更何况是萧条衰败的经济危机时期。

作为大当家的，许家印比谁都清楚恒大正在经历的困境，一着不慎就会满盘皆输。然而，他也知道，此次经济危机固然可怕，但是也是千载难逢的好机会。在如此残酷的环境下，势必会有一大部分企业经受不住考验而被淘汰出局，但凡存活下来的企业，就会在经济危机的寒冬过后，开始春暖花开的复苏。由此一来，恒大不费吹灰之力就可以赢得广阔的市场，这是许家印愿意看到的。

不过，现在还不是偷着乐的时候，恒大的处境也十分危险。如何平安度过经济危机呢？许家印翻来覆去地琢磨这个问题。对于他来说，穷困潦倒的日子并不新鲜，资金短缺也是之前经常遇到的事情，所以即便是现阶段，他也有信心克服难关。想当初，所有苦累都由他一人承担，如今，恒大千千万万的员工就是他的靠山。

企业生死存亡之际，团结就是力量，上下齐心就没有跨不过去的坎儿。于是，许家印当机立断，考虑到资金短缺的难题，他决定断尾求生，尽力保住血本的同时，大力度回笼资金。此情此景下，促销则成了最好的方式。这一次，恒大的促销活动可谓是多点齐发，全部楼盘开始降价促销，由此吸引来众多购房者。房子虽然卖的价钱不高，但是却迅速地收回了一笔巨资。在与经济危机的对抗下，恒大争分夺秒，不容得半分迟疑。

许家印坦言，我的面子不值钱，别人说你好又怎么样，不好又怎么样？别人说恒大都没有自己的写字楼，没有就没有吧”。他为何说出这样一番话来呢？

原来，一向受人顶礼膜拜的恒大，此次竟然发动如此大规模的联动促销，让其他房产企业有些看不过去，一时间，大家对恒大和许家印的所作所为议论纷纷。在大家眼中，恒大向来以质量取胜，此次大打价格战，实在是落差很大。不过正如许家印所表明的态度，别人说好说坏都是浮云，他许家印知道自己在做什么，知道恒大最关心的是什么。

在寸步难行的2008年，除了火速低价出售各地的地产项目外，许家印还在不断探索另一条出路。就目前的情况看，短时间内大量抛售的方式还可行，但是在市场萎缩的现实面前，许多企业也争相效仿恒大的做法，这让原本就接近枯竭的市场更加难做。想要获得充足的资金维持公司运转，显然单靠这一种做法是远远不够的。

许家印的眼光独到，也颇有胆识。经过认真权衡后，他决定主动出击，亲自去寻求可靠的资金来源。但凡能够支撑恒大挺过经济危机的办法，他都愿意去尝试。为此，他主动与国际投行、香港富豪等重要金主私下签订了不可对外宣扬的融资协议，为恒大找来稳定的资金支持。找别人借钱的办法，不光许家印想到了，其他企业也在不断接洽和协商，这就给投行与香港富豪提供了方便，他们趁机提出了非常苛刻的条件，为了恒大的长远利益，许家印坚定地在融资协议上签下了大名。

外界对许家印的做法褒贬不一，业界大部分人都认为许家印此番冒着极大的危险，并不是胜券在握的事情。在一片质疑声中，许家印没有半分迟疑和犹豫，恒大是他的心血，他比任何人都要在意恒大的未来何去何从，他也比任何人都希望恒大能够继续保持辉煌，想要有明天，就必须在今天大胆一搏。

他人能否理解许家印，对他而言并不重要，最牵动他神经的是恒大能否安然无恙地度过此次危机。事实证明，他的决策是英明的。即便是接受了比往日更加苛刻的条件，但一切都是值得的，恒大正是凭借融资渠道获得了渡过难关的机会。

6. 这点坎坷不叫事儿

在恒大的成长历程中，许家印决定着恒大的走向。经过多年拼搏努力，一路走来，克服了困难重重，恒大得以成为房地产行业的领军人物。其中的艰辛和困苦，是外人所难以体会的。

恒大经过前期的蓄势，在广州地产界赢得了一席之地，当时与富力、雅居乐、碧桂园、合生创展四家地产公司被业界称为“华南地产五虎”，可见恒大的实力和知名度。能够走到这样的高度，多亏许家印呕心沥血，带领恒大走过那些坎坷艰难的创业岁月。正是由于过程并非一帆风顺，所以最后的结果更令人敬佩，作为一手将恒大拉扯大的人，许家印自然对恒大倾注了全部热情，恒大的辉煌就是他的辉煌。

怀揣着雄心壮志的许家印，渴望带领恒大越飞越高，尤其是看到昔日并称五虎的伙伴们，纷纷成功上市，迈上了更高的台阶，他在肯定恒大的同时，也暗下决心，一定让恒大上市，绝不甘心落于人后。许家印是一个什么样的人？他果敢、坚韧，但凡深思熟虑之后，必然会有所行动，这次也不例外。

2006 年 4 月，是一个极为重要的时间点，从这一刻起，许家印开始默默为恒大筹划着上市。为了让上市万无一失，他安排了专人组成团队负责香港 IPO 事宜，有了强大的专业团队，一切进展的非常顺利。正当许家印坐等恒大成功上市之时，却发生了巨大变故，导致恒大上市的计划打了水漂。关键时刻，金融危机突降，让许家印措手不及。

在急转直下的经济形势面前，许家印不得不改变策略，暂时放弃恒大上市的计划。尽管准备工作一切就绪，但经济危机不是可以轻易忽略的因素，才刚刚崭露头角的恒大，必须全力应对危机，上市则必须延期。这样的现状让许家印很是抓狂，但却无能为力，好在他是乐天派，既然无法改变，不如想方设法去适应。

恒大上市延期的消息让社会各界着实热闹了一回，大家纷纷推断，恒大的命数就要终结了，破产是或早或晚的结局。在众人判了恒大死期的时候，许家印却没有做出任何回应，他根本不打算理会外界的流言蜚语，因为他知道，此时解释再多也不是无用功，更何况，恒大的生死，还不需要他人来判定。那段时间，他顶着舆论压力，选择沉默，选择专心于调整企业的运营模式。

在金融危机面前，没有任何一家企业有胆量蔑视它的到来，它的威力世人皆知，尤其是对房地产行业而言。大家都知道，盖房子是烧钱的活，想顺畅的运作一个项目，首要的前提是得保证资金链的稳定。经济危机恰恰是扰乱资金流的一大元凶，它可以轻而易举地造成经济市场的萧条，从而直接切断企业的资金流。

对于拥有33个在建项目的恒大而言，突如其来的经济危机，将恒大推向了生死攸关的时刻。储备土地需要大笔资金，开发项目需要大笔资金，地产行业本身就是一个离不开巨款的行业。此时，恒大的项目遍布全国各地，意味着资金缺口也达到了惊人的地步，粗略估计，可达上百亿。稍有不慎，恒大就有可能因为缺少资金支撑而破产，事态之严重，足以让许家印揪心。

前一刻还在为即将上市而欢欣鼓舞，下一刻就摊上了大事，这天上地下的身心体验真是够刺激。恒大是许家印多年的心血，也是千万恒大人的饭碗，许家印身上肩负着挽救恒大的重任。思前想后，许家印做出了让人意想不到的抉择，他决定强势推进上市的步伐！如果说之前渴望上市是想要扩大地盘，那么现在毅然决然地上市是为了挽救频临灭亡的恒大。一旦上市，恒大顷刻间便会拥有巨额融资，如此一来，恒大就可以顺利地补上资金缺口，各地的项目也能够顺利运转下去。

上市可以解决恒大的许多麻烦，是很好的一步棋，但问题来了，上市所需的资金去哪里筹集？就恒大当时的情况，公司持有280万平方米的可预售面积，同时，专卖土地也可以较快地筹到一笔钱，但是得到了钱，也就丧失了好不容易才建立起来的规模，对恒大来说，这笔买卖并不划算。摆在许家印面前的路很简单，就是要尽快找到资金支持，否则多拖一天，恒大就多一分破产的危险。

最终，许家印决定去国外碰碰运气。临行前，他早有打算，无论对方开出多么苛刻的条件，为了让恒大起死回生，他都会接受。面对迫切需要资金的恒大，美林答应注入5000万美元，但前提是许家印转让个人股权。为了恒大的一条生路，许家印非常痛快地答应了美林的条件，随即稀释个人股权，并做出法定承诺。随后，德意志银行同意追加6000万美元，还有另外三家投行追加了高达1亿美元的资金。除此之外，许家印还接受了科威特投资局抛来的橄榄枝，接受了其1.46亿美元的入股，而香港新世界集团也以1.5亿美元的价格入股恒大。

面对不可预知的经济危机，许家印不仅需要大笔资金来度过经济萧条期，还要投入到上市的计划中去。恒大需要巨额资金来维持下去，所以许家印国内国外四处奔波，解决了恒大的资金问题。五亿美元陆续到账，才让许家印真的松了口气。有了可靠的资金保证，恒大应对经济危机会容易得多，他也可以继续准备恒大上市。

没钱的时候，要解决钱的问题；有钱的时候，就要考虑如何让钱生钱的问题。处于经济危机的重压之下，房地产行业持续走低，往日的红红火火被萧条没落代替。看着日益消极的大环境，许家印意识到如此下去，等同于坐吃山空，等待房地产企业的只有灭亡。于是，他决定奋力一搏。2008年国庆期间，在其他企业默不作声的同时，恒大的18个楼盘同时开盘，以7.5折的“成本价”作为统一价格，向广大购房者进行销售。

原本是抱着冲一冲的念头去战斗，结果却出人意料，在最不景气的年头，恒大的销售业绩竟然突破“百亿”大关，以118亿元的销售额挺进中国地产销售的“百亿军团”。这是恒大创立以来的第一次，让许家印万万没想到的是，如此傲人的成绩竟然会出现在市场最惨淡的2008年。

2009年11月，在此基础上，许家印一鼓作气，恒大地产终于在港交所挂牌上市。在香港交易所中，诞生过数不胜数的富豪，而且股市造富豪是太过平常的事情，但是这一次，注定是会被历史铭记的时刻。经历过大起大落后，恒大终于实现了理想，而且引人瞩目的是，恒大上市当日就创造了神话，它的市值超过700亿元，瞬间成为内地在香港上市的最大非国有企业，它的主宰者许家印也在这一刻加冕为内地首富。

苦苦熬过寒冬的恒大，迎来了春暖花开，一直在奔波劳累的许家印，也登上了神坛，接受世人的顶礼膜拜。危机却给有勇有谋的许家印一个逆转的机会，恒大之所以能够成功，最大的功臣莫过于许家印。在危机四伏的情况下，恒大不仅没有自乱阵脚，落个破产的下场，反而在许家印镇定自若地指挥下，战胜危机，并且实现了跨越式发展。这就是许家印的能力，这也是恒大的福气。

7. 交际是种乐趣

一把手往往主宰着一个公司的风格和氛围，恒大就是如此，作为恒大的大当家，许家印将玩和应酬视为一体，玩的同时也没把正事落下。

开会、开会，还是开会。在恒大，尤其是作为恒大高层，开会到凌晨是家常便饭。一个星期之内，没有三四次这样的会议都不算尽兴。对待重要的会议，即使需要熬夜也在所不惜。但是，如此重荷之下，难免会影响第二天的工作，所以恒大有明文规定，高层管理者早晨上班的时间卡在十点。虽然辛苦，不过至少有一个贴心的老板和一套人性化的规章制度。

严于律己，这是许家印为人处事的原则之一。随着恒大的不断发展壮大，对于“高效率”的追求近乎严苛，这也成为许家印管理理念中尤为关键的一点。为了让员工能够更好的投身于工作，他为公司中层配备了一应俱全的家用电器，就连打扫卫生的工作都交由专人，努力营造出舒心、省心的生活环境。

生活上尽心尽力地满足员工们的需要，工资待遇上自然也是最大限度的犒赏大家。许家印制定了“双薪”的工资制度，即除了按月发放工资外，年底时还会额外补发一整年的工资，核算起来相当于工作一年赚的是两年的工资。在恒大，高福利显而易见，许老板为员工提供了优渥的待遇。与高福利待遇相挂钩的，则是严要求，只有拿出像模像样的业绩，才有资格享有高水准的回报。

许家印善于交际，同时也乐于交际，他可不是那种一味闷头苦干，不懂人情世故的人。他有吃苦耐劳的毅力，也具备灵活思辨的头脑，这些足以助他达到事半功倍的效果。为了筹措资金，许家印没少和银行打交道，一来二去，认识了不少金融界的朋友。一个企业前进的不竭动力，有一部分是来自于源源不断的资金供给，企业向银行贷款就是普遍又高效的方式。

既然资金如此重要，那么势必要与银行搞好关系，否则就拿不到半毛钱的贷款。为了如愿拿到周转资金，许家印差点踏破银行的门槛，而且与行长形影不离，人家去哪儿，他就去哪儿，恨不得全天候守着行长，让行长快点批准他的贷款。这份持之以恒是许多人学都学不来的，也是做不到的，所以他人空手而回的同时，许家印总能胜利而归。对目标，许家印有着近乎狂热的追求欲和完成欲，他敢于往前冲，也热衷于坚持到底。

为人处事是一门学问，体现在方方面面，而与人交际则更是需要技巧，许家印则是这方面的能者。在舞钢时，他与工友们相处在一起，年轻气盛却也有沉着稳重的一面，凭借出色的专业技术和交际能力，获得“小皇帝”的尊称，这是大家对他的一种认可。比起舞钢，深圳的环境要复杂得多，然而许家印却一次又一次的展现出与人交往的实力，韧性加技巧就是他的秘诀。

其实不论何时，人们对待应酬的态度，多数都是勉为其难的。辛苦上了一天的班，里里外外忙活了一天，到了晚上，比起外出应酬，谁都更愿意回到家里，清净自在一会儿。许家印则是特例，白天的时间里，他比任何人都努力，同样承受着工作的重压，身心俱疲是常有的事。但是，他对别人躲之不及的应酬，却是另有一番态度。应酬不再是让人厌烦的事情，相反，成了充满乐趣与挑战的活动。

第四章
首富养成记

1. 赚钱跟玩似的

生意人的所作所为，都是围绕一个目标展开的，那就是赚钱，赚更多的钱，许家印自然也是如此。生意场上，明争暗斗是家常便饭，竞争是最频繁的活动，在房地产行业，恒大想要做大做强，势必要战胜其他对手，王者的宝座是由大大小小的胜利垒砌而成的。

许家印的一大特点就是善于抓住有利的时机，他总能对市场走势做出准确的预判，并且有胆量和魄力向前拼杀，在别人畏手畏脚静观其变的时候，恒大已经迎难而上，完成了高风险且高收益的商业活动。

没有人能一口吃成胖子，恒大从弱不禁风的小企业，成长为呼风唤雨的霸主，也并非一朝一夕间完成的事情。但是，比起其他企业数十年的慢慢累积，恒大的发展速度则尤为惊人。自2010年恒大的销售额跃过500亿元后，增长势头不减反升，高潮迭起。

从恒大对外公布的最新的财务报表可以看出，恒大集团近年来的增幅是何等迅速。2011年10月，销售额达到86.1亿元，同比增长54.9%；合约销售面积达139.8万平方米，同比增长56.7%。截至此时，累计合约销售额778.7亿元，较2010年1月~10月同比增长89.2%，累计合约销售面积1185.6万平方米，较2010年同期增长79.9%。

如此骄人的业绩，让恒大轻松登上了中国房地产企业的榜首。这个宝座可是货真价实的，在销售面积、净利润、核心业务利润以及在建面积等多项业绩指标上，都是位居第一，让其他对手望尘莫及。试问中国房地产行业哪个企业最赚钱？毫无疑问，答案是恒大集团。

恒大的龙头老大的地位，不是白捡来的，而是靠着踏踏实实的努力争取来的，发展速度快是事实，历经坎坷也是事实。许家印踏入房地产这片领域的时候，许多人已经在地产界摸爬滚打很多年了，他不是第一个吃螃蟹的，也不是最早涉足房地产的那一批商人，但是也正是因为比他人来得迟、来得巧，才有机会借助前辈们的经验教训，在中国地产界发展最重要的十年中，厚积薄发。

1992年至1996年，众多房地产企业家凭借一已之力，在迷雾茫茫的情况下四处摸索，可谓是趟着石头过河，这也是中国地产界艰辛的开始。许家印不在他们中间，在他们四处碰壁的时候，他还是个门外汉，对房地产行业的发展浑然不知。但是，来得早不如来得巧，当他涉足房地产行业的时候，遍地是商机。尤其是1997年经历过亚洲金融风暴过后，香港资本顷刻间陷入低迷，没有了从前的霸气，这就给内地房地产企业创造了突飞猛进的空隙。正是这宝贵的几年时间，许家印敢想敢拼，时刻留心局势发展，不放过任何一个可以壮大自我的机会。

许家印为人勤勤恳恳、脚踏实地，经营公司当然也是贯彻实干精神。此外，怀揣着雄心壮志的他，也不甘于只做默默无闻的小兵小将。想当初入行的时候，已经落于人后，他的心中憋着一股劲儿，一股想要位于人先的斗志。

2002 年，许家印开始正式执掌恒大实业，成为其真正的主宰者。8 月，许家印得到深圳千盈公司持有的恒大实业 60% 的股权，与此同时，又得到广州凯隆持有的恒大实业 30% 的股权转，其余 10% 的股权则落在许家印的侄子——许火健之手。如此一来，恒大实业完全由许家印掌控。

控股恒大后，许家印带领恒大迈出了举足轻重的一步。恒大实业以 5444. 38 万元入股“琼能源”，一举成为其第一人股东。随后，许家印将“琼能源”更名为“绿景地产”。对此，他自有打算，目的就是想借由绿景地产之名上市。不过，一切未能如他所愿。由于国内市场持续低迷的状态，迫不得已之下，许家印卖掉了手中持有的绿景地产 26. 89% 的股权，换来了 7890 万元。

2006 年 6 月，迫于资金压力，许家印不得不大胆地进行融资，打算借由地产牛市来推进恒大地产在海外上市的战略计划。为了能够顺利上市，许家印没少忙前忙后，更是没少做准备。

首先，他开始大刀阔斧的进行公司重组，将恒大的各个子公司纳入新的恒大地产集团有限公司旗下。随后，他完成了钢铁资产的转移，并将恒大实业股权转让给妻子。这样一来，恒大实业可以全资控股恒大钢铁，而其资产并不会纳入上市公司中。

其次，他大规模招揽机构投资者，吸纳巨额资金，从而储备大批量的土地资源。2006 年 11 月 29 日，恒大地产与德意志银行、美林及淡马锡 3 家达签订了战略协议，内容是恒大地产以其三分之一的股权作为抵押，3 家机构投资者以总价 4 亿美元认购其 8 亿股可换股优先股。条件虽然苛刻，但是对恒大也是极为有利的，许家印当然不会做亏本的买卖，他想得更多，看得更长远。恒大上市后，投资者股权将稀释至 3. 66%，而许家印则以持股 68. 16%，再次得到了对恒大地产的全权掌控。

许家印的性格里，似乎没有“知足”这两字，他对恒大永远保有深切的期望，始终坚信恒大可以走得更远。于是，在时机成熟的时候，他开始频频发力。2007 年 8 月，恒大由瑞信作为担保，顺利筹得 4. 3 亿美元的境外贷款及 2000 万美元的境内贷款。9 月，恒大地产通过抵押恒大御景半岛项目，从美林获得 1. 3 亿美元的贷款。钱一到账，许家印便开始购置土地。

由恒大的发展轨迹来看，国际资本为恒大注入了鲜活的力量，促使恒大一路高歌猛进，势不可挡。2008 年，全世界都笼罩在金融危机的阴影之下，中国的地产行业自然也难以逃脱大环境下带来的阻力。但是，恒大却没有片刻停歇，依靠强有力的资金支持，许家印将恒大推向了巅峰。

2008 年 3 月，恒大启动全球路演并公开招股，市场对恒大进行估值，让人难以置信的是，恒大的市值达到 1200 亿至 1300 亿港元。这是一个惊人的数字，但却也在情理之中，恒大令人震惊的事情可没少做。2010 年，恒大销售额跃过 500 亿元的门槛。2011 年，许家印战胜前首富——万达集团董事长王健林，登上了 2011 年地产首富的宝座。名与利，是过眼云烟，但是这份辉煌，却是独属于许家印的，将会被历史铭记，被后人传颂。

2. 发动名人效应

借助明星的光环来塑造企业形象，这种方法司空见惯，但是将体育名人引入市场的人，许家印可谓是独树一帜。

郎平，想必没有人会对这个名字感到陌生。中国女排缔造了五连冠的辉煌，作为主攻手的郎平，素有“铁榔头”之称，自然也享有荣耀。退役后，她前往美国就任美国队主教练。原本退出人们视线许久的她，在 2009 年高调回归，而且准备执教中国女排！

一时间，引起了社会各界的高度关注，人们将目光锁定在郎平的一举一动上。随后，人们得知郎平即将执教的并非中国女排国家队，而是一支没听说过的女排球队，名字叫“恒大女排”。此消息一出，再次引来一番热议，人们搞不清楚状况，堂堂奥运冠军，怎么会甘愿去做一支没有任何名气的女排教练呢？对此，国内外都掀起了热烈的讨论，各大媒体对此纷纷进行专题报道，由此可见其关注度有多高。

人们对郎平的关注，慢慢转移到对恒大女排的关注，大家都在议论，这个恒大女排到底是何方神圣，竟然能请得到郎平？她的光环变成聚光灯，让众人的视线聚集在恒大女排身上。恒大以 500 万元的年薪聘请郎平担任主教练，看似巨额薪资的背后，是恒大收获了上亿元的广告效果。

2009 年 4 月 24 日，恒大地产集团以 2000 万元人民币成功注册恒大排球俱乐部，正式搞起了职业体育。有人会问，一下子就投进去 2000 万元，是不是太奢侈了？怎么会呢。钱是花了不少，但是绝对物超所值。几千万人民币，让国内外 200 多家媒体争先报道此事，相当于免费为恒大做广告，而且以这种形式引起人们的关注，远胜于直接打硬广告的效果。如果将恒大得到的宣传效果换算成价格，那么至少要上亿元。这么算来，恒大是赚大了。

2010 年 11 月 28 日，在广州恒大酒店运动中心，郎平率领恒大女排全体球员闪亮登场，为备战新赛季而奋斗，并且就地进行了首次公开训练。见面会上，不止郎平一个亮点，当三位世界级的异国美女排球队员——美国女排主攻汤姆·洛根、塞尔维亚国家队接应布拉科切维奇、泰国队队长维拉万，身穿红色队服现身会场时，引发了热烈的欢呼声，将现场的气氛推向了高潮。

问及为何不远万里来到中国，并且选择加入一支默默无闻的女排队伍时，三位世界级的排球选手给出了类似的答案，那就是因为郎平在这里，这就是铁榔头的号召力。洛根坦言，她与郎平结识多年，能够和郎平合作让她感到非常开心。由此看来，恒大女排是沾了郎平的光，才有幸请到大牌的运动员。

这一切都是许家印预想过的，他是名符其实的商人，他要做的就是想方设法利用明星效应来拉动恒大的品牌效应。近年来，恒大在体育方面的投入力度依然不减，比如多次涉足体育赛事，为亚运会捐款，掏出 2000 万冠名第 49 届乒乓球世锦赛等，都不乏大手笔的投入，但是论影响力，均比不上聘请郎平当教练和外聘三位世界级排球运动员的轰动效力。借助她们的光环，许家印达到了最初的目的，轻松为恒大树立起积极昂扬的品牌形象。可以说，许家印的这次举动是完美的。

把人请来了，做做表面文章就算了吗？当然不是。许家印给郎平开出巨额支票，作为“扩军备战”的资金。郎平不辱使命，请来了几位中国排坛“黄金一代”球员，她们以周苏红为代表，皆出自中国女排国家队，甚至教练组的成员都曾效力于国家女排。以如此豪华的阵容，恒大女排的实力自然不容小觑。

对于为什么想到组建中国女排时，许家印坦诚地作了回答。当他看到公司员工中，有不少国家级运动员时，他就开始酝酿组建属于恒大的女排，一来是为了活跃企业文化，二来是为了树立企业品牌、宣传企业形象。而且以他的性格，既然开了这个头，就必然会百分之百地投入，将这件事做到极致。

这是一个飞速发展的时代，社会处于全球化的背景之下，但凡涉及到竞争，就不得不提企业的核心竞争力。一个企业的成败，除了保证高品质的同时，想要战胜诸多对手，屡试不爽的秘密武器就是“创新”，简单来说，就是要有与众不同的创意。凭借千篇一律的东西很难脱颖而出，要想突破重重包围，就必须拿出比别人技高一筹的本事来。恰好，许家印就拥有这样的本领，他善于推陈出新，善于和而不同，正是无与伦比的创意，让他掌握了地产行业的主动权，走在了其他企业的前面，赢得了先机。

在竞争日益白热化的今天，营销策划成为企业的重中之重，人们都在谈论品牌，通俗来说，就是一个企业的名声好坏，有了好的声誉，企业的发展自然要顺畅的多。许家印聘请郎平，聘请世界级女排运动员，成立职业排球俱乐部等等，无非是想要提升恒大的名望，目光短浅的人只看到许家印往外掏了多少钱，却无法真正意识到恒大从中获益多少。钱花了，赚来了名声，更拉动了恒大的经济效益，这买卖做的实在值得。

至于郎平为何会接受许家印的邀请，她本人也做出了回复。起初，她没有在国内执教的打算，但是最终签约毫无名气的恒大女排，最看重的是许家印的诚恳，她说："恒大集团董事局主席许家印对体育事业一直大力支持并亲身参与，年轻时就是中国女排的'粉丝'。他的态度非常真诚，气魄也很大，特别希望我'回家'。他说聘请我的目的就是希望让我这位'世界一流'的教练，能够打造出国内一流的俱乐部球队。"原来，郎平是被许家印的态度和魄力所折服，能与这样一位有胆识远见的企业家合作，未尝不是一件好事。

其实，许家印很久前就是中国女排的铁杆粉丝，尤其是对"铁榔头"郎平，有着十分的敬意。但凡中国女排有比赛，他都不会错过，看得专心致志。当初得知郎平回国的消息后，他立刻想到聘请郎平担任恒大女排的主教练。经过首次洽谈后，他知道郎平无意留在国内执教，但他没有放弃，多次约见郎平，与之细致地谈论恒大女排的事宜，在他的三顾茅庐下，终于说服郎平。

上任后，郎平就积极招兵买马，用了 3 个月的时间，组建起恒大女排的强大阵营。作为一支普通的球队，恒大女排拥有不少国内外知名的排球精英，如冯坤、杨昊、周苏红等中国女排"黄金一代"的国手，还有国外顶级运动员，加上其他强劲的队员，可谓是高手如云，气势如虹。

郎平带领恒大女排的首秀，大获全胜，赢得相当漂亮。有将近 200 家媒体对此事进行了全程追踪报道，在赢得胜利后，全国各地的新闻记者团团挤在新闻发布厅内，争着抢着上前提问、采访，在他们眼中，这可是举国关注的热点新闻。

许家印又赢了，用较少的投入，换来翻倍的效果，让其他房产企业不得不眼红。没办法，谁让他是许家印呢，眼光独到，花样百出，让别人总是跟不上他的步伐。

3. 集权才能出效率

十余年间，恒大脱胎换骨，从区区不到十个人的小企业，发展到拥有员工 3000 多名，国内排行名列前茅的大企业，这一大一小的转换，是许家印呕心沥血的一段路。据统计，恒大的项目遍布全国 100 多个城市，开发运行了 181 个大型房产项目，在建工程面积居首位，而这些数据仅仅是恒大所有成就的一角而已。

公司规模由小到大，管理公司的难度自然也由简到繁。面对如此庞大的公司，许家印有一套独特的管理模式和经验。其实，在舞钢担任车间副主任时，他就十分注重管理，十年来，不断摸索和总结，慢慢形成了自己的体系和框架。难能可贵的是，许家印注重知识的力量，他有勇也有谋，胆大心细。为人所熟知的身份是恒大一把手，但实际上，他还就任武汉科技大学管理学教授、博士生导师。

“活到老，学到老”，许家印将这句话贯彻到底。公司大了，需要他过问、处理的事务自然就会源源不断，但是即便如此繁忙，他依旧没有忽视提升自我。一个乐于学习，又善于学习的人，是可怕的竞争对手，因为他时刻都在完善自我，超越自我，许家印就是如此。在商场摸爬滚打了十几年，积累下丰富的实战经验，这的确是非常宝贵的财富，但更为宝贵的，则是许家印透过经验而总结出的独到见解。他有自己的想法，而非人云亦云，有了与众不同的谋略，加上行之有效的行动力，恒大何愁赢不了对手？

生意场上，见多了墨守成规的套路，既然是前人走出来的路，自然有可借鉴的地方，但是许家印不会完全按照套路去走，有笔直的道路，他偏偏另辟蹊径。他是精明强干的商人，面对一盘棋局，他往往能够看到别人所看不到的地方，因此出奇制胜，让他人摸不着头脑，等他人有所意识，他早就占了先机。追求与众不同，敢于创新，勇于实践，是聪明人的做法，也是大多数人做不到的。

伴随着公司规模的变化，许家印首先意识到了公司管理制度也应该随之发生相应的改变，一个十人的公司和一个三千人的公司，二者的管理方式一定会存在天壤之别。对于恒大来说，建立新的管理制度势在必行。许家印善于思考和总结，这一点体现在各个环节上，针对公司的管理，他建立了以“紧密型集团化管理模式”为核心的管理体系。

分析来看，“紧密型集团化管理模式”的核心在于公司一切重大事宜皆由集团统一管理，简单而言，就是集权管理。这套体系十分强调集团公司对各地分公司的垂直化管理，涉及到房地产开发建设的各个重要环节，如人力资源、资金财务、工程建设、成本控制、合同履约、项目营销等。这样做的优势在于强化了“集权中心”——集团公司的权力，许家印的目的其实是为了提升总公司与分公司的办事效率，而且就恒大的发展状况而言，这种体系无疑是成功的，为恒大带来了种种益处。

“紧密型集团化管理模式”在恒大为何可以如此盛行呢？关键在于它能够契合恒大的实际情况。相信没有人比许家印更加了解恒大的情况，他对细枝末节的地方都一清二楚，正是基于透彻清晰的了解，才促成了为恒大量身定制的体系。“集权中心”的模式可以确保开发项目的各个环节有严密的管理，避免细微之处存在漏洞，让每一个步骤和程序都有人监管，出现问题立即解决问题，绝不允许有片刻的拖沓。如此一来，即便是再庞大的工程，都可以最大限度的保证上乘的品质。一旦项目运转起来，员工各司其职，各尽其责，保证项目能够以最高效的速度完成，这是恒大异军突起的重要原因。

“紧密型集团化管理模式”未必是最好的模式，但对于恒大来说，是最适合的模式。这不是许家印凭空想出来的，而是从恒大的实际情况出发制定出来的。如果采用分权制管理模式，则与恒大的情况并不相符。相对于紧密型而言，分权制提倡扩大分公司的权力，这样做的好处是分担集团公司的事务，在置办土地等方面完全由分公司自行决定，无需集团公司过问，省下了不少环节，但是弊端就是一旦分公司的领导团队出现问题，就会直接影响分公司的运转，无疑会浪费不少资源。

许家印是恒大的绝对核心，也是整个集团的主心骨。可以说，恒大但凡关键的环节都由许家印一手操控，他直接下口令，分公司照做即可，整个公司的步伐高度统一，走得齐整且有力量。恒大的管理模式有许多可圈可点之处，毫不夸张地说，许家印创立的这套体系可以作为房地产市场化的一个模板使用，而其他企业能否复制他的模式进行发展，也并非一件容易的事。对于其他企业来说，恒大对资源的获取能力和企业内部的管理能力都是翘楚，想要将恒大的体系熟练的应用于其他企业，还是需要具备一定条件的。

恒大的管理模式是这样的，集团公司对下属分公司的垂直管理，如同一位老师对自己的学生循循善诱，引领分公司走光明大道，而非崎岖蜿蜒的小路，以丰富的经验帮助分公司避免遭遇风险，尤其是在节约成本和保证质量上，有着莫大的辅助作用。经过十多年的苦心经营，恒大已经步入标准化经营的轨道之中，集团公司带领各个子公司游刃有余地闯荡市场，即便是面临突发状况，也能第一时间做出合理的反应。举个简单的例子，在得到一个项目开发权的两小时内，恒大即可组建一支配备完善的队伍着手运作，而非经过漫长的准备期。这样的高效率，恐怕是其他企业望尘莫及的。

在“紧密型集团化管理模式”大框架下，许家印对企业运营的细节之处也制定了详细周全的计划，目的就是实现标准化管理。经过反复论证和考量，许家印制定出6000多条规章制度，囊括了公司运营和项目开发的方方面面，甚至关于员工的衣食住行都做了明确的规定。有人认为多此一举的事情，在许家印眼中都是值得加以重视的地方，他追求精益求精，不放过任何一个小细节。他注重规模的构建，也重视细节的处理，正是大方向与小方面的结合，才构成了恒大的经久不衰。

4. 打好价格这张牌

恒大有一招屡试不爽，那就是“价格”这张牌。房地产行业发展到今天，拼质量，也拼价格。如何才能气定神闲地推出低价房源？自然是严格的控制成本，用一小笔钱打造出质量过硬的房子，这是许家印的制胜法宝。

从恒大的第一个项目起，一直以来，许家印沿用的便是低价格的战略战术。购房者看重什么？许家印比任何人都清楚，关键在于价格，其次是质量。质量再好，价格过于昂贵，让购房者负担不起，那么这个项目就是失败的。相反，恒大盖起来的房子，质量过关，而且价格足够低，就特别能够吸引消费者，得到他们的青睐。

许家印曾经放出豪言壮语，他说："今年恒大的楼盘销售势头不错，年初开发的金碧花园 D 栋基本售罄；9 月开售的碧水闲庭明年 4 月交楼，目前已完成近 40% 的销售；金碧华府首期已售出一半多，首批业主已经入住；国庆期间开盘的金碧御水山庄首期别墅几天内已全部售完。我们计划在第四季度完成 5 个亿的销售额，实现全年 10 个亿的销售计划。"

十个亿的销售额是什么概念？这可是众多房产企业想都不敢想的数字，对他们来说，十亿是一个遥不可及的梦想。但是许家印敢想，也敢拼。他清楚老百姓需要什么，能够接受什么，无非就是"买得起自己看中的房子"。所以，他惯用"特价策略"，奉行"开盘必特价、特价必升值"的原则。试想一下，谁不想以最便宜的价格购入最心仪的房子呢？况且，恒大的房子质量有保障，绝对有很大的升值空间，买到就等于赚到。放眼全国各地，恒大都在坚持低价格的策略，而且所到之处，战功赫赫，极大的拉升了销售额。

与"特价策略"相辅相成的是"多地同时开盘"，恒大的土地储备向来是大户，源源不断地购进土地，然后多个项目同时开发建设，在恰当的时间点同时开盘，达到遍地开花的效果。众多消费者受价格因素的吸引，纷至沓来，日积月累之后，树立起"恒大"品牌效应，消费者对恒大信赖有加，大大提升了恒大的市场知名度，从而吸引更多消费者的持续关注，成为市场的宠儿，销售额自然随之节节攀升。

纵观恒大的“特价策略”，其实并不复杂，而是直截了当。当“开盘必特价，特价必升值”的策略在市场上广而告之后，继而以低价格、房源足来笼络购房者，促成订单，在开门红的大好形势下，平稳地提升价格，让产品回到本身的价值区间上，以此来回收成本，随即赚取利润。凭借其对价格的掌控力，众多房地产企业对它非常忌惮，恒大甚至获得“价格屠夫”的外号，由此可见其价格策略对市场的占有力度。以价格策略赢下半壁江山的恒大，迎来了爆发式的发展，它的迅猛令人咋舌。

2008 年，经济危机袭来，冰冻了原本火热的房地产市场。一时间，恒大不得不面临沉重的资金压力，原定的上市计划也迫不得已暂缓下来。为了缓解紧张的资金流，许家印选择奋力一搏。于是，趁着“十一”黄金时段，恒大推出 18 个新盘，总计有两万套房源，以 8.5 折的超低价格撬动市场。在如此诱人的价格下，消费者没有理由不心动，即便是市场淡季，谁都知道这是个难得的机会。在恒大的强力促销下，销售额一举突破五十亿元，有了这笔巨款，恒大得以抵抗住了经济危机的寒流。直到年底，在全线低价的形式下，恒大总销售额达到 118 亿元，正式成为房企销售百亿俱乐部的一员。

2010 年 5 月 5 日，许家印再接再厉，对外宣布恒大集团所开发运营的全部项目以 8.5 折对外出售。此消息一出，引起了社会各界的高度关注，各大新闻媒体对此纷纷进行长篇报道，人们议论纷纷，都在揣测恒大意在何为。

全线促销自 5 月 5 日起执行，10 日当天宣布活动将于 16 日结束，到了 11 日则宣布打折促销活动会持续到 5 月末。截止日期的一次次推迟，不由得让外界摸不着头脑。实际上，此次促销不同于以往，整个活动处在一个敏感的时期。当时，全国正在进行地产调控，而且严厉程度史无前例，社会各界对地产行业给予了高度关注，时刻注视着各大房企的动态。

在大的环境下，大规模降价被视作顺应潮流的举措，作为地产行业的龙头老大，恒大的降价必然会带动整个行业的价格调整，外界将恒大的行为解读为对政策的妥协，是不得已而为之。在媒体看来，恒大此举实在算得上一条值得关注的新闻，所以大肆报道。当外界为恒大捏了把汗的时候，殊不知，许家印正在暗自欣喜。如此大规模的报道，不正是为恒大做了一次全方位的广告吗，恒大没花一分钱，就赢得了广泛的关注，正是许家印想要的。

5 月 16 日，合肥“恒大城”隆重开盘，并以 8.5 折优惠开售。当天，“恒大城”一期的千套房源，有 402 套的成交量。在市场前景并不看好的情况下，这样的业绩已经实属难得。值得一提的是，此次搞低价促销是临时起意，与之相配套的工作并没有全部落实到位，让事先没有听到风声的竞争对手们措手不及，根本没有时间做出反应，让恒大又一次赚得盆满钵满。

许家印这次临时起意，并非心血来潮，自从 2008 年的经济危机时期吃了钱荒的亏，他便吸取教训，时刻谨记快速回笼资金。此次遭遇楼市调控，保不齐就会上演资金短缺的一幕，所以为了先下手为强，只好拿出低价促销的杀手锏。

恒大一再强调价格取胜，并不意味着对质量漠不关心。一向追求完美的许家印，自然不会放过质量上的任何一处细节，甚至连项目名称都一再变更，为的就是达到最理想的效果。武汉恒大的“君临山水”，曾用名是“金碧天下”，沈阳的“恒大绿洲”，曾用名是

“恒大水岸”、“恒大御湖”……这样的案例数不胜数，不断更名的目的是力求精益求精，从名字开始，提升整个项目的品质。

总之，“价格”始终是许家印的绝招，打好“价格”这张牌，同时以上乘的质量做配合，以“恒大”的品牌开拓市场，想不赚钱都难。当然，别人也有大打“价格战”的时候，但却没能如恒大一样旗开得胜，究其原因，则是恒大在质量上下足了功夫，得到了消费者的信赖和认可，“恒大”已然成为一种品牌。此外，不得不说许家印的神机妙算，以零投入获得全方位的广告推广，不仅省下不少钱，而且还达到了不错的效果，可谓一举两得。

5. “改名”加“明星”

若问名字有多重要，许家印会告诉你很重要。在恒大的诸多经典之作中，“改名营销”和“明星助阵”是必不可少的策略，也是恒大最为与众不同的营销方式。

商业地产的目的很直白，就是为了赚取利润，所以只要在法律允许的范围内，千方百计把房子卖出去，把钱赚回来，就是值得提倡的方法，就是值得效仿的经验。当然，营销需要“虚实结合”，“虚”指的是各种宣传方案，“实”指的则是房子的质量。恒大从始至终都格外强调“实”，以此为基础，许家印绞尽脑汁利用各种资源达到“虚”的宣传效果。恒大的房子质量如何，许家印敢打包票，火眼金睛的消费者也很是认可，所以恒大才有底气进行“改名营销”和“明星助阵”的战略。

2008 年，房产行业受经济危机影响而变得格外萧条，但是即便如此，恒大的销售额依然突破百亿大关，成为房地产“百亿俱乐部”

的一员。恒大的傲人业绩，不仅让同行感到震惊，更是让媒体一片哗然，人们想知道在如此艰难的市场环境下，恒大是如何做到的。

早在名单公布前，同行们并不看好恒大，尤其是在不景气的情况下，任凭许家印有再大的能耐，也不可能改变市场整体的趋势。就在其他地产企业纷纷偃旗息鼓保存实力的时候，恒大却反其道而行之，大肆低价开售。其他人或多或少为恒大捏了把汗，这个时候敢于出头的，不是莽夫就是豪杰，事实证明，许家印是后者。

年底清算时，恒大 2008 年的销售额定格在 118 亿元，让诸多谣言不攻自破，留给世人的是惊叹和佩服。此前，由于恒大的项目遍布全国各地，项目多了所需资金自然就不是小数，恒大处在严重的资金短缺的状态中，恒大的未来堪忧，甚至有破产的危险。然而，在恒大生死攸关之际，许家印不慌不忙，镇定自若地连连出招，力挽狂澜，将即将倾倒的恒大拽了回来。

恒大注重质量，同时，也对宣传策略情有独钟。好房子造出来了，就要有好的方法去卖掉，所以许家印在大大小小的营销策略上冥思苦想，诞生了不少经典案例。

回顾恒大的营销之路，不难发现，许家印屡屡推出“改名营销”的路子。自 2009 年 3 月，当时，恒大在广州有三个楼盘，而每个楼盘在不同的开发时期，拥有不同的名称，也就是说楼盘的名称随时间改变而相继发生改变。比如“恒大御景半岛”、“恒大水岸”与“恒大雍景湾”其实是同一个楼盘；“恒大山水城”、“恒大麓景小镇”与“恒大山湖郡”是同一个楼盘；“恒大金碧天下”、“恒大君临天下”与“恒大御水山城”是同一个楼盘。

那么问题来了，许家印这样做是不是有投机取巧的嫌疑呢？其实房地产的营销方式多种多样，共同的目的不过就是吸引消费者前来购房，只要满足质量有保证的前提条件，至于以何种方式营销就是“仁者见仁智者见智”的事情，足以证明许家印在销售方面的过人之处。在市场的热度回落，消费热情走低的情况下，更改楼盘的名称，以新的面目示人，无疑可以重新回到消费者的视线中，从而二次、三次博得消费者的青睐。而且，频繁的更换名称，在一定程度上，会让消费者认为恒大经常会有新的楼盘面世，营造出楼盘持续热销的氛围，对恒大的整体销售而言，是极为有利的。

有人对许家印这种频繁更名的做法表示质疑，认为这属于坑蒙拐骗的行为。实际上，整个销售环节不存在任何欺瞒消费者的情况。楼盘只是在不同时期有不同的名字而已，这并不属于伤天害理的行为，况且，消费者没有受到任何方面的损失，何谈坑蒙拐骗呢？

方法好不好，要看市场的反响如何。“恒大御景半岛”、“恒大山水城”和“恒大金碧天下”三个楼盘，在“低价促销”的配合下，一举拿下 4.9 亿元的销售额。2010 年，恒大销售额更是跨过 500 亿元大关，许家印以 460 亿元人民币的个人财富荣登《2011 年胡润百富榜》第五名，取代万达集团董事长王健林成为 2011 年的地产首富。

“改名营销”让人们见识了许家印的奇思妙想，此外，借助明星捧场助阵吸引顾客的招数，也是他擅长的手法。

沈阳恒大项目开盘当天，许家印请来任贤齐、范冰冰等明星来到现场，大牌明星的出场费肯定居高不下，不过与当日 4.3 亿元的销售额相比，简直毛毛雨。2008 年“十一”期间，恒大不惜重金，邀请多位顶级艺人前来助阵。

2008 年 9 月 29 日，恒大山水城开盘，这个项目位于广河高速与北三环高速交界处，规模空前，是恒大的又一力作，此次前来站台捧场的巨星包括谢霆锋、范冰冰、林熙蕾、蔡卓妍，如此豪华的明星阵容为恒大聚集了超高人气，活动现场人头攒动。为了抢占先机，许多人提前很久便赶到销售中心排队参与认购，大家摩肩接踵，销售大厅内外可谓人山人海。这边的消费者络绎不绝，那边的销售热线也是响个不停。

恒大为此次活动安排了近百余名工作人员负责销售及后勤工作，然而尽管如此，依旧忙得团团转。除了前来买房子的消费者，也有许多人专程为了明星而来，毕竟，像谢霆锋、范冰冰、林熙蕾、蔡卓妍这样的大牌，普通人只能在电视上看到，如今有机会与明星面对面，自然热情空前高涨。

除了恒大山水城项目，在太原的恒大绿洲，销售场面也是相当火爆，甚至有客户从凌晨开始排队占位置。在重庆恒大城，还未过上午 9 点，前来认购的顾客已达到 2000 多人，把销售中心围个水泄不通。如此盛况，可见恒大的人气之高。

从 9 月 29 日活动起七天内，恒大展开爆发式的“明星营销”，分布于广州、成都、沈阳、重庆、武汉、西安、南京、天津、昆明、包头、太原、鄂州 12 个城市的 18 个楼盘持续热卖，创下 47. 9 亿元的销售额，堪称无人能敌。

在邀请明星助阵上，许家印从来不含糊，只要可以为恒大的项目拉来关注度，价钱一概好商量。广州“金碧天下”开盘时，古天乐、佘诗曼与李冰冰现身活动现场；武汉“恒大华府”开盘时，请来了谢霆锋、范冰冰与容祖儿。恒大项目开盘之日，必然会众星云集，为项目销售造势，这成为恒大的惯例。

许家印向来是“低调做人，高调做事”，他为人朴实无华，但是在工作上，始终保持高姿态。在开盘上如此浓墨重彩，自然有他自己的考量。有人对许家印的营销之道略有看法，但他却始终一笑了之，并不加以理会，在他看来，恒大的业绩就是最好的答案，也是他最好的证明。

其实，许家印是精打细算之人，之所以在宣传造势上不惜重金，他曾举例说明，“我在广州一个项目上投入了5000万元营销，但这个项目开盘当天就成交了10个亿。相对于10亿的快速回款，5000万元的投入的确很划算。”他比任何人都更加在意投入与产出的问题，亏本的买卖他坚决不会做，甚至利润偏低的买卖，他都不会轻易尝试，他相信高投入、高产出的道理，也一直奉行这样的原则。

除了演艺界的明星大腕，许家印对体育界的大咖也非常看重。“铁榔头”郎平签约广东恒大排球俱乐部的消息曝出后，掀起一番热议，让原本已经颇有知名度的恒大又火了一把。随后，引进冯坤、周苏红、杨昊等国家级排球运动员，将恒大女排推向上了媒体的头版头条。随着郎平率领众多名将赢下一场又一场比赛，恒大的关注度更是居高不下，销售额也节节攀升，丝毫没有放缓的趋势。

女排连战连捷的同时，许家印又将目光锁定在足球上。2010年，他成立“广州恒大足球俱乐部广汽队”，正式踏入足球圈。许家印放出豪言壮语，他说：“在广州足球发展处于低迷之际，恒大集团有责任、有义务帮助粤足重返巅峰，让广州足球市场重归火暴，为广州球迷再造一支自己的主队，为中国足球登上新台阶贡献力量。”

许家印可不是说说而已，随后签下郑智、孙祥两位大牌，为恒大足球俱乐部招兵买马。2010 年 6 月 30 日，恒大足球俱乐部以 350 万美元的转会费签下巴西前锋穆里奇，刷新了中国职业足球联赛涉外转会费的纪录。就在人们对此惊讶不已的时候，恒大地产的销售额更是连创佳绩。有报道称，“截至 2010 年 6 月 30 日，恒大地产收入飙升至 203 亿元，较 2009 年同期激增 11 倍，而公司净利润达 23.3 亿元，同比翻近两番，相比万科的 28 亿元仅一步之遥”。如此强劲的突飞猛进，让恒大更加有气势，有魄力。

第五章 上市成就中国地产首富

1. 解决资金问题

2008 年，金融危机像海啸般席卷而来，世界各国政府、各国企业，都在经济危机的困境中步履维艰。恒大也不例外，遭遇有史以来最危急的时刻，一着不慎就有可能满盘皆输，十多年的心血也许就会付诸东流。

当时，恒大的情况颇为特殊。奋斗多年后，许家印认为恒大上市的时机已经成熟了，因此公司上下正在紧锣密鼓地准备上市事宜。然而，突如其来的经济危机打乱了全部的计划，导致上市遥遥无期，甚至危及恒大今后的发展。有问题不怕，怕的是没有方法解决。面对如此险境，恒大如何才能安然无恙顺利度过，这也是恒大员工最为担心的一点。许家印行事沉稳老练，摊上这么大的事他比谁都着急，但也比谁都镇定，因为恒大的未来系在他的身上。经过慎重考虑，他决定至少融资120亿，如果可以的话，最好是150亿。

在经济缓步不前的情况下，想得到上百亿的资金缺口，谈何容易？即便是经济昌盛的时期，想要马上补上这么大的资金漏洞，也是一件难事，更何况如今。恒大员工知道自己的老板有能耐，但是在这样棘手的困难面前，有再大的能耐也不是那么好解决的。

迎着员工们难以置信的眼神，许家印胸有成竹。在行动之前，他立下两条规矩，一是不卖地，二是所有项目未达到公司内部开盘标准绝不开盘。这两条，被视作恒大拯救自我的底线，不论发生任何事，都绝对不允许打破规则。

当时，恒大有280万平米建筑面积已经取得预售证，但是鉴于开盘条件尚未达到公司内部的各项标准，所以许家印坚持推迟开盘。对于“标准”这两个字，许家印格外重视，绝不会轻易妥协，这就不难看出恒大对于既定的战略战术持一种坚决执行的态度。通过恒大的坚持，也能从侧面看出恒大对自身实力的自信，而放在经济危机时期，这则是恒大作为房企龙头，所呈现出来的勇气和决心。

让许家印骄傲的不仅仅是恒大应对危机的能力，还有整个团队的向心力和凝聚力。当时，恒大集团拥有员工6300多人，其中中层以上领导包括地区公司部门以上领导有900多人，尽管恒大遭遇重大危机，中层以上的领导成员却没有一人提出辞职，大家以许家印为中心，紧密团结在一起，风雨同舟，共同渡过难关。

当许家印决定剑走偏锋、放手一搏的时候，没有人退缩，更没有人放弃，也许他们对老板的决策有所不理解，但是却依然跟着他埋头苦干。恒大能够做到上下一心，归功于许家印对团队建设的重视，这也为恒大安然度过危机奠定了基础。

公司自1997年成立，对进入恒大的人员要求相当严格。对此，公司特发红头文件，进行了明确的规定。其中规定凡是进入恒大工作的人员必须具备大学本科学历，否则不予录用。而且，大学本科学历只是最低标准，一般岗位的要求是拥有五年以上工作经验，技术岗位则要求八年以上工作经验，对于不达标者一概不予录用。高标准、严要求的好处就是恒大整个团队的整体素质可以达到较高的水准，员工的能力强，执行力就会强，获得的效果自然会更强。

据统计，目前恒大有上万名员工，其中房地产开发建设管理岗位上拥有大学本科学历的员工占到95%以上。在恒大的管理层，不乏博士生和硕士生，个个学历高，能力强，更难得的是正当年，具备一切优势条件，所以与许家印一道，敢想敢拼，富于斗志和创造力。

许家印带领众多能兵强将，顽强地与困境做着斗争。群龙还需首，对于恒大的精英们来说，许家印就是他们的主心骨。在公司危难之时，许家印冷静下来，提出解决资金的重要性，为公司克服难题指明了正确的方向。

2008年6月26日，许家印赶赴香港，经过一番斗智斗勇，成功融资5.06亿美金，缔造了一个神话。放眼国内所有企业，绝对没有第二个人能够同许家印一样融资到如此巨额的款项。在如此艰难的时刻，世界投行敢于冒着风险为恒大出资，可见他们对恒大青睐有加，必然是认可恒大的实力，才会掏出大把大把的钞票去帮助恒大填补资金上的窟窿。

向外界求助，也是迫不得已的举措。当时，恒大在全国各地有

37个项目，其中33个项目正在施工建设之中，由于尚且没有达到公司内部的销售标准，所以暂时无法回笼资金。对此，有人向许家印提议，不如把土地连同项目卖掉，这样既可以减少流动资金的压力，又可以收回部分资金。其实，许家印自然知道这是个行之有效的办法，但是，从长远来看，这样做势必会影响恒大的品牌。纵然恒大的处境不容乐观，假若用卖土地的方法求生，这与卖儿卖女有什么区别？这样的行为，让外界如何看待恒大？

许家印是一个内敛的人，情绪都放在心里，从不轻易表现喜怒哀乐。在如此紧要的关头，他给员工们的印象依然是泰然自若的样子，看不出来一丝一毫的烦恼忧愁。实际上，怎么可能没有压力，怎么可能没有烦恼，只不过他恰到好处的隐藏在了内心深处，没有表露出来。

当5.06亿美金如约到账后，许家印这才稍微松一口气，有了这笔钱，恒大距离破产又远了一步。有了巨额资金作支撑，许家印决定奋力一搏，在2008年国庆期间，大搞价格促销，遍布全国各地的18个楼盘同时开盘销售，结合各种营销策略，开盘当天成交额达到30亿元，源源不断的资金流让恒大彻底摆脱了困境。不仅没有被挫折打倒，更是创造了100多亿的销售额，跻身“房产百亿俱乐部”，实现了大满贯。

毫不夸张地说，在所有受困企业中，恒大的处境最为艰难，加上它龙头老大的地位，更是引发了社会各界的广泛关注，人们都在等一个结果，恒大破产或者重生。作为房地产行业中发展最为迅速的企业，也是即将上市的企业，恒大被无数双眼睛盯着，在众目睽睽之下，恒大以毋庸置疑的决心和勇气站了起来。

许家印曾说道，“不管外部怎么说，我在内部大会小会都讲的非常清楚：我们做好自己的事情，扎扎实实做好自己的工作，我们是心中有数的。我们还有两个王牌在手里面，一是我的地可销售，但是远远还没有到要卖地跟别人合作的情况；二是有280万平方米可售面积，可以三天内套现100亿。但是为了公司长远战略的发展，恒大都没有这样做。”

恒大能够走出困境，少不了许家印的运筹帷幄，也少不了与恒大共渡难关的全体员工和合作伙伴，没有大家的齐心协力，也就没有恒大守得云开见月明的一天。经历过这场没有硝烟的战斗后，恒大积累了更为丰富的经验，这威胁没有置恒大于死地，只会让恒大变得更强，更加坚不可摧。

2. 去香港筹措资金

在许家印的人生中，时常“做别人不可能做的事情，做别人想不到的事情，做别人不敢去想的事情”，这就是为什么恒大可以突破传统模式，在短时间内一飞冲天的原因。2008年，为了筹措资金渡过难关，许家印奔赴香港等地进行私募，在长达三个月的时间内，他感受到了创业多年来最强烈的压迫感。

在风雨交加的金融危机期间，恒大能否转危为安，全靠许家印的本事了。许家印知道，想要获得国际投行的支持，不是动动嘴皮子就能解决的事情，但如论如何，即便是上刀山下火海，他也必须坚持下去，赢得那一线生机。

雪上加霜的是，在恒大资金短缺的情况愈演愈烈之时，有关部门开始质疑恒大资金流转的正当合法性。恒大落难之时，引来了多方面的诸多猜想，有关政府部门对恒大展开严密的审查，涉及到恒大购入的每一寸土地，开发建设的每一个项目。甚至许多媒体也加入到盘查恒大的队伍中来，把恒大里里外外、前前后后的情况摸了个清楚。

许家印清楚，恒大经手的每个环节都符合常规，所以不惧怕任何质疑。在危机面前，外界的质疑也好，揣测也罢，都是无关紧要的事情，最为要紧的是抓紧时间融资。方向很明确，但是道路却非常崎岖坎坷，前方是天堂还是地狱，全凭这一仗能否打赢了。怎样才能找到救命钱呢？又怎样才能在找到之后收入囊中呢？

按照当时的情况来看，恒大尚未上市，所以在股市寻求融资的路被阻断了；找银行借贷算是个办法，但是在大的经济环境下，银行不会贸然贷出如此巨额的资金；去债市举债，在国外比较流行，国内的这个行当还没做起来。找来找去，都是行不通的道路。

难道真的无路可走了吗？实则不然。在许家印看来，此次危机的确非常棘手，但是还不足以置恒大于死地。想要钱很简单，恒大手中握有众多土地和项目，只需要卖掉其中的几个，便会有大把大把的钞票进账。即便金融危机迟迟无法消退，那就继续卖掉几块土地、几个项目，无论如何都能够换回钱来。还有更简单有效的方法，那就是大范围预售，凭借恒大的声誉，只要恒大有房子卖，就不怕没有人买，房子卖出去，照样会回笼大批资金，一下子就能解决资金短缺的问题。

为什么有速效药，许家印偏偏不吃呢？理由很简单，卖地，这等于断尾求生，严重有损恒大的形象和声誉，不利于恒大长远的发展；预售，这不符合恒大的流程，对于没有达到销售标准的房子，恒大绝对不会售出一套，这是恒大的原则和底线。处境难归难，却还不到自身难保的地步。

思来想去，许家印决定去香港一搏，他要依靠自身的游说能力来为恒大争取到足够的资金支持。在没有充足资金的情况下，恒大延迟了上市的计划，许家印也暂时放下手头的工作，赶到香港，专心致志的筹措资金。这个过程是相当不易的，三个月的时间内，他将全部精力投入到四处奔波中，过度的劳累让他日渐消瘦，但磨难却没能折损他的锐气。

古人云“自助者，天助也”，奋斗不息的许家印得到了贵人相助。众所周知，但凡恒大的项目开盘，必然会邀请明星大腕前来捧场，恒大频繁与英皇旗下的明星合作，于是许家印有机会结识了英皇董事局主席杨受成。通过杨受成的关系，许家印认识了新世界的主席，也就是素有“鲨胆彤”之称的郑裕彤，此人叱咤香港的地产、珠宝行业。为了争取郑裕彤的支持，许家印在香港期间，每个星期都会拜访郑裕彤，与之共进午餐或晚餐。而且，不论有多少公事缠身，许家印都会抽出时间去郑裕彤家打牌，少则几个小时，多则一个通宵。在他的苦心经营下，终于使郑裕彤成为恒大的支持者。

2008 年6 月，恒大迎来了转机。据资料记载，“在郑裕彤掌控之下的周大福以 1.5 亿美元入股恒大，占公司股份 3.9%；中东某国家投资局投资 1.46 亿美元，占公司股份 3.8%；德意志银行、美林银行等其他五家机构投资入股 2.1 亿美元”，共计 5.06 亿美元。这笔钱对恒大来说，简直是救心丸，让恒大有了生机。事后，许家印如此形容这次周折，“我们经过了战斗的洗礼啊”。的确，这是一场没有硝烟的战斗，唯有争分夺秒筹措资金，才有机会捍卫恒大的一草一木。

为了筹措资金，许家印往来于中国香港、美国等地，马不停蹄地与香港富豪和国际投行代表进行洽谈协商，除了郑裕彤，香港三大富豪中的李兆基以及李嘉诚长子李泽钜等人也是许家印经常拜访的对象。同样都是顶级富豪，他们的身上有着共同之处，那就是富于冒险，敢于挑战。在许家印的游说下，各路豪杰愿意为恒大出钱，当然不是白给的，虽然要付出一定的代价，但是得到的却是恒大的希望，算一算还是很值得的。

能够顶住压力，在最艰难的时期咬紧牙关，没有卖地卖房，这是非常了不起的坚持。三个月的时间，许家印使出浑身解数拉拢资金，磨破了嘴皮子，想尽各种办法，最终的结果是好的。

3. 超越“万科”这个神话

“挑战即机遇”这是许家印一直笃信的观点，加上大胆开拓的精神，可谓战无不胜。恒大初来乍到地产业的时候，地产行业早就过了起步阶段，房产企业遍布广州，相比较于众多前辈，恒大是相当弱小的一个企业。恒大的传奇之处就在于起步晚，却发展迅速，最后取得了不逊色于任何人的成就，傲视群雄。

企业发展的好，说明企业的领导人一定有过人之处，许家印将每一次危机巧妙地化解为转机，原本是绊脚石，却被他变成了向上攀爬的台阶。在复杂的环境下，他从始至终保持着冷静、果断和坚决，纵然发生突发事件，他仍能指挥自若。

2008 年，在恒大的发展史上占有极为重要的地位，是恒大由悲到喜的过程。熬过这一年后，恒大击碎了濒临破产的预言，凭借

5.06 亿美元的融资，安然度过了危急时刻。年底，市场政策有所转变，朝着利好的方向发展，在金融危机遭受重创的房地产行业，成为国家的重点扶持对象，恒大终于迎来了春回大地的暖意。

2009 年，恒大加快了发展的步伐，意在实现更为宏伟的目标。在“两会”期间，许家印及恒大备受关注，面对外界的种种猜想和质疑，许家印从容回应道，“去年一季度，恒大计划上市，受金融危机影响延缓了，120 亿至 150 亿的融资计划没有实施，对企业有很大的影响，恒大因此比别的房地产企业多了一个寒冬”，“下半年以后随着国际金融危机影响越来越大，很多企业会更加困难，而对于恒大来说，最冷的寒冬已经挺过去了”。

在 2009 年，恒大已经彻底摆脱了金融危机的威胁，年初的时候，一个地区分公司将所有工程款结清后，又还了 6 亿元的贷款，一个分公司尚且拥有如此雄厚的资金，可见恒大集团实力如何。

借着政策的回暖，全国各地的房地产企业按捺不住喜悦，纷纷开始行动，房地产市场再次唤发了蓬勃的生机，这也就意味着竞争的加剧。恒大更是不会闲着，义无反顾地加入到角逐中去。由此，2009 年的房地产市场充斥着房价飞涨的消息，各大房企在购入土地的时候，也是毫不手软，造就了一批批“地王”。

2009 年的火爆与 2008 年的颓败成为鲜明的对比。6 月 25 日，北京祈连房地产开发有限公司在经过 125 轮的叫价后，最终以 17.4 亿元的天价将北京通州九棵树大街居住项目收入囊中，最终成交额竟然比起始价高出近 8 个亿。随后，又有好戏上场。6 月 26 日，成都中泽置业有限公司经过 46 轮的叫价后，以 19.6 亿元斩获北京奥运村地块。6 月 30 日，中化方兴以 40.6 亿元买下北京广渠路 15 号地。出手豪绰的房企比比皆是，造就了房地产市场欣欣向荣的大好局面，人们坚信，房地产行业又迎来了黄金发展期。

作为参与市场竞争的一分子，恒大在思考如何超越其他对手，如何抓住时机实现迅猛发展。2009 年，对恒大来说，是经历过波折后尤为重要的一年。在这一年，恒大制定了“稳健经营，再攀高峰”的第五个三年计划，决心在稳扎稳打的同时，一鼓作气地向更高的目标冲刺。

在恒大的发展规划中，有一项重要的任务，就是与大哥大万科一较高下。万科的实力人尽皆知，作为房地产行业的重量级企业，论资排辈的话，恒大得毕恭毕敬地称万科一声前辈。在公司实力上，万科毫不逊色于恒大，甚至要超过恒大。

那么，恒大哪里来的勇气去和万科较量？许家印不是莽撞之人，他不会打无准备之仗。根据克尔瑞中国研究中心发布的《2009 年三季度中国房地产企业销售排行榜》，恒大战绩显赫，在前三季度销售面积、第三季度销售额和面积、在建工程面积及土地储备等数据上，将万科等老牌顶级企业甩在身后。这样瞩目的业绩，许家印自然有把握在与万科的较量中拔得头筹。

2009 年 6 月，许家印向全体员工宣布，重新启动因为金融危机而一再搁浅的上市计划。同年 7 月，广州恒大酒店在精心筹备下盛大开业，许家印邀请众多合作伙伴、顶尖投行及富豪明星前来参加盛宴。此时的许家印处在春风得意的状态，与 2008 年的颓势截然相反，他向外界传达这一个讯息，那就是恒大挺过来了，以后只会更加昌盛。在宴会上，他放出豪言壮语，宣布恒大在 2009 年的销售目标是三百亿，更激动人心的是，他信誓旦旦的表示，恒大动工总量将达到1500万平方米，这也就意味着超越万科，成为新的地产老大。此话一出，一片哗然，不由得惊叹许家印的“狂妄”。

“言出必行，行之必果”，许家印可不是爱说大话的人。8月23日，恒大旗下分布于15个城市的27个楼盘在同一时间开盘，一时间引发了抢购热潮。8月24日，恒大面向全国广招豪杰，现有地区分公司董事长职务的15个名额等待英才。10月，恒大对外宣布正式启动上市计划。至此，恒大蓄势待发，开足马力赶超万科。功夫不负苦心人，在恒大集团上下一心的协同作战下，2009年下半年开始，恒大始终保持着销售面积第一的战绩，万科也不甘示弱，在恒大的施压下，持续占据着销售额冠军之位。

恒大与万科各有各的主战场，也各有各的战略战术。恒大的项目多分布于二三线城市，以“低价营销”为主，制胜的法宝是楼盘的数量和规模。万科则不同，主打精品，项目多坐落于北、上、广等一线城市，自然在价格上占有优势。横纵交叉来看，暂时还无法断定谁更胜一筹。

在外界看来，恒大爆发式的发展存在诸多隐患，因为过快的速度必然遗留些许短板。但是，许家印心里清楚，恒大之所以能够以非比寻常的速度发展，正是在于稳扎稳打，步步为营，而不是外界所传的畸形发展。稳中求胜，是恒大的大方向，这一点不论在何时，都不曾有所动摇。因此，恒大的发展是有着稳固根基的，经得起推敲。

2009年11月5日，恒大在香港成功上市，以705亿港元市值收盘。坐拥恒大七成股份的许家印，成为身家422亿元的超级富豪，并且超越2009年《福布斯》中国富豪榜上中国内地首富王传福396

亿元，荣登首富宝座。

2010 年，恒大年度销售额再次刷新，昂首阔步地迈过 500 亿元大关，以势不可挡的气势持续飙升，成为中国房企的一方霸主。2011 年，恒大更是一飞冲天，不论是营业额、净利润、核心业务利润，还是在建面积、销售面积、销售额增长率等多项行业关键指标，无一不是位列第一。

在万科面前，恒大不再是默默无闻的小兵小将，而是成长为可以并驾齐驱的角色。超越万科，并非恒大的终极目标，这只是恒大发展路上的一个重要步骤而已，好戏还在后面。

4. 上市不再是空想

上市不是随随便便谁都可以做到的事情，在历经周折之后，许家印带领恒大重新拾起上市的计划，最终在香港联交所主板正式挂牌上市。恒大的到来，刷新 IPO 的记录，成为有史以来赴港上市的内地房企中收益最大的企业。

许家印是实干型的企业家，从他少年时代就可以窥见一二。在众多媒体面前，许家印曾“夸下海口”，许诺了一个美好的愿景，当不少人认为这只是他在吹牛的时候，他已经带领 恒大全体员工付诸行动，开始朝着目标迈进。与其说的天花乱坠，不如真刀真枪上战场拼杀，制定好的目标就是恒大的指南针，不论过程有多辛苦，许家印都会坚定不移的往前走。

在经济普遍萧条的时期，融资就成了难于上青天的事情，况且恒大需要上百亿之多。当时，各大媒体争相报道恒大的状况，舆论倾向于恒大“灭亡说”，媒体的宣传十分不利于许家印的融资之旅。

不被外界看好的许家印，愣是把别人认为不可能的事情变成了现实，5.06亿美元就是最好的证明。许家印无疑是集智慧与胆识于一身的企业家，面对随时可能崩溃的处境，依旧处事不惊。即便承受着经济危机和外界舆论的双重压力，他都执着于自己的计划，默默无言的付出行动，挽救恒大于水火之中。

谁都知道许家印头脑灵光，而且嘴皮子特别利索，所以才能说服郑裕彤、刘銮雄、李嘉诚等香港超级富豪在关键时刻帮恒大一把。

且不说富豪鼎力相助，就连美林银行、德意志银行这等顶尖投行也是慷慨解囊，不仅及时注资，更是二次追加资金，为恒大增资扩股助阵。这就不得不令人好奇，许家印是如何说服各位企业家和各大投行的。其实，能够融资成功，并非单纯依靠许家印的游说能力，起到关键作用的是恒大多年来坚实的发展步调。

早在2006年，德意志和美林银行就已经开始对恒大的运营情况进行详实的调查了解，并且派出专人就任恒大的财务副总监一职，在如此关键的位置上，自然能够清楚明白地掌握恒大的真实情况。许家印之所以允许投行深入公司内部，就是相信恒大有实力得到他们的认可。

在经济危机尚未退却的情况下，贸然出资势必会存在较大的风险，甚至要承担“竹篮打水一场空”的后果。但是，以恒大近年来一步一个脚印的发展趋势，还是非常值得投资的伙伴。两大投行把恒大的家底翻了个遍，1997年向银行贷款300万起家，随后用了十年有余的时间，在2008年实现118亿元的销售额，随后再次冲击巅峰，时隔一年后，突破300亿元，如此迅猛的速度让两大投行不由得咋舌。对于恒大的发展规划，许家印有自己独到的思路，一是依靠资本加快项目的运作，二是在全国各地大面积撒网，将每一步落实到位，真正看到成效。恒大这样的企业正是顶级投行青睐的合作伙伴，是非常有投资价值的。

2009 年 11 月 5 日，恒大在香港联交所正式挂牌交易，完成了长久以来的“上市梦”。在挂牌仪式上，新世界主席郑裕彤、新世界发展董事总经理郑家纯、恒大排球俱乐部主教练郎平、华置主席刘銮雄及中渝置地主席张松桥等人悉数到场祝贺。许家印凭借 68% 的持股获得 479. 49 亿港元的收益，成为新一任中国首富。

完成上市后，恒大已经今非昔比，它站在了更高、更广阔的平台上，完成了更高级别的升级。作为首次荣登首富宝座的许家印而言，“首富”的头衔意义不大，在他眼中，当首富并没有什么值得庆贺的价值，他看重的是恒大的发展，而非个人资产的增加。他甚至对首富的身份有所嫌恶，他认为“除了别人心理不平衡来盯着你，甚至不明真相的人来骂你，其实真的没啥好处。但是你的企业上市了，这是一个公开的秘密，藏不住”。

由于“首富”的光环，外界对许家印平添了几分好奇，普通大众十分好奇中国最有钱的人是如何生活的。实际上，许家印向来节俭，不铺张浪费，甚至同普通上班族一样吃盒饭果腹。作为恒大的灵魂人物，大事小情都少不了他的过问，开会直到深夜是习以为常的事情，赶上肚子饿了，便会让家里人送些馒头或者汤面。

许家印坦言：“此次成功上市，是恒大发展史上的重要里程碑。恒大受到了全球投资者的广泛支持，反映了我们的战略模式、生产潜力和管理团队深受认同。展望未来，恒大将扎根中国、放眼全球，在高速增长的行业环境中再度起飞。”

5. 不太平的股市

恒大历经千辛万苦终于上市，名利双收，公司上下一派朝气蓬勃。然而，上市带来了无限机遇和无数种可能，同时，也为恒大带来了更为严峻的挑战和考验。

许家印未雨绸缪，他深知恒大一旦成为上市公司，所要面临的危机会更多，也更严峻，所以，在还未正式上市的时候，就已经针对紧急事务而加强中上层的应变能力。许家印不打无准备之仗，不会贸然拿恒大的前程做赌注。

恒大实行“中心集权”的管理模式，许家印是一把手，大事小情都要经过他同意才能付诸实行。但是，当危机来临时，往往不是他一个人能够应付得了的，必须依靠团队的力量。所以，领导层的能力高低直接影响着恒大未来能走多远。唯有一支训练有素的队伍，才能在危机面前保持冷静的态度和平稳的心态，才能及时发现问题，从而尽善尽美的解决问题，不留后顾之忧。

许家印颇有先见之明，他对团队建设的重视为恒大抵挡住突如其来的危机起到关键作用。2012 年 6 月，在恒大上市不久之后，迎来了第一场战斗，面对“敌人”的无理行为，许家印誓死捍卫恒大的荣誉与尊严。一向心平气和的许家印，在美国做空机构 Citron（香橼）做空恒大的事情上，火冒三丈，他对 Citron 的行为表示强烈的不满和愤慨。

在恒大十多年的发展历程中，无数次受到外界的质疑、批判，甚至是冷嘲热讽，许家印无一例外地视若不见、置若罔闻，他的情绪从未受到过外界的干扰。但是这一次，他是真的气愤了。

原本，恒大自上市以来，股票的价格一直维持在平稳的水平上，从未出现过大起大落的现象。然而，2012 年 6 月 21 日上午九点半左右，在没有任何征兆的情况下，恒大股价开始直线下滑，甚至到了一发不可收拾的局面。正当人们对恒大股价暴跌难以置信之时，位于洛杉矶的 Citron 机构介入此事，在官网上发布了一份关于做空恒大的报告，明确指出恒大有意向投资者提供虚假的信息，并且十分肯定地说恒大地产已然入不敷出、资不抵债。

不明真相的股民在看过这份报告后，当然是急于抛售恒大的股票准备脱身，如此一来，造成恒大股价跳水式的下降。在不到两个小时的时间内，恒大地产的股价跌幅达到 7. 59%，此后，最大跌幅更是达到 19. 6%，光看这两个数字似乎不够直白，简单来说，就是在朝夕之间，恒大有 131 亿元的市值凭空消失，蒙受了巨大的损失。

事发突然，在外界还没能及时反应过来的时候，恒大已经在第一时间采取了措施。在做空机构 Citron 发布报告的 3 小时后，恒大作出应急反应，召开紧急电话会议，商讨应对措施，并及时对外发布《澄清公告》，条理清晰地反驳了做空报告。至此，恒大稍微稳住了形势，股价出现小幅度地上扬。在恒大的努力下，当天收盘后，损失市值达 76 亿港元。这是个沉重的损失，但是如果不是恒大上下超强的应急反应能力，恐怕损失不止 76 亿港元。

6 月 22 日，在战事稍微有所扭转后，许家印现身香港全球投资者大会，他情绪激昂，义愤填膺地怒吼道："这是和平年代的战争！他们是侵略者，是土匪，是强盗！我们一定要彻底打垮这些掠夺者，捍卫东方企业的尊严！"他说到做到，在恒大遭受污蔑的一天之中，他已经制定出了详细周全的反攻计划，势必要给恶意中伤者一点颜色看看。

6月22日正午时分，恒大第二次发布《澄清公告》，与第一份相比，这一次有9页之多，对具体情况不再是一带而过，而是十分详实地进行了解释和反驳，尤其是针对Citron所提供的数据进行了分析，最后得出结论，是Citron误读以及计算有误，洗清了恒大弄虚作假之嫌。公告一经发出，随即便收到了良好的效果，延缓了股价下跌的幅度。

至此，许家印没有见好就收，而是一鼓作气，决定将反击进行到底，不仅要稳住股价，更要让股价重新回到原有的高度上，一定要将流失的市值夺回来。为了乘胜追击，许家印多方联络，取得了信用与评级机构等的支持，纷纷表示Citron对恒大地产的指控不会波及恒大的流动性以及信贷评级，随后九大投行的分析报告公布于众，一致力挺恒大。

随着恒大的步步反击，Citron做空所带来的负面影响逐渐消退，恒大的股价开始稳步攀升，直至回到正常的水准。6月25日，恒大股价涨幅为2.6%；26日涨幅为1.27%；27日再涨1.26%。

反应够迅速，执行够强劲，这就是恒大攻无不克、战无不胜的法宝。在Citron做空对恒大进行刁难之时，恒大如若反应慢了半拍，就有可能造成无法挽回的损失。在瞬息万变的股市，一个微妙的转变都有可能带来崩盘，好不容易才成功上市的恒大，怎么能栽在这种把戏上。

多亏恒大反应够灵敏，采取措施够及时，在事情还没有恶化到极点之前，制定对策，跟对手单打独斗了几个回合之后，采取更加强硬的态度捍卫恒大。在许家印的带领之下，恒大在应对危机时所展现出来的实力，令人拍手称赞。身临险境时，能够保持冷静的态度，实属不易，还要运用专业能力应对敌人的攻击，恒大在这场战斗中完胜，堪称应对做空危机的典范。

6. “拼命”是一种习惯

毋庸置疑，许家印是成功的典范，他所取得的成就不排除有天赋使然的因素，但是天赋不过是锦上添花，而脚踏实地的努力才是贯穿许家印一生的核心。他坦言，没有勤奋，他将一事无成。的确，在他人生的每一个阶段，都不难看到他的勤勉，他的热情，以及坚忍。

在舞钢呆了十年，从技术员到车间副主任，从小兵子到“小皇帝”，每一个进步的背后，都是他拼了命挣来的，得到所有人的认可和褒奖，无可厚非。就在这十年中，许家印敢拍着胸脯说，他没有请过一天假，也许不是舞钢车间最有成就的，却一定是最努力的那一个人。离开舞钢独自创业，在所有困苦都要一人承担的日子里，他依然以奋斗为乐，时常工作到凌晨一点，他并非不知疲倦的铁人，是创业的信念支撑着他倾尽所有。凌晨下班后，为了不影响家人休息，他就在客厅沙发过夜，凌晨四点天还没亮，就又爬起来去工作。

试问，这样拼命的人怎么会不成功呢？外人对许家印颇为好奇，不敢确定他是不是真的不怎么睡觉，公司事务如此繁重，脑力和体力都是超强负荷，可他从来都是精神抖擞，神采奕奕，看不出半点疲态。许家印的勤奋有目共睹，恒大的今天是他一点一滴打拼出来的，之所以能够超常规发展，这其中凝聚着他的心血，他从不向外人诉苦抱怨，他认为一切都值得。

在恒大，“拼命三郎”比比皆是，新员工入职4个月后，自动开启“工作狂”的模式，根本不需要有人监督，自动自发地上紧了发条。许家印这个“铁人工作狂”给员工们树立起一个榜样，即便是周末，他也几乎不休息。法定工作日是每周不超过40个小时，许家印每周的工作时间超过90个小时，工作到凌晨已经成为惯例，不到深夜不下班成了他的日常。

在恒大，许家印的榜样作用就笔直地摆在众人面前，下属员工想歪都歪不了。他的行事风格成为恒大的工作风格，员工将他的每句话都视作命令，坚决贯彻执行，可见他在恒大拥有至高无上的权威。比如，他说晚上开会，那么所有需要参加会议的人员就一个都不会走，老老实实地等着开会。

许家印的勤勉成为一种最有效的激励，公司上下，秩序井然，一派生机勃勃的景象。但是，话说回来，不是所有人都是“铁人”，员工在如此强势的压力下，会不会出现适得其反的效果呢？实际上，许家印不是那种不通情理的老板，他将勤奋视为前进的不竭动力，他希望手下的人也能够谨记自己的职责，同时，他也是有血有肉的人，他会真心实意的体恤下属，时常叮嘱部门主管，切莫过度疲劳，要劳逸结合，注意休息。所以，在雷厉风行之外，许家印有着浓浓的人情味儿。

夏海钧是恒大高层，与许家印接触最为频繁，他对许家印的勤奋可谓是了解得最为透彻。当初，在夏海钧来恒大就职之前，许家印向他许诺，只要他愿意加入恒大，就可以从董事局副主席、常务副总裁做起，三个月后，如果能力突出，他可以直接出任总裁一职，许家印甘愿让贤。来到恒大后的第一天，夏海钧就见识了许家印是何等“拼命”。当天晚上，许家印与夏海钧准备开个会，晚饭时正好是六点钟，夏海钧心里盘算，开个会也就个把小时，出乎他意料的是，直到十一点半，这个会才结束。这时的夏海钧还没有真正意识到，开会到十一二点，不是偶然，而是经常。甚至，会议在十二点钟前结束都是早的，一般都会持续到凌晨两三点。

一般人都难以像许家印这般不眠不休，工作这么久都不休息。之所以能够扛得住高强度的工作，一是他有着充沛的精力和不屈不挠的毅力，二是他对工作有着超乎寻常的热情，他执着于此，痴迷于此。所以，赤诚的热爱造就了不知疲倦，而这份勤奋换来的，是恒大的蒸蒸日上，是中国房企领军人物的实力和地位。

房地产领域内，不乏顶尖的人物，如王石、李思廉、张力等人，与他们相比，许家印坦言自己没有任何优势，唯独有一点，就是他敢保证自己比他们更努力。坐拥亿万财富的许家印，甚至没有彻底享受过一天假期，他将全部的精力和激情都投入到恒大的发展建设上，他没有多余的时间去享乐，对他来说，工作就是一种难得的享受。

对自己要求严格，对员工也是如此。许家印向来注重团队建设，而且他还是一个执着于规范管理的领导。他亲自制定了《恒大员工行为规范》，以此加强员工自身的管理。他在规范中明确表示，“加强修养是做一名合格的恒大人的内在要求。做一名合格的恒大人，必须要德才兼备，素质全面，时刻保持积极的心态，不断学习，与时俱进”。

此外，许家印将自己的人生经验和感悟细心整理，编成《员工修身准则》。他说，“《员工修身准则》是我根据公司多年的发展经验，根据自身对修养的理解和体会，根据各级领导、员工在成长过程中最迫切需要提高的方面一条条总结出来的，是公司文化的核心所在”。

在恒大，从上到下，没有一个人不在“拼命”，所有员工都在各司其职，各尽其能。在恒大高速运转的环节中，每个员工都是不可或缺的一份子，没有人掉队，没有人拖后腿，大家都在奋力前进，由此，恒大才能发展的越来越快。

在高标准、严要求下，赏罚分明就显得尤为重要。许家印制定了严密的考核制度，对于计划的执行有着明确的定位，奖也好，罚也好，都非常清楚明白。而且，许家印十分强调这二者的平衡，有重罚，也有重奖，犯了错误必定要承担相应的责任，做出成就也一定会有不菲的奖励。在恒大内部，业绩是考核每个人能力的重要指标，数字虽然不能说明一切，但是足以说明一个人的能力大小和付出多少。

第六章 恒大的日常

1. 团队建设至关重要

当资本不再是一个企业翘首以待的唯一资源时，人才的重要性就开始显现。许家印是较早意识到员工素养对企业发展有着非凡意义的企业家。当其他企业还停留在不断扩充资本的时候，他已经开始注重人才的培养和吸纳，更是为此付出了难以计数的人力、物力和财力，目的只有一个，那就是建设一支素质过硬的队伍。

企业想要在优胜劣汰的激烈竞争中不落于人后，靠的是人才作支撑。同样，人才想要在芸芸众生中出人头地，就少不了依靠一个有发展潜力的企业作为平台。没有优秀的人力资源做储备，企业也就丧失了尤为关键的一项竞争力；没有广阔的平台提供机会，人才即便是有回天之术，也无处施展。二者是相互依存，彼此共生的关系。

考验企业的最佳时机，永远是面临危机和挑战的时候。2008 年，令人难忘的金融危机席卷全球，雪上加霜的是，恒大上市的计划宣告失败，只得无限期延迟。在如此岌岌可危的情况下，在明知道公司遭遇重创的情况下，恒大 900 多名中层干部，始终坚守在自己的工作岗位上，誓与企业同进退、共患难。其实，他们可以有充分的理由离开恒大，另谋出路，但是他们无一人这样做。

何为凝聚力？恒大员工上演了一个实例。通过长年累月的点滴积累，终于形成了恒大独有的向心力和凝聚力，这是一种无形却强劲有力的力量。恒大是许家印的，也是千万恒大员工的，只有充分调动起每个员工的积极性，企业发展才能更顺畅。在任用员工上，许家印奉行“用人不疑，疑人不用”，只要踏进恒大的门槛，就是恒大的一分子，与恒大荣辱与共，恒大绝对不会亏待每一个用心做人、做事的员工。

评判一个企业是否具有发展潜力，具有多大的发展潜力，首先看的是这个企业领导人如何。一个高度重视人才培养的领导，势必尊重知识，尊重个人的创造力。许家印本身是大学毕业，属于那个年代的高级知识分子，他懂得知识的价值和力量。恒大自 2003 年起，与国内著名高校强强联合，每年投入至少百万元资金和优秀的师资力量，开办研究生班，在此进修的学生免收学费。与高校合作，恒大虽说不是头一份，但是放眼国内的众多企业，确实是为数不多的一个。

每年高校的毕业季，都是企业的招聘季，恒大也是如此。在招聘应届毕业生上，恒大的气势一览无余。即便是对刚刚毕业还没有任何社会经验的大学生，恒大也提供了格外有吸引力的薪资和福利待遇，在众多企业中独树一帜。

对本科及以上优秀毕业生，恒大开出了5000起的月薪，待实习期考核通过转正后，还会根据个人能力和贡献多少发放丰厚的奖金。此外，还为毕业生提供可靠的福利保障待遇，养老、失业、生育、医疗等社会保险，住房公积金应有尽有。带薪年假更是让人心驰神往，而免费体检的福利足以体现恒大对员工的深切关怀。

除了较为普遍的五险一金待遇，其他方面恒大也是面面俱到，为员工提供舒适的生活环境，不仅有免费的员工公寓，更是提供上下班交通车和营养午餐，解决了食宿和出行的问题。至于工作环境，恒大拥有甲级写字楼，让每位员工在舒适、便捷中开展高效的工作。

许家印对刚刚走出校园的新员工尤为重视，在他们面前，丝毫没有大老板的架子，只有作为长辈的谆谆教诲。他告诫新人们，在单位工作绝对没有一帆风顺这种事，步入职场，意味着要迎接多种困难和问题。他举了一个例子说明，比如部门经理的态度并不友好，由此会产生许多负面情绪和压力，他告诫大家，心中要明确一件事，那就是为自己干活，为恒大干活，而不是为了部门经理干活，努力完成自己的本职工作就好，无论何时，努力的人都会有回报。

在恒大，没有论资排辈，即便是新手，但凡有真才实干，升迁是很平常的事情。甚至有些人，在三五年之内，由部门副经理跳到部门经理，又到总裁助理，最后就任分公司的董事长，如此之快的升迁速度，在其他企业非常罕见，但在恒大，一切皆有可能，全凭个人能力。许家印任人唯贤，某个刚毕业几年的员工各方面的能力都非常出众，他便被调到分公司做了副总，工资水平也一路攀升。

企业大了，难免会出现偏差和漏洞，许家印始终强调“公平公正”。他认为，作为领导，在提拔用人上掺杂了私欲、私情，那么势必会破坏选才标准，长此以往，企业内部就会形成“小人得势、贤才失势”的局面。任人唯亲的现象，直接影响着企业内部的风气，关乎企业的长久发展。试想一下，只会溜须拍马的人连连升迁到关键岗位，而真正的人才却得不到重用，这样的企业，绝对留不住人才，而且今后的发展也就丧失了动力。杜绝任人唯亲从我做起，为了杜绝裙带关系，许家印不允许自己的太太参与公司的日常管理，这表明了他的决心。

许家印的所作所为，无一不指向一个目标，那就是加入世界五百强的阵营，这是恒大目前最为长远的目标，也是恒大快步前进的大方向。在许家印的心中，有一幅美好的蓝图，他要带领恒大成为世界上最大的房地产企业。

征途漫漫，唯有着眼于未来，实干于现在，抓紧每分每秒，完善自身能力，整合自身资源，创“一流规模、一流品牌、一流团队”。现代商战，比的不是谁财大气粗，谁挥金如土，而是企业的团队素质。企业的生命力在于人，在于整个团队，没有优秀的团队必然出不来有竞争力的决策。企业靠人来管理，没有头脑灵活、思路清晰的团队，企业一不留神就会走了弯路。房企靠买房子盈利，没有高效的团队进行营销运作，房子怎么卖得出去？

在许家印的督促下，恒大的团队建设趋于完善，他对自己的团队有着十足的信心。在他眼中，无论是规模、品牌，还是产品品质，恒大都堪称上乘，而团队则是这些优势背后的操盘手，他们创造了这些优势，随后又加以整合、利用，最后为恒大的远大目标服务。

在人才方面，许家印十分舍得花大钱投入，而事实证明，他花出去的钱统统被手下的强将赚了回来，以小博大，最终的赢家还是许家印，还是恒大。尤其是在恒大面临困境的时候，强大的团队使之转危为安，避免了在迅速扩张的过程中出现前功尽弃的惨淡后果。

2. 敢想敢做

“恒大者，古往今来连绵不绝，曰恒；天地万物增益发展，曰大”。这是许家印对“恒大”的定义，足以见得他对未来的展望，怀揣着凌云壮志。

2002 年，一块土地的拍卖引起了一番“殊死”较量。下半年时，广州市国土资源和房屋管理局发布公告，决定公开拍卖国有土地使用权，一时间在房产行业掀起了一场“血雨腥风”。其中引来无数豪杰竞折腰的是革新路广船集装箱厂地块，面积为 4 万多平方米，在众多地块中算是小面积，但是其价值在于优越的地理位置。

消息一经发出，大大小小的地产商迅速行动起来，蓄势待发，虎视眈眈的盯着这块“肥肉”。实力强劲的富力地产集团将目光锁定在这个地块上，气势汹汹地准备参与竞拍。在广州地界名声显赫的广州城启集团，也对此情有独钟。而广州大陆创业控股有限公司为了击败其他竞争对手，更是与中国海外集团强强联合。地产大哥大的深圳万科也更是豪迈，意在将广船集装箱厂地块和广船机械厂地块两块地一并收入囊中。

以上这些企业，在房产界都是响当当的牌子，实力强大，不容小觑。刚刚成立几年的恒大，夹杂在大企业中间，显得有些弱小，不论是参与竞拍的其它企业，还是众多媒体，都直接忽略掉了这个新手。

2002 年 12 月 11 日上午，竞拍正式拉开序幕。主持本次国有土地拍卖会的是拍卖师陈少湘，他报出广船集装箱地块起拍价为 1.05 亿，此后由各房地产商出价。拍卖师的话音刚落，即刻便有人加价一百万，一下子就将现场的气氛调动了起来。会场响起了此起彼伏的叫价声，实力较强的几家地产商轮番举牌加价，不多久，地块价格飙升至 1.7 亿。正当所有人惊呼价格如此之高时，恒大举牌示意，出价 1.71 亿元。

恒大的强势出价，让不少人目瞪口呆，谁能想到一个默默无闻的小企业竟然这么霸气。拍卖师环顾四周后，开始进入最后的环节，“1.71 亿元，第一次!”“1.71 亿元，第二次!”“1.71 亿元，第三次!”三句过后，依旧没有企业举牌加价，万科富力、中海和城启粤泰等争夺战的热门选手，都默不作声，眼睁睁看着拍卖师将槌子敲在桌上，宣布地块成交，广船集装箱厂地块花落恒大。刹那间，会场掌声雷动，人们见证了恒大的胜利。整场竞拍有 120 次举牌，你来我往，交锋异常激烈，家家都是势在必得的架势，最终却被名不见经传的恒大抢了先，实在是出乎所有人的意料。

一个发展没几年的新兵，竟然能拿出 1.71 亿买块地，就在许多人都认为许家印疯了的时候，许家印只是微微一笑，他可不是莽夫。既然能够在众多虎口之中夺下肥肉，必然做了充分的准备。在许家印看来，如果恒大想要进入房企行业的顶端，就必然不能畏手畏脚，想在大风大浪的地产界混出名堂，少不了拼劲儿和狠劲儿。

当恒大稍有规模的时候，就有人预言，恒大定会一飞冲天。果不其然，许家印为恒大定下目标，要成为“全世界最大的房地产公司”，他敢这么说，就一定有信心达成目标。敢想才能敢做，许家印放出豪言壮语，行动也绝对跟得上。

纵观恒大的发展史，不由得让人惊叹，似乎没有什么是恒大做不到的，“世界第一”又如何，早晚会成为现实。

1997 年，恒大正式投入运营；

1999 年，恒大突飞猛进，位列广州房地产企业综合实力第七名；

2003 年，恒大在广州房地产最具竞争力十强企业的排名中位列第一，并跻身中国企业五百强、中国房地产企业十强；

2004 年，恒大实施全国战略，陆续向内地二线城市调派员工，组建各地分公司；

2006 年，恒大与高盛银行签订境外上市的合作协议，首次与国际资本联合；

2008 年，恒大年销售额突破 118 亿元，跨入百亿俱乐部，不过由于全球金融危机袭来，期待已久的上市计划被迫延期实施；

2009 年恒大在港交所挂牌上市，以 705 亿港元的总市值，成为内地在港上市的最大非国有企业；

2010 年，恒大的年度销售额突破 500 亿元，上升态势迅猛异常，稳居中国房企第一军团；

2011 年上半年，恒大再次实现新的飞跃，在营业额、净利润、核心业务利润、在建面积、销售面积、销售额增长率等多项行业关键指标上都位居全国第一。

十几年的时间，许家印带领恒大以超常规的速度高歌猛进，这是让许多人没有想到的。他创造了恒大神话，在十余年间，积累了超乎想象的财富，奠定了恒大房产企业霸主的地位。

在许家印心中，一直以来都有着一个“第一”梦，事事敢拼抢第一，他的目标足够明确，为此付出的行动足够扎实，每走一步无不凝聚着他的心血和恒大人的拼劲儿。哪怕在恒大弱不禁风的阶段，许家印毫不避讳谈自己的野心和欲望，他就是要争做中国第一，就是要成为世界第一！他敢于直面看似不切实际的梦想，更是敢于迈出坚实的每一步。敢想敢做是许家印的风格，也是恒大的风格。

从草根企业到行业巨头，恒大仅仅用了十几年，许家印无疑是业界的神话级人物。抛开恒大的种种光环，仔细研究恒大内部运作，就不会对它的成就再有任何疑问。整个恒大，如同一个精密的仪器，每个环节和步骤都极为讲究。行之有效的管理制度，上下齐心的工作态度，巧妙绝伦的运作模式，种种细节叠加在一起，成就了恒大高度。

许家印不仅重视眼前的正在进行时，也尤为看重未来时。每三年，他会亲自制定恒大的战略规划，做到每个阶段都有明确的计划性。许家印主张“中心集权”，这是一套严谨的管理模式，对于恒大这种起步晚、根基浅的企业来说，许家印的路子是极为有效的，避免了诸多棘手的麻烦。

房地产行业的竞争是残酷的，甚至略带血腥，能够存活下去就是一种能力，更何况是一步步壮大为头号企业，谈何容易。在激烈的厮杀中，恒大顶住来自各方面的压力，去拼搏，找到了适合自身发展的道路。

3. 瞧准时机，果断出手

市场需要什么，恒大就会给予什么，唯有这样才能攻占市场，获得利益。恒大需要如何发展，许家印就会制定相应的战略规划，唯有这样才能少走弯路。

恒大投入运营之初，可以说是一穷二白，没钱、没势力，新兵蛋子一个。在这种情况下，许家印坚持“用最少的钱拿更多的地，发展的时间持续更长”，他要做的就是要用拮据的资金，为恒大争取宝贵的时间壮大自己。

海珠区广州工业大道的原广州农药厂地块是恒大拍得的第一个地块，完全是按照许家印的思路进行的。当初，这里四处是工厂，环境污染非常严重，与如今高中档小区云集的景象不可同日而语。即便各方面的条件并不突出，价格依旧不便宜，首期就需要500万，这对还没有起步的恒大来说，无疑是笔巨款。为了筹措资金，许家印往来于各个银行之间，软磨硬泡，到处游说，终于从银行贷出300万，虽然与500万还有很大的差距，但是好歹有了起步周转的资金。

农药厂这块地实际上是工商银行下属的一个企业买来准备进行房地产开发的，但是考虑到会存在风险，所以就放弃了这个打算，准备转手卖出去。得知消息的许家印，决定接手这块地，作为恒大进入房地产行业的敲门砖。

目标很明确，志向很远大，斗志也很饱满，但是，问题来了，恒大没有钱。不论在哪个行业，没有启动资金，再大的雄心壮志都代替不了资本的力量。没钱，但是又想干出一番事业，这个没能难住许家印。经过深思熟虑，他想到了一个解决方法，那就是不还价，但是在付款方式上变通一下。农药厂这块地有十一万平方米，在短时间内也无法做到全部拆完，不如分期进行，将十一万的地块分为三期，变成三个项目，首期4.7万平，要价500万，比起全部一个多亿来说，恒大的压力已经减到最小了。

经过多次洽谈，卖家同意了许家印的办法。付了部分资金后，恒大的第一个项目开始上马动工。可以说，恒大沾了政策的光，当时，项目要至少完成三分之二后才能够进行销售，在完成第一层时，恒大就开始进行预售。许家印独具慧眼，摸清了市场的需要，制定了“小面积、低价格”的营销策略。首期开售当天，仅仅一上午的时间，销售额达到 8 千万，意味着恒大在起步阶段就回笼资金 8 千万。

在这场争分夺秒的战斗中，许家印将机遇紧紧抓牢，凭借过人的胆识帮助恒大顺利度过一穷二白的日子，迎来恒大第一场胜利。许家印对恒大的发展有着清晰的思路，他对客观条件也有着透彻的理解，此一时彼一时，在宽松的条件下，想成功就必然要有胆量，如果当时犹豫了，错失良机，也许恒大的发展会变成另一幅景象。

在恒大不具备任何基础的客观条件下，许家印积极转变思路，在付款方式上有所创新，解决了恒大最苦恼的资金问题，从而争取到了一个“开始”的机会，否则一切都是空谈。在多方努力下，第一个项目“金碧花园”一经投入市场，就得到了购房者的追捧，为恒大赢得了充足的资金储备，奠定了恒大大步向前的发展节奏。

许家印毕业后，被分配到有“中国轧机之王”之称的舞阳钢铁厂，此后十年间，他扎根在这里，将青春奉献给钢铁事业。在十年的奋斗中，他与钢铁结下了深深的缘分，不过离开舞钢后，转战到房地产行业，与钢铁渐行渐远。2003 年，广东省政府把钢铁产业列入支柱产业，着手加大钢铁产业的扶持力度，得知这个消息后，许家印知道千载难逢的机会来了。

有些人敢想不敢做，有些人敢做却缺乏长远的规划，许家印则属于敢想敢做且相当有想法的人。在确定消息属实后，许家印马不停蹄的召开了领导班子会议，在会上，他把成型的方案与与会者加以讨论，附带着诸多计划和举措，都一一拿了出来。

虽说他的计划可圈可点，但是一个房地产企业突然要进军钢铁市场，还是让许多人心生疑虑。况且，恒大的根基还不够稳固，贸然开拓崭新的市场，是否会带来适得其反的结果呢？面对他人的担忧，许家印详细介绍了他的计划，一五一十地列举出利弊，并一一作了分析。听罢，原本心存疑虑的人都被说服了，甚至积极性都被调动了起来，恨不得马上撸起袖子就开始。

想法有了，行动立即跟上。第一步，许家印对钢铁基地的选址问题慎重的考虑了，在经过详实的考察后，决定在茂名市建厂。选址是一门学问，选好了就能达到事半功倍的效果，选不好的话，就是事倍功半。广东最好的深水良港就在茂名市，在此建厂的话，不仅可以最大限度的缩短航运路线，从而大幅度节省运输成本，而且能够将采购原料的成本降到最低。许家印为恒大的钢铁厂取名为“恒钢”，与恒大一脉相承。准备工作就绪后，恒钢项目于 2004 年 3 月 13 日正式动工，迈出了恒大涉足钢铁行业的第一步。

许家印的决断力和行动力在“恒钢”上体现得淋漓尽致，2003 年 8 月决定上马这个项目，到建厂并投入使用，前后仅用了 16 个月而已。其间填海、打桩用了不到一年的时间，随后便正式开始运作，这就是“恒大速度”。

许家印具有超强的前瞻性，搭配决断力和行动力，就不会奇怪为什么恒大会发展如此神速了。走在别人前面的人，注定也会赢在别人的前面。

4. 执行力是关键

众所周知，许家印在企业管理上花费了不少心思，在他看来，要想实现“世界房产第一”的美梦，就必须有超一流的执行力，唯有将空泛的战略转变为实效，企业才能向前迈进。

恒大是一家房地产企业，但是其内部管理模式，如同一支训练有素的军队。不是军事化的管理，却照样达到了严明守纪的效果。2011 年公布的数据显示，恒大管理团队的平均年龄只有 44 岁，但是从事房地产开发管理的经验超过十七年，总体而言，恒大的管理层不仅正当壮年，而且颇为老练，都是房地产行业的佼佼者。其中，不乏高学历的高材生，有教授 1 人，博士 5 人，硕士 9 人，而具有大学本科及以上学历的管理人员占 92%，不难看出整支队伍的素质堪称一流。

在恒大，向来是强者为王。企业内部有着一套严密的计划管理制度和考核制度，大事小情皆有规章制度可以依据。错就是错，对就是对，奖罚分明，一律重罚和重奖，做到客观公正，且有理有据，让人信服。恒大的工作模式，与安逸绝不沾边，每个人的业绩如何，在每个月公布的数据中一目了然，业绩突出的自然有大大的奖励，业绩不佳的自然也不会轻易蒙混过关。在恒大的机制下，没有一劳永逸，也没有永远翻不了身的人。有压力就有动力，恒大人都是使劲儿往前跑，带动起整个企业的飞速发展。

了解恒大的人都知道，在恒大，“时间就是金钱，时间决定成败”，纵观国内的诸多企业，恐怕很难找得出第二家同恒大这般看重效率和执行力的企业。在高度“中心集权”的模式下，集团总部有了确定的方案计划，随即一声令下，不出半个小时，距离总部最远的分公司的基层员工都会收到指令。

有一件事让恒大的合作伙伴印象尤为深刻，在一次出差的路上，有人向恒大领导提了一条建议，希望他们能够在广州举办一个活动，他的意见很快得到了采纳。随后，有专人连夜加班加点完成整个策划案，得到批准后将任务传达给有关的部门，第二天，恒大就行动了起来。一天时间内，邀请全国的媒体前来参加活动，还要准备活动所需的相关事宜，如此繁多的事物竟然很快就被搞定了，第三天就将策划案全部实现了，虽然准备时间很紧迫，活动却依然收获了良好的效果。

“精心策划、狠抓落实、办事高效”，这是恒大向来坚持的十二字箴言。不论大会小会，这是许家印都会不厌其烦反复强调的。房企行业都知道，恒大算不上老品牌，房企的第一梯队中，就属它起步最晚，却也是发展最迅速的。别人用几十年的时间达到的高度，恒大十几年就做到了，甚至还超越了别人的高度，这就是恒大的高效，做同一件事，别人需要一个月，恒大也就需要一星期。

恒大重管理，重效率，重执行力，绝对不是说说而已。为了达到此目的，许家印亲自操刀，编写了一本《恒大学习资料》，其内容是几千条规章制度，涉及员工吃穿住行的方方面面。恒大上下的全体员工人手一本，拿在手里是沉甸甸的一厚本，想在恒大有好的发展，这本书是必须要认真学习的。就连恒大的球队，同样受到严格的管理，明确规定“五必须”、“五不准”、“五开除”，以此严明纪律，凡有违反者，绝不姑息，一律照章办事。

有人说许家印“六亲不认”，这个词用在许家印身上，绝对不是贬义词。对恒大的大事小情，许家印都要过问，但他不是想当大权独揽、一手遮天的“土皇帝”，他强调集权，却更强调合理性和公正性。恒大内部，有一套成熟、严密的规章制度，一切照章办事，而不是由他一时兴起做决定。“任人唯亲”的现象在诸多企业中比比皆是，裙带关系屡见不鲜，还有拉帮结伙的小团体主义更是成为制约企业发展的毒瘤，这些弊端在恒大却不存在。当其他企业正在为这些弊端焦头烂额的时候，许家印却正在把心铺在企业的发展上，类似于此的烦恼，许家印早就从根源上解决掉了。

2010 年 2 月 29 日，经过彻夜的讨论商议，恒大做出接手广药足球的决定。在这件事成为板上钉钉后，恒大便马不停蹄的开始行动，首先着手解决俱乐部拖欠球员工资的问题。第二天上班后两小时内，付清所有拖欠的工资奖金。内部问题解决完毕后，开始梳理外部的关系，将俱乐部的对外欠款一一付清，让广药足球“无债一身轻”。

《恒大报》作为恒大的内部报纸，算得上是恒大的咽喉，在任何一个版面，最为突出的内容便是“狠抓质量”、“狠抓管理”等等，一个“狠”字，表达出恒大对自我的严格要求。如此“狠劲儿”体现在恒大的每一个决策上，公司曾在西安买过一块地，当时成交日期是 4 月 30 日，许家印要求保证在 10 月 1 日开盘，如果能做到，就立即买下这块地，如果不能做到，就放弃这个地块。在如此短的时间内，要求达到开盘的要求，也许只有恒大敢做出这样的保证了。拿下地块后，立即投入施工，终于不负众望，在约定时间如期开盘。

许家印将恒大打造成为房企中的“战斗机”，“高效”、“严明”都是它的标签。任何一家企业，如果能够有恒大这般拥有强大执行力的团队，想不成功都难。

5. 高效为王

“效率”，是恒大人时刻谨记在心的两个字。恒大能够打破常规，以异常迅猛的速度崛起，不可不提的就是恒大超高的办事效率。

在恒大，许家印的用人原则与国内诸多企业相比颇为与众不同，他推崇欧美企业的模式，判断一个员工是否符合公司需要，有一条重要标准，即是在一年之内有没有犯下合理性错误，如果有，那么就会留为所用，反之，则会被淘汰出局。看似“奇葩”的标准背后，许家印有一番独到的见解。

在他看来，是否犯错误可以说明一个人是否具有开创精神和冒险精神，是否具有勇于打破常规、开拓新渠道的能力和勇气。在一年之内，没有出现任何错误的人，可以直接判断为是个墨守成规的人。许家印用人十分讲究，他认为恒大需要的不是中规中矩、平庸保守的员工，能够有益于恒大的人，一定是思维活跃、敢想敢做的人。

恒大这种鼓励犯错的方式，促使恒大员工以更加积极饱满的热情投身于工作之中，主观能动性被充分的调动起来，行动也就更加有效率。在恒大的制度下，每个人都敢于发挥自身的奇思妙想，大胆的去尝试，去实践。在恒大，犯错不可怕，可怕的是没想法。许家印的这种“不犯合理的错误就等于犯错误”的理论，在国内虽不流行，但在恒大已经是板上钉钉的原则了。

为了促使企业运转的更为迅速，许家印十分注重奖罚制度的实施。公司对惩罚和奖励有着明确的规定，对于完成任务的员工实行额外的奖励，奖金甚至可以达到几百万，而对于没有完成任务的员工，按照规定将扣除一半工资。重奖重罚之下，必有勇夫，恒大人带着压力投身工作，效果自然更好。

恒大的总结表彰大会，向来是激动人心的时刻。在众目睽睽之下，许家印亲手将奖金交到表现突出的员工手中，有的人可以拿到税后上百万的奖金，而且全都是现金，拿在手里特别有分量，这种赤裸裸的激励方式，总能收到好的效果。

关于公司的管理，许家印有着许多独到的见解。他认为，作为企业的领导者，建立一套正确的、清晰的价值标准是重中之重的事情，这直接影响着企业管理的方方面面。对于奖惩制度，他认为这不单纯是一种制度，更是一门学问，如何通过合理的奖惩制度调动员工的积极性，这是每个领导者需要思考的问题。用得好，则事半功倍，反之，则事倍功半。

许家印本身就是个"拼命三郎"，潜移默化中对下属就会产生积极的影响，久而久之，他的勤勉成为恒大的一种风格，加入恒大的人，无一不被公司的氛围感染，从而激发斗志。加上完善的奖惩制度，更是促进了公司整体的高效运转。

许家印不是抠门的老板，为员工提供了特别好的福利待遇，营造了舒适的生活环境和便捷的工作环境，同时，他对员工则有着较高的要求。能够留在恒大的人，一定是懂得发愤图强的人，一定是干劲儿十足的人，恒大不欢迎懒散无能的人。但凡无法胜任本职工作的员工，恒大都会毫不犹豫的辞退，对于敢拼敢闯的员工，恒大则是最大限度的给予支持，鼓励员工勤于思考，勤于动手。

每时每刻，恒大上下都处在一种紧张忙碌的工作状态中，没有闲聊八卦的人，没有无所事事的人。许家印一再强调，奖罚分明是管理理论、方案执行的最大前提，如果无法做到奖罚分明，那么再优秀、再成功的管理案例，对一个企业的帮助作用都是有限的。首要的任务是提高执行力，从而才能取得实质性的效果。

有人会说，奖罚制度固然重要，但是如果一个企业的员工拼命工作的目的仅仅是为了索取报酬，那么这个公司的向心力就会大大减弱，当外界出现更好的薪酬待遇的时候，难免会出现大批跳槽的现象。换言之，就是缺乏忠诚度和责任感的员工，他所能够为企业做出的贡献也是极为有限的。

许家印对这个问题也有着深入的思考，虽然作为地产商，目的在于牟利，但他不是唯利是图的商人，同样他也不欣赏唯利是图的员工。在他看来，人人在工作，为的不仅是企业，更是为了自己。懂得对个人职业生涯负责的员工，才会懂得个人与企业相互扶持、共同发展的道理，而这样的员工越多，一个企业的无形资产就会越多，无形力量就会越强。在硬件条件不相上下的情况下，比拼的自然就是软实力。

在恒大管理升级的进程中，许家印强调“问责制”，即“通过上下工序之间、上下级之间的互相监督问责，强化制约，唤醒责任，来实现员工组织行为与习惯的转变，同时也培养员工的职业素养，实现升级和发展”，如此一来，有利于培养员工认真负责的职业素养，这种精神在企业内部一旦推广开来，势必会成为一种无形的力量。

如果员工有了强烈的责任感，那么他每天的工作就不再仅仅是为了应付领导，不再仅仅是为了获得每个月有限的薪水。在公司的每时每刻，他都会秉持着主人翁精神，对待每个任务都会尽心尽力，不放过任何一个细微之处。

在培养员工责任感的同时，许家印也非常注重“精心策划”，从制定执行方案开始，就格外留心，确保策划的时效性。此外，配合“狠抓落实”、“办事高效”，才能真正达到高效的最终目的。

在相同的时间内，谁的策划最到位，谁的执行力最强，那么谁的效率就会最高。在日新月异的地产行业，高效为王。恒大之所以快速跃居地产行业的首位，就在于其秉承着“精心策划”、“狠抓落实”、“办事高效”的方针。

第七章 恒大和足球大有关系

1. 玩转体育营销

许家印是体育营销的一把好手，他将体育当做一种激活市场的营销力量，将体育活动作为宣传恒大的一种载体，恒大的产品也好，品牌也罢，都借体育之力，达到推而广之的效果。小到一名运动员、一支球队，甚至是一场赛事，都有可能成为企业进行营销的方式方法。

许家印对恒大的发展始终怀揣着长远的愿景，在他心中，有一幅宏伟的蓝图，所以他的一切行动均是旨在强大恒大。在2008年，地产界流传着“广州五虎”的说法，共同拥有这个称号的企业分别是碧桂园、雅居乐、合生创展、富力地产和恒大，这五家企业实力不俗，且发展势头强劲。对恒大来说，这是在行业得到的一种认可，是恒大自身发展的有效证明。

但是，许家印却绝对不会就此满足，他清楚尽管恒大目前的确取得了一些成绩，然而同万科这样的行业龙头相比，还有不小的距离。恒大前期以“规模”和“低价”取胜，办法虽好，但是不足以作为恒大发展的长久支撑力。于是，许家印明确了“树立品牌”的发展路线。品牌需要品质作保证，也需要合适的方式加以推广，许家印对自己的房子质量非常有信心，接下来就是要在知名度上下功夫。

许家印是个体育迷，他热爱排球、足球运动，对乒乓球也非常感兴趣，稍有点空闲时间，就会拿起球拍活动活动。正是因为这份喜爱，许家印从2008年开始投入巨大的财力来冠名广州世乒赛。谁承想“无心插柳柳成荫”，广州世乒赛为恒大的品牌推广创造了十分便利的条件，也得到了不俗的反响。许家印是聪明人，凡是有利于恒大发展的事情，必然是第一个往前冲，所以他决定借由职业联赛来推广恒大的品牌。然而，考虑到乒超联赛在国内的影响力有限，所以许家印开始寻觅新的“合作伙伴”。最后，许家印瞄准了排球和足球，下定决心要在这两球上大做文章。

2009年，许家印毅然决然地投身于排球事业中，花费巨额资金创立了“恒大女排”，凭借梦幻般的阵容，被外界称为“女排梦之队”。“铁榔头”郎平担任主教练，队员中有几位是中国女排的黄金一代，都是经过世界大赛重重考验的精英球员。许家印既然决定涉足女排，就必然要做到最好，以重金招兵买马就是至关重要的第一步。

如此豪华的阵容，梦幻般的真事，一时间吸引来无数目光，国内外的媒体紧紧盯住“恒大女排”的一举一动，对许家印的魄力表示惊叹。各大媒体争先报道，“恒大聘请郎平担任主教练”、“恒大聘请多位黄金一代球员”的新闻在各报版面多次出现，看着社会各界的一片热议，许家印对此十分满意。

2009年，恒大多点开花，不仅在经历千辛万苦后成功上市，而且恒大女排的建设也逐渐为恒大带来了显著的效果。主教练郎平带领恒大女排的姑娘们参加女排甲B联赛，漫长的比赛过后，恒大女排十二战全胜，凭借骄人的战绩提前进入甲A联赛。随后，在与众多强手的交锋中，夺得了亚军。

赛场之上，靠的是实力，拼的是勇气。恒大女排这支成立不久的球队，在郎平的教导下，杀出重围，战胜各路豪杰，一时间跻身中国体坛的“大碗”行列。作为恒大女排的“背后靠山”，不论球队去哪里比赛，哪里就会出现恒大的广告牌，如影随形。伴随着恒大女排的连战连捷，“恒大地产”也成为众人关注的焦点。恒大女排一路保持着优胜的战绩，这让恒大地产也格外惹人注目。

那一边，恒大女排在赛场上屡战屡胜；这一边，恒大地产在地产界也是风生水起。2010年，恒大累计销售额突破300亿元，累计销售面积563.7万平方米。单看这两个数字，也许还无法完全感受到“恒大速度”，而销售额同比上年增长402.3%，销售面积则增长396.5%，这两个数字则更为直观地表现出恒大的发展何其迅猛。在中国房市，这样的速度堪称有史以来的第一家。

恒大每场比赛需要支付给广州体育4万元作为转播费，换来的是长达90分钟的出境机会，这对于动辄几百万，甚至上千万的广告投入而言，无疑是经济又实惠的宣传方式。

做事向来高调的许家印，当然不会“就此罢休”，女排的战绩对恒大来说，是宣传恒大品牌千载难逢的机会，势必要大张旗鼓的宣扬一番。为了庆贺恒大女排顺利进入甲A联赛，恒大集团举办了一场盛大的“冲A庆典”，在庆功的同时，自然不能忘了宣传造势。庆祝晚宴上，体育传媒界及排球界的新明星、主管领导和上百家媒体汇聚一堂，共同为恒大女排举杯，为恒大地产举杯，场面空前热烈。对于这场盛典，参与其中的媒体对盛典始末纷纷进行报道，又一次将恒大高调地展示在人们眼前。

2010年3月1日，许家印宣布以1亿元接手广州足球，成为其主宰者。消息一出，震惊四座，一切来得过于突然，他事先没有透露任何消息，保密工作做得非常好。恒大入主广州足球的消息引来议论纷纷。作为广州足球的第七个投资方，恒大被舆论推到了风口浪尖上。在恒大之前，白云山是广州足球的投资方，而这支广州白云山足球队，由于打假球曾被做降级处理，可谓是污点重重。恒大此次涉足这支球队，不得不说颇有胆量。

众所周知，男足在中国并不被看好，没有拿得出手的成绩，自然也就无法形成值得投资的品牌价值。许家印从来不会做亏本的买卖，但是这一次着实惊呆了许多人。投资前景堪忧的球队，实在让人难以理解，外界纷纷表示不知道头脑灵光的许家印是怎么想的。

对于种种质疑声和冷嘲热讽，许家印明确表态，他认为这正是进入足球领域的绝佳时机，从长远的战略角度考虑，起点低也就意味着困难重重，但是转念一想，在低起点的情况下，只要进行有效的管理运作，球队的前途是非常光明的，一旦步入正轨，那么就会拥有广阔的发展空间。许家印也坦言，他知道中国足球目前的情况不容乐观，但是，他坚信中国足球的低迷状态不会一成不变，关键还是要看如何运作。

抛开商业价值和意义，恒大斥巨资入主广州足球还有其他用意。作为广州本土的房产企业，在广州足球处于低迷的时期，“恒大有责任、有义务帮助粤足重返巅峰，让广州足球市场重归火爆，为广州球迷再造一支自己的主队，为中国足球登上新台阶贡献力量”。这是许家印的一番肺腑之言，他怀揣着一颗赤子之心，坚定不移地踏上了足球之路。“万事开头难”的道理谁都知道，但是真正脚踏实地去直面挫折的人，却少之又少。广州足球是幸运的，它遇到了许家印，遇到了恒大。

在众人还在议论恒大入主广州足球的时候，恒大已然采取了行动。对恒大足球的管理，许家印延续以往的风格。同恒大女排一样，许家印首先重建球队，花重金聘请顶尖的教练员和球员，让广州足球焕然一新。作为恒大旗下的一支球队，恒大足球采用企业化管理，明确各项规章制度，奖罚分明。许家印的目标就是将恒大足球打造成为“中国切尔西”。

2010 年 4 月 3 日，经过重建后的恒大足球首次公开亮相。在第一场比赛中，恒大足球便以强大的阵容、超高的实力，赢下北理工，打出 3 比 1 的成绩，为新赛季开了个好头。随后的中超赛场上，恒大足球不辱使命，以二十三轮连胜的战绩轻松锁定中超冠军，成为广州足球历史上的首个顶级联赛冠军。由此带来的品牌效应，自然非比寻常。

2011 年 9 月 8 日，在中国房地产研究会、中国房地产业协会和中国房地产测评中心联合发布《2011 中国房地产企业品牌价值测评研究报告》中，恒大品牌价值的测评额为210.18亿元；

2011年9月9日，在国务院发展研究中心企业研究所、清华大学房地产研究所、中国指数研究院联合发布《2011中国房地产品牌价值TOP10报告》中，恒大品牌价值始终保持在中国房企第一的位置。

从乒乓球、排球到足球，许家印一步步走来，将体育营销的策略运用得出神入化，恒大所取得的成绩，足以证明他的决策是正确的。

2. 换帅风波

就恒大近几年的表现来看，绝对给人眼前一亮的感觉，甚至有中国球迷将恒大足球的存在视为观看中超联赛的理由。恒大足球的表现，让几近绝望的中国球迷再次燃起了希望。在地产界叱咤风云的许家印，在迟迟无法崛起的中国足球界，也是赫赫有名的头号人物。

自从2010年3月开始，许家印在中国足球界掀起一场又一场的热潮。既不是球员又不是教练的许家印，却在球迷心中占有重要的一席之地。在广州恒大足球队的比赛现场，但凡出现许家印的身影，绝对会引来一片欢呼声，足以想见他对中国足球的影响力。

的确，许家印踏入足球界之后，做出不少引人注目的事情，尤为震惊四座的事当属换帅李章洙。2010年3月25日，在没有任何征兆的情况下，恒大足球俱乐部对外宣布解聘彭伟国主教练的职位，取而代之的是韩国铁帅李章洙。事发突然，直到恒大向媒体公开发布换帅的消息后，广州市体育局和市足协才有所了解，甚至连彭伟国教练本人也是在消息公开的一个半小时之前收到解聘通知。

消息一出，简直就像往中国足球界扔了一颗炸弹。一时之间，许家印和恒大足球被推到了风口浪尖上，这次换帅非同小可，其产生的影响甚为广泛。对彭伟国教练来说，突然解聘必然会给他带来一定的创伤，他在足球界也算是前辈，就其知名度和影响力来看，恒大单方面宣布解聘的消息，实在让他有些难以接受。对广州市体育局和市足协来说，恒大事先没有打任何招呼，突然行动，于情于理都不符合常规。众所周知，体育局和足协属于官方范畴，恒大足球打算采取这么大的举动，理应提前通报。

在外界七嘴八舌讨论得正欢的时候，许家印给出了他的解释，他坦言，恒大入主广州足球之初，他就抱着要做就做到最好的信念，不论过程多么离奇曲折，他都不会动摇这一决心。恒大向来是有了目标就会勇往直前的主儿，在足球上面也不例外，恒大足球成立之时，许家印就制定了完整的战略计划，如今走的每一步都在计划当中，尽管在外界看来有些不合情理，但恒大的出发点始终围绕在将恒大足球做强做大上。至于突然换帅的做法，也是按计划执行，是恒大的“用心良苦”。

3 月29 日，许家印以恒大地产集团董事局主席的身份召开发布会，郑重向彭伟国、广州市体育局和广州市足协以及广大球迷致以诚挚的歉意。会上，他对恒大突然换帅的做法深表内疚，他承认这样做有失妥当，同时，他也表达了自己一心一意想要把广州足球做大做强的深切期望，基于这种迫不及待的心情，他做出一些出格的举动，在此恳请各界的谅解。

发布会上，许家印态度极为诚恳，让人们见识到了他的胸怀和气魄。古往今来，当权者认错的场面可不多见，作为中国首富、恒大老板、球队老板，许家印勇于公开承认错误，并且向各界道歉，彰显了他的领导者风范。作为被道歉的一方，彭伟国也表现得极为大度，他对许家印的做法表示理解，在广州足球积弊已深的情况下，不破无以立，对此，他接受许家印的道歉。虽然不再担任恒大足球主教练一职，彭伟国并未与恒大足球分道扬镳，他承担起责任同样不轻的恒大青少年队的培养工作。

换帅风波逐渐平静下来，人们开始关注恒大换帅的因果。许家印早就说过，既然做就要做到最好。换帅后，恒大立马行动起来。选择韩国铁帅李章洙，对恒大足球来说，是改革路上尤为关键的一步。许家印作出换帅的决定，绝非头脑发热的举动，在实施之前，他已经与足球圈的众多专业人士，如戴永革、胡葆森等进行了多次磋商。最终，大家一致看好冠军教练李章洙。

打定主意后，许家印向李章洙发出了盛情邀请。面对来自恒大足球的满腔诚意，李章洙没有立马做决定，而是与许家印进行多次接洽。在与许家印的第一次见面时，李章洙开门见山，提出一个要求，他表示有自己的原则，所执教的队伍必须具备一个稳定的环境，而且老板需要有一个长远的计划。

听罢李章洙的要求，许家印非常痛快地答应下来。李章洙的要求，恰巧是许家印的要求，在恒大是不会发生一时兴起或者浅尝辄止的事情的。从入主广州足球的那天起，恒大就担负起重整旗鼓的重任，这是一个漫长而艰苦的过程，恒大早就已经做好了准备。

许家印的态度给李章洙留下了非常好的印象，不过出于谨慎，他还是希望观察球队一段时间后，再做最后的决定。许家印对他的犹豫不决明确表态，如果他不能立刻来到恒大足球执教的话，那么恒大断然不会干等着，而是会着手联系其他人选进行磋商，所以留给李章洙考虑的时间并不多。

许家印的直爽让李章洙印象深刻，他十分欣赏这位说一不二的老板，他自己是一个直截了当的人，所以许家印这样的人对他十分有吸引力。于是，恒大足球与韩国教练李章洙正式达成合作，李章洙成为恒大足球的新任主教练。

其实李章洙对于和中国足球队合作犹犹豫豫事出有因，在与恒大足球合作之前，他先后与重庆、青岛和北京的三家足球俱乐部合作过，之间产生了不少摩擦和矛盾，合作过程不是非常愉快。加入恒大足球后，李章洙从方方面面感受到了新东家的诚意。不论是生活环境，还是训练环境，恒大都在不断提高水准。除丰厚的薪资待遇外，恒大更是在奖金方面格外大方，明确规定主场赢球可获得奖金一百万，在客场赢球可获得奖金一百二十万，连续三场为一个小节，如若能够获得胜两场、平一场的战绩，可以在原本的奖励金额之上追加八十万，如若三场可以保持不败战绩，则可以在原本的奖励金额之上追加一百五十万。

许家印的慷慨大方体现出的诚意让李章洙彻底为之折服，既然肯大力投入而不计成本，可以看出其想要做大做强的决心。许家印向教练员和球员传递出一个重要讯息：只要好好训练、踢球，好好比赛，取得好的成绩，其他所有问题都不是问题。这就给球队上下吃了一颗定心丸。

较之其他球队，恒大足球的“完美”不仅体现在薪资奖金上，还有完备的福利待遇，包括养老保险、医疗保险、失业保险、工伤保险、生育保险和住房公积金等，这一点在其他球队是不多见的。作为恒大足球的一员，他们不仅是球员，更是员工，他们享有其他员工所享有的福利待遇。许家印一出手，就能看出恒大的实力和魄力，俱乐部队员之前的用餐标准是每日六十元，新东家恒大来了之后，直接提高到两百元。不仅如此，许家印特意聘请五星级酒店特级厨师为队员们准备伙食。

对于足球运动员来说，想要提高成绩，在什么样的训练场地进行训练也非常重要。作为地产老板，许家印更是舍得在训练场地上出钱出力，恒大足球的训练基地依山傍水，堪比风景名胜，内部的设施更是豪华，其规格与欧洲豪门俱乐部的水平不相上下，在如此完美的训练环境下，球员哪有不努力的道理。

在恒大的管理上，许家印主张“中心集权”，在恒大足球上也依然将这种模式贯彻到底。恒大足球实行“董事长领导下的主教练负责制”，即球队全体人员务必无条件服从主教练的安排，不允许对主教练的工作表示非议。在这样的模式下，李章洙是球队的绝对领导人，他的计划安排可以得到最大程度上的执行，也在最大程度上避免了球员因对主教练不满而产生摩擦，保证了球员对主教练的指挥绝对服从。对此，李章洙满是感动和佩服。

起初，对于许家印接手一支名声不佳的球队，外界表现出的态度似乎出奇一致，认为这是不明智的做法，恒大的房产做得好好的，为什么要来蹚浑水。这么多年以来，对于各式各样的质疑声，许家印和恒大听得多了，他从来不在乎别人对他的行动有何看法，因为路是他选的，他就一定会拿出像样的结果。这次也是一样，恒大足球的成绩有目共睹，事实平息了质疑声，取而代之的是欢呼声。

3. 花钱办实事

在一次恒大排球和恒大足球两个俱乐部的座谈会上，许家印曾经对全体球员讲了他的期许，短短一句话就是“冲出亚洲，为国争光”。对于经营球队，许家印始终坚持“为企业”和“为国家”两个目标，为了实现目标，他可以不惜代价。

在当今地产界，恒大势不可挡，业绩节节攀升，不断开拓着领地，与前辈万科上演一场场龙虎斗。与此同时，除了在地产圈呼风唤雨之外，恒大的两球——排球和足球，经过悉心经营，也已经在各自的领域崭露头角，成为璀璨的新星。尤其是恒大足球，在不被外界看好的情况下，顶着重重压力，成为中国球迷对中国足球的新期待。许家印与恒大足球紧密联系在一起，被人们称为“足球黑客”，他的一举一动都能引发中国球迷的关注。

许家印对恒大足球的投入不惜成本，大家都说他这是“砸钱”、“烧钱”。2010 年 4 月 2 日，在广州天河体育场，新贵恒大与老牌球队实德上演了一场引人入胜的对决。实德算是中国众多足球队中实力较为强劲的一支，所以风头正劲的恒大迎战前辈的比赛十分有看头。

当时是恒大主场，东道主许家印可谓是费尽心思，花样百出，开幕式堪称中国足球史上的“最盛大”。刚开场，球场上空出现了几架由电脑操控的无人直升机，伴随着飞机驶过，上空便留下了优美的线条。无人直升机上悬挂着中超首轮对阵的庆贺条幅，会场内外布满鲜花和气球，营造出热烈的氛围。操刀这场开幕式的团队正是负责亚运会开闭幕式的团队，可见许家印对这场赛事的重视程度。

开幕式上，参与演出的演员超过 4000 人，其中有 1900 多人是来自嵩山少林寺武僧团培训基地的演员，这样的阵容在中国足球联赛开幕式史上可谓“前无古人”，而且全部节目的演出时限仅为半个小时，要想在规定时间内顺畅完成全部表演，十分考验组织能力。广州天河体育场可容纳人数为 6 万人，比赛当天前来观战的球迷多达 7 万余人，这样的观看热潮在中国足球史上也是难得一见的场面。人们群情激昂，坐等精彩纷呈的赛事，不由得让人对中国足球的未来感到深切的希望。

事实上，恒大花费了 5000 万才打造出如此浩大的排场。这个数目让一般企业都倒吸一口凉气，然而对于财大气粗的恒大来说，5000 万投下去，能够获得如此空前的反响，这个钱花得值。

但凡有价值的投入，许家印都绝不会吝啬，而且能做到最好就不会凑合了事。恒大足球拥有穆里奇、克莱奥、保隆、雷纳多这样豪华的巴西外援，这可都是许家印花了天文数字请来的。除了显赫的外援球星，郜林、张琳芃等国脚也被恒大足球招至麾下。国内外的球星共同组建成为恒大足球队，齐心协力为恒大四处出征。

开幕式过后，好戏上演。当比赛进行到第四十七分钟的时候，克莱奥洞穿实德的防线，打入全场唯一一粒进球，为恒大赢得了最后的胜利。克莱奥的身价不菲，位居中超球员首位，他为恒大这场胜利立下汗马功劳，许家印的付出终于见到了回报。

许家印不介意别人说他“烧钱”，他没有任何不快。因为，别人说的是事实，自从进入足球这个领域，他的确没少花钱，而且每一笔都足以震惊世人。以组建球队为例，恒大足球拥有 5 名顶尖外援，10 名国家足球队队员，主教练李章洙更是在足坛有着赫赫威名，这样的阵容足以秒杀国内的任何一支球队。奢华阵容的背后，意味着球队的每一位成员都身价不菲，仅仅是花费在薪资上的钱，就不是个小数目。

恒大对阵实德的这场比赛，许家印在赛前制定了令人咋舌的奖励方案——“513”，即赢下一场的奖金为500万元，平一场则有100万元，而且不光是赢球有奖励，输球也会受到处罚，输一场的话会受罚300万元。“重奖重罚”是恒大的风格，此次的奖励额度堪称历史之最，纵观以往的比赛，绝对找不出第二家有如此高额奖励的球队。许家印对此说的很直白，“我做事就一定要一个结果，花钱只是一个最容易的途径”。

俗话说得好，“钱不是万能的，但是没有钱是万万不能的”，重奖重罚的制度激励着球员不断拼抢，有了好成绩才能有好业绩，否则在恒大足球队迟早是混不下去的。要问许家印这样花钱值不值，恒大足球用成绩作答案，一个字“值”！广州足球原本因为打假球而受到降级处分，名声十分不好，这样一支有污点的球队本身的价值早已荡然无存，然而许家印却毅然决然地选择接手这个烂摊子。随后，广州足球经过大换血成为恒大足球，在经过南征北战之后，以不俗的战绩打破了过去的坏口碑，让无数早已心灰意冷的球迷刮目相看，更为难得的是，努力使恒大足球直接突围成功进入中超俱乐部。

尽管恒大足球的成绩有目共睹，但是外界的质疑声和议论声始终没有停过，人们对许家印的行事作风表示不理解。毕竟他的主业是房地产行业，他对足球的了解能有多少，单凭钱就真的能够摆平一切吗？况且，作为地产商，他的目的无非是为了赚取人们的关注度，归根结底是为了更好的卖房子，他对足球的真心能有几分？

面对流言蜚语，许家印从容一笑，他并不认为恒大是在胡乱花钱，恒大花出去的每一分钱都是经过深思熟虑后做的决定，而且他坚持认为，钱就是要该花就花。让钱变成源源不断的生产力，才是恒大花钱的目的，而不是为了炫耀恒大的实力。

足球这条路注定异常艰辛，就算是地产大佬恒大，在这条路上也难免会遭遇坎坷。据统计，2010 年恒大向足球方面投入 1.7 亿元，仅有几十万盈利；2011 年，投入高达 5.3 亿元，不仅没有盈利，反而有 8000 万元的亏损。许家印认为，出现盈利不佳或亏损的状况实属正常，因为这其中包括支付球员的年薪，就算有亏损也只是暂时的，可以理解。对于短暂的得失，他强调“要用更全局性的眼光、以发展的角度来看待问题”。

事实上，许家印是在用“化繁为简”的方式经营足球。比起其他年开销不足百万的球队，像恒大这种一掷千金的球队堪称豪门，赢一场球的奖励就在 500 万上下，直截了当地激励球员们，努力的回报一目了然，自然就会动力十足。主教练李章洙对如此大方的东家表示十分满意，原本还有的一丝犹豫，在日后的不断接触中一扫而光。对于执教过多支球队的李章洙来说，恒大足球是非常讲信用的，尤其是许家印说到做到，许诺奖励多少就会兑现多少，绝对不会出现“说得好听，做得难看”的情况。

毫不夸张的说，正是许家印的坚持，让中国足球迈出了艰难的一步又一步，在经历了痛苦的改革后，终于在职业化的进程中有了实质性的进步。一支球队想要突飞猛进，最简单的方法就是引入顶尖球员，有了猛将何愁没有好成绩。但是这样做的前提是要花掉大把大把的钞票，而且其成本不是一般人舍得的，甚至一般人是没有这个实力的。

钱是花了不少，但是以 5 比 1 的成绩战胜有“亚冠鬼见愁”之称的全北现代，以 4 比 1 的成绩赢下陕西人和队，甚至在中超联赛中保持 23 场不败的战绩，在中甲中超联赛中保持 44 场不败的战绩……这样的成绩，让所有闲言闲语自动消退。

恒大足球的连创佳绩，向世人宣告，南粤足球在经过漫长的低迷期后，重整旗鼓，再次杀回中国足球的主战场，这是值得载入中国足球历史史册的大事件。不论许家印的行事风格是否能够得到所有人的理解，恒大足球的成绩实实在在的摆在那里，这可不光是用钱“买”来的，其中凝聚着许家印的心血，教练团的心血，全体球员的心血，谁说不是呢？

4. 恒大摇钱树——中超联赛

然而，就足球来讲，影响成绩的因素众多，从整体的管理运营，到局部的团队建设，都非一朝一夕可以立见成效。尤其，足球是 11 个人的集体运动，队员之间需要培养默契，教练与队员之间也需要不断融合，这些问题都需要时间和耐心，而非大把大把的钞票。

在恒大，有上百人围绕着恒大足球队展开工作，其中不仅包括球员、教练员，还有众多负责其他事务的工作人员和后勤人员。除了要处理好球队内部的关系，还要兼顾媒体、球迷、政府部门和赞助商，哪一个方面照顾不到都会成为矛盾的焦点，一旦造成不利影响，可就不是有钱可以摆平的。

实际上，人们最为担心的一点是，许家印纵然有钱，但是他能够坚持多久呢？钱花完之后，真的对球队有所贡献吗？

别人对恒大足球的质疑，许家印非常清楚，这些疑虑他也不是没有想过。但是，他始终坚信一点，只要恒大足球拥有好的教练、好的球员，加上合理完善的运作模式，绝对没有成功不了的事情。他为恒大足球制定的近期目标是在3到5年内夺得亚冠联赛的冠军，虽然时间紧、任务重，不过他对自己的球队还是充满信心。

许家印信心满满制定的目标，在旁人看来，简直就是痴心妄想。中超俱乐部在亚冠联赛的表现实在是不尽如人意，别说夺个冠军回来，就是在亚冠小组出线都是遥不可及的梦想。这样的整体实力，就不奇怪别人笑话许家印是在说大话了。

中超的实力如何，许家印心里清楚，不过他的想法与别人正好相反，他将“不利”视为“有利”。中超俱乐部的成绩的确惨不忍睹，但是就恒大目前在体育营销方面的经验来说，也属于起步阶段，基本上也算是摸着石头过河，过程中磕磕绊绊在所难免。不过，一旦恒大足球特别争气，将目标实现了，那么由此带来的效益则是空前绝后的，一方面是树立起恒大足球的新形象，另一方面是大力提升恒大的知名度，可谓一举两得。

对于恒大足球，许家印敢拍着胸脯说，他绝对全心全意为之服务。从队员们的衣食住行，到高额的薪资奖金，但凡能够有助于球队提高成绩，他都心甘情愿地投入人力、物力、财力，不论花销多大，他都没有半点不舍得。他的付出，得到了显著的成效，教练员也好，球员也罢，大家时刻处在一种积极昂扬的状态中，他们的身后有恒大作支撑，没有任何后顾之忧，唯一要做的就是用心训练，专心比赛，争取早日取得优异的成绩。

有人会说，队员们的压力也是蛮大的。实际上，许家印虽然极为渴望出成绩，却从来不会给球员们施压，他常说的话就是“今年不行咱们就明年，只要努力，总有成功的一天”，他坚持的原则就是只要功夫用到了，胜利是迟早的事。待遇好，老板也好，恒大足球的队员们可谓是三生有幸，在这样的环境下，人人刻苦努力，不敢有半分懈怠。

暂且不论恒大足球的成绩如何，单凭入主广州足球以来集聚的关注度，就足以让许家印笑逐颜开了。从一开始，恒大接手广州足球就成为重磅新闻，一石激起千层浪；随后，毫无征兆地换掉彭伟国教练，让韩国李章洙教练取而代之；斥巨资引入国际球星加盟恒大足球；在首次亮相中，便大获全胜，让无数球迷热血沸腾……

随便哪件事，都成为媒体竞相报道的焦点，不仅没有花半分钱的广告费，而且受众极为广泛，宣传效果极为理想。比起几百万、几千万的传统广告，恒大足球就是新闻制造机，为恒大赚足了眼球。按照实际的投入计算，一个中超俱乐部的年开销在6000万上下，而它起到的宣传效果则远远超过这个数字，即便是在二三线城市投放广告，想要达到与恒大足球俱乐部带来的效果相同的话，至少要花费上亿元的广告费用。

自从恒大足球连战连捷，树立起良好的口碑之后，聚集的大量的人气，间接带动了恒大地产的势头，单单以恒大足球为依托，恒大的楼盘每平米可以有不同程度的提价，加上销售数量占优势，整体销售额可谓节节攀升，对球队的投入只占从中获益的一小部分。

如此辉煌的成绩，必然有恒大足球的功劳，为恒大在地产行业的开拓疆土贡献了一份力量。尽管如此佳绩仍然挡不住外界的质疑，但是俗话说得好，“不管黑猫白猫，抓得住老鼠就是好猫”，所以不论恒大足球是不是真的如外界所说，恒大足球的成绩全凭钞票换来的，至少有一点可以确定的是，恒大足球是恒大在体育影响战略指导下的又一次成功。

在恒大广汽队夺得中甲冠军的庆功盛典上，广州市市委副书记、市长万庆良发表讲话，说道：“足球是燃烧激情、燃烧事业、燃烧梦想、燃烧钱的事业……没有激情，没有梦想，没有责任，没有钱，就没有今天的成功”。实事求是来讲，他说的非常到位，梦想、责任还有钱，成就了今天的恒大足球，这几样东西缺一不可。

曾经，广州足球是块烫手的山芋，广州政府忙不迭的想要人接手，奈何迟迟无人问津。直到恒大的出现，广州政府才松了一口气。谁也没想到，许家印不是来玩票的，而是切切实实想要出成绩的，就是当初那块烫手的山芋，在许家印的指点下，成为香饽饽，不仅给广州挣足了面子，还为中国赢得了荣誉。

当然，许家印从来没有否认过经营体育的初衷，恒大足球的确是为恒大地产服务的，但是在这一目标之外，恒大足球着实让中国足球界焕发了新的活力，让曾经心碎的亿万中国球迷看到了希望。恒大足球斩获佳绩的同时，也为恒大带来了意想不到的宣传效益，实在是双赢的局面。

中国足球圈有这样的说法，“东有杭州绿城，西有陕西中建，北有长春亚泰，南有广州恒大，中部则有河南建业”，这些知名球队的背后，都有实力强劲的地产企业作为支撑。其中，最为引人瞩目的自然当属广州恒大，坐拥地产界龙头老大的地位，经营起足球来，也毫不含糊。

5. 地产、足球两不误

经历过 2008 的多事之秋后，恒大在 2009 年展现出来的发展势头令人惊叹，在地产行业高歌猛进的同时，许家印将目光锁定在体育圈，继冠名乒乓球联赛，到成立恒大女排之后，恒大足球横空出世，成为恒大新势力。

许家印十分看好体育营销战略，即便是一路走来跌跌撞撞，但是恒大足球为恒大带来了巨大的品牌号召力，这一点毋庸置疑，能够取得这样的成效，已经不算是亏本的买卖了，更何况恒大足球正一步一步迈入正轨，对中国足球和中国球迷来说，这是最振奋人心的消息。

企业与体育运动捆绑在一起的招数，不是许家印的独创，在他之前，足球便与各大企业结下了不解之缘。早期，房企涉足足球运动的情况十分少见，比较多见的是烟草行业，比如云南红塔、成都五牛、重庆红岩、武汉红金龙、青岛海牛以及济南泰山将军，这些曾经如雷贯耳的球队，其背后的金主都是从事烟草行业的企业。然而，时过境迁，能够坚持到现在的企业已然寥寥无几。

当烟草行业的大佬们退出足球的历史舞台时，房企行业对球队的兴趣日渐浓厚。不论是房地产开发商还是土地供应商，他们都来自房地产产业的一环，他们加入后，撑起了国内足球职业联赛的半边天。而在众多投资者中，广州恒大又是最为夺目的一支球队。

许家印是企业家，但是他更像一位开拓者，这与他早年的经历息息相关，不断进取，不断改变，不断向更高处攀登。

在地产行业摸爬滚打十几年，凭借许家印过人的能力和洞察力，恒大在他打磨下，愈发熠熠生辉，从默默无闻到赫赫有名，也不过是十几年的时间。在不断摸索的过程中，他萌生了投资足球的想法，将地产与足球捆绑在一起，地产有钱，足球有名，挖掘出体育营销的巨大市场潜力，然后为恒大所用。

外界都说这将是花了钱却讨不到好处的投资，许家印绝不认同这种说法，但凡投资都存在风险，况且恒大最不怕的就是承担风险。实际上，许家印对涉足足球领域的艰难了然于胸，最好的例子就是前辈王健林，同为地产大佬，同样投资足球，但没几年的时间，就选择了退出。究其原因，假球和黑哨是令王健林最难以忍受的两点，以一人之力着实难以对抗大的环境。如今，这些问题也同样出现在许家印面前。

广州足球的名声实在是不怎么样，在恒大接手之前，就曾因为打假球而受到降级的处分。这样一支“臭名远扬”的球队，大部分投资者都避之不及，甚至连广州政府都十分头疼，许家印却明知山有虎偏向虎山行。有钱是一回事，能不能扛起这个重任又是另一回事，他也考虑了许久，最终还是决定放手一搏。

针对大环境、小环境，以及方方面面的因素，在与圈内的专业人士多次磋商探讨后，许家印认为恒大足球的未来前景是光明的，虽然开头注定是一条狭窄坎坷的小路，但是坚持下去，终将会走出一条宽阔大道。想要有所改变，就必须不惜代价，不论成本，才能让球队发生实质性的改善和提高。

第一步，走的比较险，以迅雷不及掩耳之势换帅李章洙，一时引发了社会热议；第二步，稳中取胜，将球队成员大换血，引进大牌外援，并邀请到多位国脚为球队效力；第三步，除了令人眩目的高额薪资和奖金外，在生活起居方面也是竭尽所能，为球队提供舒适、舒心的环境。随后，球队用傲视群雄的成绩回报许家印的种种付出，恒大足球俨然成为中国足球最璀璨的新星，面貌焕然一新。

如果说以上作为都是不惜血本花钱买来的话，那么以下就是想花钱买都买不来的。当恒大足球的队员们征战亚冠联赛时，恒大集团董事局主席许家印以全国政协委员的身份出席“两会”，开始了另一番征程。

在政协会议上，他提出《关于中国足球改革的几点建议》，对足球改革进行了多方面的阐述。他认为，中国足球近年来的“扫赌打黑”颇见成效，这就为足球的发展创造了一个良好的环境，公正公平正是中国足球需要的，必然有利于中国足球的崛起。不过，一点小进步还不足以彻底改变中国足球的大环境，他建议从“体制改革”和“职业化运营”等方面入手，从根本上推进中国足球的发展进程。

对于中国足球存在的种种弊端，许家印总结了尤为关键的几点。

其一，中国足球体制落后、伪职业化的现象恶劣，商业运营混乱不堪，严重阻碍了中国足球事业的发展。二十年来，中国足球一直在坚持推进足球职业化，然而难以杜绝“以行政指令作为行动方向”的做法，打着“职业化”的旗号，却做着“伪职业化”的行为，长此以往的话，恐怕中国足球崛起的那一天将会遥遥无期。

其二，目前运营中超联赛的中超公司，以独立公司法人的形象示人，本质上却是中国足协的下属单位。而且，原本应该担负起整个联赛的运营工作，实际上却只负责项目招商，完全没有发挥出应有的作用。

其三，中国足球的基础现状堪忧，必不可少的球场等硬件设施严重不足，而且利用率极低，这对于人口基数大的中国国情来说，无疑是中国足球发展道路上的一大障碍。

种种弊端显而易见，许家印既然提了出来，就绝对不会没有行动。在恒大足球内部，他开始摸索着对俱乐部的管理体系和运营模式进行改革。最为突出的一点是，他将俱乐部的经营权交给主教练李章洙，最大程度上保证主教练的权力，他则不插手球队管理方面的事务，只是作为强有力的后盾，这就避免了球队管理上的混乱，让主教练说了算，保证俱乐部的职业化与专业门。

随后，经过多方接洽，许家印促成了恒大足球俱乐部与西班牙皇家马德里俱乐部的战略合作关系。在未来的发展规划中，许家印制定了“10 年计划”，恒大每年将为中国扶贫基金会捐资 1 亿元，一来用于资助贫困大学生，二则是用于足球学校的建设，时间定为 10 年。恒大足球俱乐部将致力于足球学校的建设，促进中国足球的普及进程，让爱好足球运动的青少年得以享受到优良的条件。

恒大足球俱乐部与西班牙皇家马德里俱乐部携手合作，共同担负起足球学校的建设工作。恒大足球学校首期计划招生 3150 人，以 12 到 13 岁的少年为主。不是谁都可以随随便便进入恒大足球学校学习的，由皇马俱乐部青少年球员培训专家与国内专业教练组成教练组，通过经验测评和仪器测试等方式，对申请加入的学员进行考核，从而筛选出优秀的足球苗子。

皇马俱乐部主席弗洛伦蒂诺对此寄予了超高期待，他相信广阔的中国大地上，会有许多优秀的青少年足球人才，以恒大足球学校为平台，挖掘更多足球人才，经过悉心培养，未来一定能够成为中国足球事业发展的中坚力量，不枉费恒大和皇马的共同努力。

在恒大极高的办事效率下，足球学校在最短时间内得以建成，在佛山和清远的全新足球基地将同时启用，成为未来足球新星的起点。佛山基地拥有两块国际标准足球训练场和一座顶级综合楼；清远基地在基础设施上则更胜一筹，总占地 13.5 万平方米，单单是天然草足球场就有 6 个，还有 1 个人造草足球场和 1 个国际标准田径场。在参观完学校的各项设施后，见多识广的弗洛伦蒂诺，不由得连连称赞。可以看出，许家印在青少年足球上所付出的巨大心血，这一切都是为了孩子，为了中国的足球事业。

完备优良的基础设施仅仅是个良好的开端，最主要的是青少年的培训课程，许家印表示，恒大与皇马已经达成长期的发展战略合作。与其他足球培训学校不同，恒大足球学校不是短期培训，更不是搞夏令营，而是坚持从青少年抓起，让十二三岁的孩子们有机会系统地学习足球专业，他的目标是“打造全球最大的恒大皇马万人足球学校”。

许家印有一个长远的构想，因为恒大皇马足球学校招生是从初一开始直到高中毕业，前后总共 6 年的时间。这 6 年的课程结束后，足球学校的孩子们将何去何从呢？耗费大量人力物力培养出来的优秀苗子，都拥有国家二级运动员或国家一级运动员的身份，各大院校自然希望这些优秀的运动员作为特长生就读于他们的院校，使之成为学校的体育骨干。

鉴于此，许家印计划与中国排名前二十名的高校取得联系，如若能够达成合作意向，那么从恒大皇马足球学校毕业的学生，即可享受到高等学府的教学资源。如此一来，足球学校的学生从始至终都成长于一流的教学环境中，这是未来振兴中国足球的宝贵力量，将来必定大有作为。

从许家印的一系列动作中，不难看出他对推动中国足球事业发展的决心，恒大俱乐部发展的好，对恒大也是百利无一害，促成双赢的局面。

6. 亏钱也划算

据统计，许家印在接手广州足球以来，仅仅两年有余的时间内，他已经砸进去了 17 亿元。不禁令人好奇，这些钱都去了哪里呢？

准备工作中，买断广药俱乐部的全部股权需要钱，引入韩国铁帅李章洙需要钱，引进大牌外援需要钱；新赛季正式开始后，举办豪华开幕式需要钱，赛季奖金需要钱，庆功宴也需要钱；球队发展稍加稳定后，与皇家马德里俱乐部联合创办足球学校需要钱；引进世界级球星巴里奥斯需要钱，单这一项就花了不下 7000 万元……这些仅仅是比重比较大部分，还有数不清的地方需要源源不断的资金注入。

这还不算什么，许家印早就放出话来，“本赛季投入不低于上个赛季”。按照他的计划，17 亿元只能算是毛毛雨，再多几个亿都无妨。

当众人还在对 17 亿元的数字津津乐道的时候，许家印有了新动作，他竟然请来了里皮执教恒大足球。64 岁的“银狐”里皮，离开足坛已有两年之久，在家轻松自在，许家印竟然能够请得动他，看来没少花心思。

现在的恒大足球俱乐部已经今非昔比，许家印对球队有了更高的期许。

据说，里皮是坐着许家印的私人飞机来到广州的，而且此次答应执教恒大足球俱乐部，许家印除了许诺1000万欧元的年薪外，还有珠江畔的望江独栋别墅和一艘私人游艇，这可都是价值不菲的礼物。

经历过第一次换帅后，恒大足球在李章洙的带领下确实取得了令世人称赞的战绩。但恒大足球如果想要实现冲击亚冠的目标，免不了会引入更多大牌外援，与之相适应的就需要更有实力的教练，里皮正是许家印的得意人选。

马尔切洛·里皮，意大利著名足球教练，因为他的一头银发，所以有“银狐”之称。作为一名足球运动员时，战绩平平，基本没有出众的表现。然而，自从1982年执教桑普多利亚青年队开始，显现出不可多得的教练素养，战绩显赫。随后更是一发不可收拾，在尤文图斯执教的八年中，率队斩获5个联赛冠军、3座杯赛冠军奖杯、4次意大利超级杯冠军、1个欧冠冠军。在2006年，他带领意大利国家队一路过关斩将，在强手如林的世界杯赛场上，时隔24年，再次夺得世界杯冠军。

凭借如此傲人的成绩，身价贵也是理所当然。许家印心甘情愿下血本请来这样一位顶级教练，对恒大足球来说，无疑是一件天大的好事。有不惜代价的付出，就有满心欢喜的期待，对恒大足球俱乐部，是压力，也是动力。

2012年5月20日，“银狐”里皮现身广州，他的到来吸引了中国大大小小的媒体前来围观，“里皮执教恒大足球”的消息铺天盖地，不仅媒体朋友沸腾了，中国球迷更是一片欢呼雀跃。对于中国足球来说，里皮的到来确实振奋人心。

许家印这种“烧钱”的行为，被称为“金元战略”，说白了就是不缺钱，该怎么花怎么花，该花多少花多少，只要能出成绩，这个钱就花得值。里皮的年薪最后敲定为1000万欧元，这个价钱在全球足球俱乐部教练身价中排名第二，第一是皇家马德里的名帅穆尼里奥。之所以肯花大价钱引入国际顶级教练，不得不说其中隐藏着些许迫不得已，就中国的足球水平，想要迅速得到提升，融入到世界足坛，唯一可行的办法就是花钱雇人，除此之外，几乎没有速成的途径。

如果恒大没有雄厚的资金实力，想要让世界一流的教练、球员不远万里来到一个存在巨大文化差异的环境，几乎是痴人说梦。恒大队中，年薪500至1000万欧元是普遍的行情，一个人尚且如此，更何况需要不止一位，可以想见恒大在足球上投入了多少财力。

但是，无法忽视的一点，碍于中国足球俱乐部的“伪职业化”，在教练和球员上的过度投资，时常导致俱乐部陷入亏损的局面。加之，中国足球不健全的体制，赌球、黑哨现象层出不穷，更是让俱乐部的收支难以均衡。大环境就是如此，恒大足球俱乐部也没能摆脱收支严重不平衡的情况，但是明知投入越多就意味着亏损越多，又为何一意孤行呢？

许家印之所以能够一直坚持乃是基于恒大足球这一板块对恒大而言，并不是简单的计算收支。恒大足球的意义在于它为恒大带来了超乎想象的广告效益，宣传效果优于同等价位的纯广告，拥有超高的性价比，在恒大足球的品牌打响后，恒大在地产项目的营销额以几十倍的速度攀升，如此算来，在足球上投资的十几亿特别划算，不仅不是拖后腿，反而是强劲的拉动力。这就是恒大足球为恒大带来的隐性收益，许家印心里跟明镜似的，从足球上绝对可以获得实打实的收益。

况且，恒大足球经过几年来的经营，已经逐渐步入正轨，亏损只是一时。在举办比赛之际，还有门票、广告赞助等收入，虽说数目有限，但是也可以作为球队运作的本金。许家印坚信，在持之以恒的努力下，经过不断规范，恒大足球俱乐部终将会实现媲美国际一流俱乐部的商业运作模式。许家印在等，等中国足球职业化彻底建立起来的那一天。

恒大足球俱乐部存在亏损是事实，但是抛开收支的不均衡，恒大足球俱乐部近年来的成绩足以弥补金钱上的入不敷出。

2011 赛季的中超联赛，广州恒大势不可挡，在连战连捷的巨大优势下，提前四轮就将中超冠军收入囊中；2012 年，恒大以 2 比 1 击败天津泰达队斩获超级杯，创造了广州足球的历史；同样是 2012 年，恒大在亚冠战场上，客场作战韩国 K 联赛冠军全北现代队，最终凭借 5 粒进球力克对手，在中日韩泰四国联赛冠军组成的死亡之组中突围成功，随后在 1/8 决赛中以宝贵的一粒进球战胜日本强队东京 FC，成为唯一一支晋级八强的中国球队，着实让国人骄傲了一把。

7. 掐住足球“命门”

许家印带着足球奔跑在赛场上，3 年，他用 3 年的时间缔造了一段中国足球神话。沉寂了 12 年的中国足球再次腾飞，圆了中国人的足球梦！

和平年代，足球场上的厮杀象征着战争，呐喊与欢呼，泪水与汗水，凝聚成冲锋号，向前，向前，向前……

2010年，对广州足球来说是特别的一年。这一年，它大起大落，跌宕起伏。涉嫌假球被罚，名声一落千丈，可说是臭名远扬。可一转身，遇见了许家印，摇身一变，成了一支如日中天的足球队。

2010年，对许家印来说也是特别的一年。这一年，他高调进军足球界，不畏艰难险阻，一路披荆斩棘，打造新星足球队。在广州队身陷困境之时，52岁的他力挽狂澜。

这年3月1日，恒大集团与广州足球发展中心代表签署了俱乐部股权转让协议，许家印以1亿元人民币买断广州足球俱乐部全部股权。他先是清理了上赛季留下来的债务，接下来开始招兵买马，建造王者之师。

许家印说："接手广州足球队并非心血来潮，而是已经想了很多年，只是此前没有机会。此番下定决心是因为恒大起源于广州、发展在广州，在广州足球遭遇困难的时候，恒大应该伸出援手。"

他坚信，广州足球队一定能从低谷中走出来，创造一个美好的未来！

许家印的一系列举动，无疑为广州足球队打了一针强心剂，让各界人士看到了广州足球再次腾飞的希望。

许家印对恒大球员要求言简意赅，谓之"四有"：有激情，有血性，有狼性，有霸气。每个球员都应发挥"一不怕伤、二不怕死"的精神，为胜利勇往直前，保持激情、干劲、进取心，要有横刀立马，舍我其谁的王者之势！

许家印做事雷厉风行，管理球队也是大刀阔斧。主管球队不久，他便开始革新，给球队注入新血液，短时间内，让广州球队发生了翻天覆地的变化。

是年3月8日，朱骏主动放弃了申花的郜林，许家印顺势而入，闪电引入，逆转了转会事件，最终恒大足球斥巨资获得了郜林。郜林的转会费高达600万人民币，近300万元年薪，成为2010赛季中超标王。

恒大的信任，许家印的付出，让郜林很感动，进入广州足球队后他说："很高兴去广州踢球，我将会尽最大的努力，帮助广州队冲超，我不觉得这是委身，我觉得广州能够给我踢球和生活提供一个良好的环境。"

许家印说："投身到广州足球事业，我们希望通过一次大手笔的运作，帮助广州足球重回巅峰。我们是100%拥有球队，效仿女排打造全明星阵容。"

言语之间，霸气四射，骨子里那股强者的风范表露无遗。

3月20日，广州恒大足球俱乐部广州广汽足球队2010赛季主场套票发售仪式，于当天早上10点30分在东方宾馆8楼隆重举行。郜林、李志海、冯俊彦、李帅、吴坪枫等队中球星皆帅气登场。

地产大亨联手足球巨星，各大媒体争相报道，关注度更是一度爆棚。球迷都期待许家印能带领中国足球创造一段神话。首发当日，人山人海，到场者热情洋溢，2000张套票全告售罄。

此后，许家印开始为广州足球队改头换面，看看他是怎么做的：3月25日凌晨3点，与李章洙签约；3月25日上午，在球队基地宣布刘永灼任俱乐部董事长接管球队；3月25日下午2点半，彭伟国带队赴恒大总部参观，到达恒大后，刘永灼单独通知彭伟国其已被解雇；下午3点，向队员宣布李章洙为新任主教练；4天之后，任命彭伟国为青年队主教练，为恒大足球俱乐部输送人才，为打造广州足球后备力量做贡献……

许家印彻头彻尾地改造了广州队，正式开启了赛季冲超之旅。

李章洙被任命后表示："通过跟俱乐部的老总深谈，谈了很多的事情，包括具体的问题，在此过程中，最打动我的事情是俱乐部的领导对球队的前景、球队的发展规划，球队建设不是短期的，而是长期的，这些方面深深的打动了我。"

刘永灼谈及这次任命说："恒大入主广州足球之时就表示，一定会不惜代价将广州足球搞好，为广州球迷再造王牌主队。主席还特别对俱乐部提出两点务必要落实的要求。一是务必要关爱每一个球员，每一个俱乐部员工；二是要用铁的手腕治理俱乐部，从严管理，一定要尽全力建设好恒大足球俱乐部。"

3 月29 日，许家印决定每年投入500 万元组建二、三线青年队，球队交由广州市体育局负责，同时聘请彭伟国为二、三线青年队总教练，任期一年。原一线队助教叶志斌、张兵同时出任二、三线队助理教练。

对此，许家印表示："恒大俱乐部组建青年队是为了广州足球的未来着想，而且梯队的培养是恒大搞足球必不可少的。彭伟国作为广州足球的偶像人物，他有足够的号召力和能力去执教青年队。"

彭伟国被告知辞退之时，黯然之意自不会少。不过，许家印并非无情之人，他不会将可用之才弃之不用。为了弥补彭伟国，他在新闻发布会上向彭伟国公开道歉。而他的风度与气度也令彭伟国折服，彭国伟说赞同恒大俱乐部的安排，希望在自己手里能培养出本土国脚。

2010年4月3日，注定是不平凡的一天，这一天，广州恒大赢得开门红，许家印完美地打响了第一枪。自此以后，广州恒大一路高歌，唱出了中国足球的气势！

4月3日15时，2010赛季中甲联赛开战，增城体育中心人山人海，广州恒大与北京理工大学队对决在即，球迷们热血沸腾。是时，中央及各地方媒体的记者铺天盖地而来，媒体报道的广度和密度在中超赛场难得一见。

90分钟的驰骋沙场，球员们各个精神抖擞，郜林和唐德超表现突出，为恒大攻入3球。最终，广州恒大以3比1大胜北京理工队。广州恒大获胜了！霎时，场外媒体沸腾了，这是否昭示着中国足球的奇迹已露端倪？

许家印是地产界的大腕，可却是足球界的“后辈”，而他带领广州恒大在短时间内便取得了辉煌战绩，这与他纵览全局的领袖魅力密不可分，他无疑掐住了足球的“命门”。他是商界的弄潮儿，也一样会在足球界大显身手、一展才华！

第八章 与众不同的老板

1. 不太一样的足球老板

2012年3月7日，亚冠迎来首轮比赛，恒大是对阵素有“亚洲鬼见愁”之称的韩国全北现代。经过激烈地拼抢后，恒大挫败韩国全北现代，赢下一城。此时，正值两会期间，作为政协委员的许家印正在北京与会，比赛有了结果后，远在北京的他都能感受到众人激动的心情。

粗略估算，许家印前后为恒大足球俱乐部投入了不下17亿元，专心致力于打造明星舰队，钱花出去了，成绩自然也跟着嗖嗖的提高。在广州恒大和韩国全北现代的战斗开始的3小时前，赶赴北京开会的许家印特意打电话给主教练李章洙，叮嘱他为此次比赛设立“为国争光奖”，凡是踢出净胜球，每个即可获得200万元的奖励。

钱对于许家印来说，并不是一个财富符号，而是一个工具，一个在短时间内可以让球队水平得到迅速提升的途径，只不过恰巧，这个办法相当适用于客观现状。除了必不可少的资本支持，许家印怀揣着对足球的热爱和期许，广州恒大俱乐部不仅要为东家恒大争光，更是要为国争光，这是一种责任感、使命感。

自从2010年正式亮相赛场后，广州恒大可谓异军突起，连创佳绩。作为大老板的许家印，自然是脸上有光，工作繁忙的他，会抽出时间到现场加油助威，用他自己的话说，他已经“慢慢成为足球球迷”，他的身份不再仅仅是投资者，更是参与者和支持者。

与其他足球俱乐部的老板不同，许家印向来不进球队的更衣室，没有颇具排场的讲话。球队出征佛山，开赛前，他早早来到现场观战。一番恶战后，恒大的郜林、查尔斯、郑智三人分别攻入一球，比赛成绩最后锁定3比1，大胜中邦。在比赛结束的哨声吹响后，许家印没有多做停留，即刻离开现场。不少人都在奇怪，按理来说，球队取得了好成绩，作为老板不是都喜欢去球员更衣室说上几句吗，怎么善于口才的许家印却从不进更衣室呢？

千真万确，许家印没有进过一次更衣室。中甲联赛中，首轮比赛是恒大迎战北京理工，183名媒体记者受恒大之邀前来观战，更有13家电视台现场直播赛事。在如此众多的聚光灯下，许家印从头至尾没有踏进过更衣室的门槛，球队在完成比赛返回白云山基地后，他才出现在大家面前，轻描淡写的一句“第一场比赛不容易，大家辛苦了”，让主帅李章洙颇为意外。

李章洙算是个“中国通”，他可没少接触中国老板，而且让他印象深刻的是，中国老板无一例外的喜欢来到球员更衣室讲话。所以，许家印的“反常”之举让他吃了一惊，没想到能遇上一位与众不同的老板。

难道是因为许家印对球队成绩漠不关心吗？这个绝对不可能。广州恒大是许家印费心费力建设起来的，他是最关心球队赛事的人，之所以与其他老板不同，这就说来话长了。

的确，老板在赛前、赛后来到更衣室，发表一番热情洋溢的讲话，实属普遍现象。但是，在广州恒大俱乐部，采用“董事长领导下的主教练负责制”的管理模式，即便作为东家，也少去甚至不去更衣室，避免对教练组的工作造成干扰，影响他们正常的工作。按照许家印的解释，教练才是球队的绝对主宰者，论专业，还能有谁比教练更专业，所以与其打扰教练工作，不如安安静静旁观。

当初，建立恒大女排的时候，许家印就坚持最大限度内放权给教练员。想方设法让“铁榔头”郎平答应接下恒大女排的帅印后，许家印向她保证，她可以全权处理球队的任何大小事宜，同大权一起交到郎平手中的，还有一张不限额度的支票。但凡涉及引进球员、队员转会以及球队人事管理，甚至是否参与比赛，恒大一律不会过问，许家印只负责资金支持和后勤保障，其他一概交由郎平处理。许家印确实做到了“用人不疑，疑人不用”，能够在恒大担任教练，是多么幸运的一件事。

树立教练的绝对权威，是许家印非常重视的一件事，虽然平常几乎不管事，但是为了让教练能够真的说了算，他在奖罚措施上可是下了狠心的。“不听指挥的直接禁赛五年”，这是许家印交给李章洙的法宝。

对于大牌云集的广州恒大队，球员难管是意料之中的事，但是，在恒大绝对不允许这样的情况出现。许家印料到了主教练李章洙的难处，“我就给你个信心，你管不了他们停赛就好了。不听话就停他一年，看他还会不会耍大牌。如果合同签的是五年，你甚至可以停他五年，反正工资公司照发，这个你不用担心”。

重奖重罚是许家印的风格，一般情况下都是听说恒大如何重奖，其实重罚起来也不含糊。在中甲联赛的一场比赛中，郜林因为被出示黄牌而向裁判表示抗议，得知消息后，许家印一个电话打过来，直接向李章洙提了个建议，随后主力前锋郜林便接到了一张罚款十万元的罚单。可能十万元对年薪百万的球员来说不算什么，但是，这个数目成为中国足球俱乐部内部处罚有史以来的最高金额。不听话，直接禁赛；闹情绪，直接罚款。恒大俱乐部以服从教练安排为原则。

许家印是最希望恒大俱乐部踢出成绩的人，同时，他也是最希望中国足球能够早日崛起的人。对于足球，他有着作为商人的盈利目的，此外，更有一份作为中国人的责任。足球是古老中国的发明，如今却沦落到只能在亚洲踢踢，历届世界杯除一次外，其他时候只有看着别人踢的份儿。不得不说，中国足球积弊已深，想要往世界一流水平靠拢，着实不是件容易的事。许家印清楚，难归难，但推进中国足球发展却势在必行，既然总要有人站出来，他愿意扮演这个角色。不论出钱，还是出力，恒大都是会竭尽所能而在所不惜。

正是基于内心的使命感，许家印一直在为中国足球事业的整体发展而奔波忙碌。他提出《关于中国足球改革的几点建议》，详细总结了中国足球的现状，并提出宝贵的意见和建议。尤其是针对中超的运营体制，他提出了切实的改革建议。这份提案可以说是许家印的心血，投资足球的几年间，不断摸索前进的道路，有崎岖和坎坷，也有顺畅和胜利，汇聚在一起都是宝贵的经验。

据资料显示，拥有十几亿人口基数的中国，足球注册的人数仅有7000人，不得不说少得可怜。针对这种“贫瘠”，许家印提议“加快扩大足球人口，鼓励开办专业足校”。

2011年，广州恒大与皇家马德里俱乐部经过多次磋商洽谈达成合作，在经过精心准备策划后，恒大成立了“足球管理中心”，专门负责即将开办的“恒大皇马足球学校”的筹建及招生工作。为了更好的建设学校，恒大面向社会征集学校设计草案，在消息公布的一周时间内，引起了全国范围的关注，参与者络绎不绝，积极献言献策。当学校开始进行公开招聘时，有3位大学教授明确表态愿意来足球学校担任老师。出手阔绰的许家印，自然不会在足球学校建设上吝啬。在恒大地产官网的显眼位置，可以看到恒大皇马足校校长一职年薪为200万元。

2012年3月28日，恒大皇马足球学校与西班牙皇家马德里俱乐部正式签订协议，学校将在不久以后正式开学，并以最短的时间投入运营。如此高效的行动力，着实令人敬佩，而更令人期盼的是，许家印心系中国足球的未来发展，他的足球学校必然会带动足球在中国青少年中的发展。

青少年是中国足球未来的希望，能够自掏腰包支持中国足球的发展，可见他的一片赤子之心。按照许家印要做就做到最好的原则，势必在青少年足球上会有更大的投入，假以时日，为中国足球培养出越来越多的好苗子，实在是恒大的荣誉，中国的大幸。

中超联赛的冠军奖杯自然有无上荣耀，但是，有朝一日，中国足球能够冲出亚洲，走向世界，才是许家印最大的期待。

2. 房产老板进军娱乐圈

从女排到足球，许家印跨界投资卓有成效，原本在地产界称王，如今在体育界也有着响当当的名号。之后，他又将目光锁定在娱乐圈，这一次与以往没有不同，依旧是大手笔。

2010 年 10 月，恒大文化产业集团在北京注册成功，花费高达 8.5 亿，涉及影视、经纪、发行、院线、动漫与音乐六大板块。2012 年 6 月 19 日，恒大音乐公司成立暨“恒大星光”系列演唱会启动仪式在北京举行。此次涉足娱乐圈，许家印照样是“要做就做到最好”，新成立的恒大音乐公司董事总经理一职由宋柯担任，而音乐总监则由高晓松出任。宋柯和高晓松在音乐界有着显赫的声名，如今二人强强联手打造恒大音乐，可见许家印这次也绝对不是玩玩而已。

恒大音乐公司一经成立，已然是超越了一般新手公司，坐拥 3000 多首歌曲的版权，一跃成为内地最大的音乐公司。仅此，恒大音乐的起点就高出众多同行。然而，这也只是个开端而已，在两位高手的运作下，除系列演唱会之外，少不了的就是签约艺人，组成自己的战舰。此外，就是找明星大腕合作，你来我往，达到互利共赢的局面。

在管理音乐公司的问题上，许家印延续以往的风格，将恒大集团的企业文化融入到恒大音乐中。不论是井然有序的运作模式，还是上下一心的拼搏精神，在恒大音乐公司都有所体现，为打造中国一线高端音乐工厂品牌而跃跃欲试。

目标很远大，士气也够鼓舞，然而现实总比理想骨感。众所周知，中国足球界不好混，弊病层出，积重难返，而娱乐圈比起足球圈，情况更加复杂。如今，娱乐圈看起来热闹非凡，但是明眼人都能看出来，娱乐圈已经在下坡路上走了很久，市场愈发不景气。实事求是地讲，唱片界更为惨淡，黄金时代已经过去，想要在当今时代取得佳绩，就算是大咖也着实不容易。

直白来说，娱乐圈要比一般人想象得更乱，这是娱乐圈行业的现状。娱乐圈特有的规矩，与足球类似，不是外行人随随便便可以看得明白的。况且，诸如版权问题、品质问题、歌手水平问题等等，都是制约唱片公司发展的不利因素。在当今乐坛，出一张好的唱片不容易，出了好唱片想打开销路更是难上加难，这是一个缺乏巨星的时代，也是唱片业低迷的时期。

作为地产界的大亨，在卖房子上，他是行家，但是想在娱乐圈作出样子，恐怕要比足球更费心。娱乐圈的水深不深，有多深，许家印对此虽然算不上知之甚深，不过凭着成功运作足球的经验和方式来看，进军乐坛所面临的重重困难，实在也不算什么过不去的坎儿。

最让他有所顾虑的是运作方式，作为经商者，于他而言，唱片就是商品，同房子没有什么本质上的不同。因此，必然会存在惯性思维，以推销宣传房子的路子来经营音乐，优势是以市场为导向，强调买方的感受，由此一来，势必会在一定程度上忽略了音乐的纯粹，导致唱片的商业气息浓厚，缺少了音乐应有的那份真情流露。想必，许家印邀请宋柯和高晓松操刀，也是考虑到需要专业人士来把控方向。

既然往娱乐圈这个“火坑”跳，许家印自然就是打算好好施展一番，他不怕承担损失，但他有信心不用承担损失。想要避免以失败收场，就要谨慎对待已知的种种问题。当然，许家印有自己的杀手锏，那就是“明星效应”，这一招屡试不爽。不论在地产行业，还是排球、足球，大手笔打造品牌知名度，都收到了超乎想象的效果。

不做则已，做就别顾忌成本。吴雪丹是恒大音乐公司的董事长，她追随许家印打天下为时已久，行事风格与许家印如出一辙，点点滴滴都透着果敢、凌厉。对于外界的不看好，她霸气回应道：“不管音乐市场如何不景气，但只要能对未来的国家文化产业提供支持，我们都一定会走下去，并且走到最远。并且，恒大一直认为，音乐作为一种不可替代的艺术形式，不管从产业价值还是战略角度来看，都将有更多的空间让我们挖掘，我们不会输。”

许家印与“盲目”丝毫不沾边，进军娱乐圈可不是一时兴起，既然大费周折地抽调人力、物力、财力升起旗帜，自然是看到了娱乐圈有利可图。这么多年来，凭借对大趋势的把握和独到的眼光，但凡许家印出手，就没有败笔。

恒大全凭许家印白手起家，风风雨雨十余年，从“规模制胜”到“品牌至上”，恒大有一套严谨清晰的发展战略。在排球和足球的运作上，同样如此，不是漫无目的地白费力气。此次进军乐坛，早就制定了详细完善的规划，在精心筹备后，才亮相于人前。对恒大音乐的规划，许家印着重于产业链布局，不单独以唱片为单一模式，整合多项资源，从挖掘新秀到包装宣传推广，公司将一站式负责到底。许家印给恒大音乐两到三年时间，在此期间内，力争上游，建立起恒大品牌，并且能够逐步实现盈利。

为了实现战略规划，许家印在恒大 200 个楼盘中设立了 150 余家恒大电影院，以此作为恒大音乐发展的辅助力量。不仅如此，恒大已经着手建立文化经济公司，将橄榄枝抛向了中戏、北影等知名院校网罗人才，为公司储备力量。由恒大投资拍摄的电视剧《师傅》和《彼岸1945》等已经和观众见面。

2012年4月，北京万事达中心，座无虚席；2012年9月，上海大舞台全场爆满，刷新了五年来场馆票房的最高纪录；南京站，现场万人齐唱，引爆寂寥的夜空……这就是恒大全国巡回作品演唱会的威力，盛况空前，让恒大音乐着实疯狂了一把。演唱会对喜爱音乐的人来说，是心之向往的盛典，恒大正是将人们对演唱会的期望作为良好的商机，让市场火热了一把。

恒大娱乐航母已经扬帆起航，有雄厚的财力作支撑，有精良的制作团队作动力，恒大文化经纪公司有朝一日势必会比肩恒大足球，为恒大带来全新的发展推动力。

3. 爱江山，爱人才

身为一个企业家，许家印有着领导者的诸多风范，果断大胆、精明强干，而且极富开疆辟土的热情，创造力极强，胸怀壮志，也懂得脚踏实地、勤勉奋进。香港超级富豪郑裕彤用“好冲击，很勤奋”来评价许家印，可见他的拼命是出了名的。

从背井离乡来到广州创业的打工仔，到如今坐拥亿万家财的首富，许家印仅仅用了十几年的时间。如今，他荣誉加身，可谓风光至极。他是许家印，他也是恒大地产集团的董事局主席、党委书记，是美国西亚拉巴马州大学荣誉博士，是武汉科技大学管理学教授，也是全国劳动模范、第十一届全国政协委员以及广州市第十二届人大代表。

许家印肩负的社会职务就有中国企业联合会副会长、中国企业家协会副会长、中国房地产业协会副会长、广东省慈善总会名誉会长等等不下十个。同时，他荣获“中国房地产十大风云人物”、“中国民营经济十大风云人物”、“推动中国城市化进程十大杰出贡献人物”、“中国十大慈善家”等称号。虽说只是虚名，却是社会对他所作所为的认可和肯定。

许家印对员工产生了深远的影响，在他的示范带头下，恒大上下无一不是“拼命三郎”，追求高效，并注重加强自身的贯彻执行力。在恒大企业文化氛围的熏陶下，本身就有一定能力的人才，在日积月累的历练中，不断突破自我，达到新的高度和境界。

现如今，恒大集团早已突破地产这一单一领域，还涉足体育、酒店及文化事业，成为庞大的商业王国。这艘航母拥有员工三万余人，这样的规模在国内属于特大型，不仅人员众多，而且学历普遍较高，尤其是工程技术及管理人员拥有较强的专业素养，为恒大日新月异的发展提供了源源不竭的动力。恒大拥有中国一级资质的房地产开发公司、中国甲级资质的建筑设计院、中国特级资质的建筑工程公司、中国甲级资质的工程监理公司、中国一级资质的物业管理公司等殊荣，成为中国房产行业名副其实的顶级企业。

恒大求贤若渴，2012 年 2 月，恒大举办了一场规模空前的招聘活动。面向全球招募贤士 5300 人，提供的岗位有集团副总裁、地区公司董事长等集团管理层岗位 300 人，总建筑师、总工程师、会计师等专业岗位 5000 人。如此大规模的招聘，在国内还属首例，震惊了不少人。

在国家强有力的宏观调控下，国内楼市从火爆之态逐渐转为温和，放眼全国各地，还有哪家房企有能力承担规模如此大的人员吸纳？虽说恒大的实力人尽皆知，但是曾经闹得沸沸扬扬的“裁员”传闻，不得不让众人怀疑起恒大真的需要这么多人才吗？2011 年，有媒体报道恒大有淘汰 30% 左右现有员工的打算，人数大概在 6000 人左右。

“裁员”的消息一出，即刻引来了一番热火朝天的议论。人们纷纷猜测，此次裁员是否意味着恒大超常规的发展速度就此打住了呢？是否从侧面反映出恒大的雄厚实力正在逐渐枯竭呢？不得不说，“裁员”两个字从某种程度上来讲，就是与颓势联系在一起的。对此，许家印反驳道：“恒大已经进入了一个稳健的持续发展期，因此对员工的需求也转向稳定。”恒大在购地方面向来对二三线城市青睐有加，如今，恒大有 200 多个大型房地产项目遍布于全国各地 100 多个城市，项目销售额可达千亿。

当恒大再次突破自我，实现近千亿元的销售额时，举办如此大规模的招聘活动，其意图就再明显不过了，许家印对现状仍不满足，对恒大的未来抱有更大的期许。因此，恒大渴求人才的加入，不论量，还是质，都有着极高的要求。除了最基本的本科以上学历，对工作经验也有着明确的要求，比如对管理岗位的要求尤其严格，不仅要具备 10 年以上大型房地产企业工作经验，还要有 5 年以上同等职位的工作经验。

许家印的意思很明白，恒大要的就是精英。之所以对工作经验要求如此之高，目的就在于通过引进工作经验丰富的人才，达到借鉴其他企业的管理模式的长处，加以总结吸收，最后为恒大所用。

尤其是在楼市大趋势走低的情况下，众多中小企业的处于岌岌可危的境地，有能力且有抱负的管理人才自然会面临跳槽等抉择，恒大在此时大范围招兵买马，轻而易举地将急需发展平台的人才拉拢到自己的阵营，待楼市回暖，即可充分发挥人才储备的力量。

对人才的重视，不仅体现在恒大的老本行上，在排球、足球方面，也是极为重视人才的作用。除了享有鼎鼎盛名的教练，俱乐部自然少不了顶尖的球员，他们共同构成了“恒大品牌”、“恒大力量”。

许家印在经商之外，还热心慈善公益事业。出身贫苦的他，知道穷人的生活境遇，所以当他有了扶持他人的能力后，开始大力度建立希望小学，为挣扎在贫困线上的孩子们提供一个窗明几净可以安心读书的环境。在自己的家乡，他出资建立了恒大中学，不论是学习环境还是生活环境，他都追求一个“好”字。为了保证教学质量，恒大中学的任课老师都是特级教师，就连管理团队都是经过精挑细选后才上岗工作的。

恒大皇马足球学校也是如此，在专业训练和基础教育上，丝毫不敢随意。足球技术和战术课程全部由皇马俱乐部的教练来任课，这就意味着足球学校的孩子们能够享受到世界顶级足球俱乐部所开设的顶级课程和培训。对于基础教育的任课老师，要求同样严格，小学部的要求是具备 8 年以上省市级重点小学高年级教学经验，初中部的要求是具备 8 年以上省市级重点初中教学经验，高中部要求具备 12 年以上省市级重点高中教学经验。

对师资力量要求精益求精，不仅是对恒大足球学校负责，也是对学生和家长们负责，更是对中国青少年足球的未来负责。不论要求多么严苛，都是应该的。

人才，人才，还是人才。不论付出怎样的代价，耗费怎样的成本，许家印都会在招募人才的道路上继续走下去。

4. 房价是件大事

在市场经济环境下，市场本身具有自主调节的功能，然而某些时候自发性调节并不能保证有效性。因此，国家的宏观调控则是必要的，这双无形的大手可以通过各种各样的方式对市场进行干预。在我国，尤其是房产行业，国家的宏观调控的力度往往十分强劲，对房企有着深远的影响。

2009 年，国内实行货币宽松的政策，房市由此急剧升温，随之相伴的便是居高不下的房价。对老百姓而言，房价节节攀升可不是好事，这就意味着他们需要付出更多的血汗钱去购置刚需性住房，这是一笔不小的开支，无数家庭因为购房而背负着巨大的压力，人们对不停上涨的房价表示出不满。

民生是国家制定大政方针的重要依据，房价过高对老百姓的生活造成了极大的困扰，国家自然不能坐视不理。2010 年，时值温家宝就任国务院总理，在一次与网友的互动中，网友向总理提出了一连串的问题，诸如在 2009 年房价持续走高的情况下，2010 年的房价问题是否能够得到缓解？国家又会采取怎样的方式进行有效调控？

面对网友的提问，温家宝总理没有直接回答他的问题，而是说起了自己的故事，当他年纪尚小的时候，全家五口人都要挤在 9 平方米的房间中生活，至于时下大热的“蜗居”，他表示深有感触。

看似没有回答，实则已经透露出国家准备大力度调控房市的决心。2010 年 4 月 17 日，国务院发布《关于坚决遏制部分城市房价过快上涨的通知》，明确规定“对稳定房价、推进保障性住房建设工作不力、影响社会发展和稳定的，要追究责任”，严厉程度可见一斑，被称为“新国十条”。

一经颁布，老百姓对此满怀憧憬，坐等房市降温和房价下调。然而，出乎人们意料的是，房价并未按照预期有所下降，波动最大的反而是房地产企业的股价，一时间纷纷跳水暴跌。股价的跌幅对老百姓来说，无疑是一种打击，到头来，不仅没等来房价的下降，而且连理财投资都受到了损失。

“新国十条”的颁布，对国内房地产行业的影响甚为深远，不仅是北京、上海、广州这样的一线城市，就连二三线城市都深受其影响。众所周知，恒大有三个极为鲜明的特点，一是主要布局于二三线城市；二是注重“规模”和“效率”，强调超大规模，同时力求快速开发建设、快速开盘出售，从而达到快速回笼资金的目的；三是以“低价营销”的方式为主，以价格作为一大卖点，并且以此树立起“恒大”品牌。

关于购入土地，恒大内部有明文规定，从拿地到开盘，以六个月为期，如果做不到，则绝不拿地。而且，但凡恒大开盘，二十万、三十万平方米的量都是非常正常的，相比于普通的十万、十五万，恒大的规模明显占有优势。这样一来，恒大在一年中几乎可以保持连续销售，从而最大程度上保证了资金链的稳定。在价格上，恒大坚持“低价”营销，在国家调控的大环境下，其战略是符合大势所趋的。

国家的宏观调控政策一出，房企势必会有所收敛，原本火爆的房市，也因此有所降温。为了稳住销量，恒大屡试不爽的一张牌就是“特价促销”，价格对购房者有着十足的吸引力。此外，在卖房子上一直倡导“高调做事”的许家印，琢磨出一套“明星营销策略”，而且达到了炉火纯青的程度。

据不完全统计，曾经为恒大站台捧场过的明星，有成龙、黎明、甄子丹、葛优、任贤齐、汪涵、范冰冰、熊黛林、李冰冰、周迅、容祖儿、刘亦菲、郑欣宜、谢霆锋等等，他们都是恒大开盘仪式上的常客，为恒大聚集起大量的人气，让现场热闹非凡，当天的成交额轻松突破亿元是经常的事。

“特价促销”和“明星效应”看似没什么新意，实则屡试不爽，多亏这两招，让恒大不论在多么低迷的市场环境下，都能游刃有余把房子大卖、特卖，保持着恒大惊人的发展速度。在国家宏观调控下，恒大不仅没有收缩战线，减少开盘面积，相反，迎着低迷的房市勇往直前，最后，恒大的业绩说明了一切。

不过，尽管“低价”是恒大的杀手锏，但是低也要有低的限度和道理，太低的话影响利润，不够低的话又无法有效的吸引购房者。尤其是在国家宏观调控的措施下，价格的制定需要格外的谨慎。

“下调房价”已经喊了很多年了，响声震天，但实际上，真的降价的却寥寥无几。说到底，不断上涨的房价成了日常，面对这次异常严厉的“新国十条”，各房企依旧将高房价坚持到底。在国家还没有采取更大的动作前，他们选择静观其变，甚至期待着重演 2008 年调控后价格即刻上涨的戏码。

许家印在众房企按兵不动的时候，可没闲着。房价高低关乎房企走势，自然不能不三思而后行。经过多番考虑，许家印在恒大 2011 年主要经营情况与 2012 年销售目标发布会上提出了一个确切的数字——5090 元/平方米，他称这个价位是“中央希望的合理价位”。

在国家宏观调控的措施下，能够明确表态的房企除了恒大，几乎找不出第二家。众多媒体对此事进行了报道，让广大消费者知道了恒大的报价。对于国家期望的降价，恒大属于积极的拥护者，不仅多次表态会降价，更是在实际行动上支持国家的政策，率先下调房价，以自己的力量引导其他房企。

对恒大来说，降价绝对不是亏本的买卖，当众多房企等着好戏登场的时候，许家印正在自编自导着恒大的好戏，在一片观望的房企兄弟中，恒大已然掌握了主动权。当然，只降不升也不行，用许家印的话说，就是“当房价跌到一定的程度，我们就要恢复一定的房价”，在不断升降中，找到一个合适的平衡点。

总体而言，恒大经历过无数次的大风大浪，不论是来自企业内部还是市场环境，恒大早就具备了“兵来将挡水来土掩”的信心与实力。房产行业固然惊心动魄，但是恒大自有对策，确保自身安然无恙。

5. 这个老板有点倔

从白手起家至 2004 年，恒大的资本完成了爆发式的增长和积累，无疑要归功于许家印“以规模制胜”的战略方针。当恒大的实力达到一定程度后，许家印开始考虑更为长远的计划。于是，“精品战略”应运而生，这是在坚持规模的基础上，让“高品质”成为恒大发展的新动力。

2004 年 5 月 26 日，在金碧世纪花园的施工现场，许家印用实际行动给恒大员工上了一节关于“如何打造精品”的实践课。来自恒大的几千名员工，井然有序在施工现场列队，等候许家印的指示。现场鸦雀无声，静得出奇，与以往的热闹形成鲜明的对比，看恒大员工严肃的表情，就知道许老板可能要发飙了。

许家印亲自对金碧世纪花园进行检查，严格程度绝对超过任何检查验收部门。逐一检查过后，问题来了，金碧世纪花园的质量不符合公司内部标准，许家印当场决定将不符合标准的部分推倒重建，绝不得过且过。在现场，他提出“从我做起，从零开始，打造精品，再树恒大”的要求，号召恒大全体员工谨记恒大的誓言和底线，他异常恼怒，“房子关系到后代，关系到百年大计，今后在恒大不能有质量不过关的产品”。

在恒大几千名员工的注视下，轰鸣着的推土机直接开进了现场，由许家印亲自指挥，将确认不符合标准的建筑一一拆除。推土机慢慢移动着，一片又一片的草坪被毁掉，一棵又一棵的景观树被连根拔起，这些都是已经完成的绿化，不一会儿的功夫，已经面目全非，又回到了最初的模样。

在推土机经过后，几千名恒大员工眼睁睁看着造价不菲的项目成品变成了渣渣，心痛肯定是有的，但更多的是感受到了许家印这一行动的震慑力。他的一言一行都在向员工传达一个讯息，但凡不合格的建筑都是这样的下场。

实际上，如果真的是豆腐渣工程或者存在质量瑕疵，许家印这样做当然是理所应该的。但是，被推倒的金碧世纪花园本身，并非存在难以弥补的漏洞，只不过是已经建成的景观没有完全按照施工图纸施工，造成了成品与图纸有出入。

放眼全国众多的房企，成品与图纸稍有不同的现象屡见不鲜，似乎并不新奇。既然不一样，那就不一样吧，照样验收通过。但是，恒大不同于其他房企，许家印更是不同于其他开发商，对这样的问题，他是绝对不会容忍的。除了直接拆除已经建成的花园景观，许家印更是将几个主要负责人一并开除，丝毫没有商量的余地。

虽然恒大实力雄厚，“不缺钱”，但是将重金打造的花园景观一次性销毁，着实付出了沉重的代价，这种魄力是其他企业难以企及的。付出代价的同时，许家印想要树立“打造精品”的目的也达到了。在这件事过后，恒大上下无不谨记许家印的教诲。

此后，恒大有明文规定，在今后的项目中，但凡出现不符合工程设计、建精品住宅的环节，一律拆除重建，这成了死规定。在如此高压政策下，设计人员和施工人员唯有兢兢业业，对经手的一切事项严格把关，不敢有任何闪失。在高要求下，恒大开发建设的楼盘个个都是精品，几乎找不出任何质量问题，之前被砸掉的金碧花园，正是凭借卓越的品质获得鲁班奖，这可是建筑行业的最高奖项，可以和电影界的奥斯卡相提并论。

在战略转变的过程中，许家印清楚地意识到，想要将战略真正贯彻到底，首先要做的就是转变恒大上下的意识。他让所有人明白一点，那就是“品质”不是说说而已，光喊口号是没用的，必须实打实地做出来。人的行动依靠意识支配，如果解决不了意识的问题，恒大追求高端品质的目标就会困难重重，也会平添许多麻烦。与其在稍后的实践过程中不断解决麻烦，不如率先把意识培养起来。

“金碧世纪花园”项目的中心花园事件说明，在“规模”之后，“品质”是恒大必须要坚持下去的战略规划，这一步必须坚定不移地迈出去，不论有多少困难等着恒大，都绝对不能半途而废。

许家印经常向恒大管理层强调一点，“同行竞争，产品品质就是你的武器。你的武器先不先进，决定了你的战役能不能打胜。在他看来，房地产行业的竞争即是产品品质的竞争，一场战役能不能取得胜利，最关键的就是看品质如何。“品质”这种武器，需要不计成本去打造，在市场上，消费者是最灵验的试金石，恒大能不能在市场上占领更广阔的区域，品质是最大的指望。

在恒大，开会的频率要高于一般房企，全年有大大小小的会要开，“打造精品”成了许家印逢会必提的话题。即便员工们的耳朵已经起了茧子，他照说不误，而且反反复复。在行动上，他也是相当之“狠”。比如有一次，一个项目的样板房没能达到预期的效果，许家印对质量相当不满意，所以直接处罚了与之相关的几十号人，小惩大诫，让恒大员工切实贯彻执行“追求品质”的信念。

对于“精品”的理解，许家印可谓深刻。在他的设想中，恒大追求精品，不单单指质量，与之相配套的还有对精品服务。“客户就是上帝”，在恒大体现的淋漓尽致，让人不得不佩服恒大想做精品的决心。在恒大售楼中心，许家印提倡“客户关系管理体系（CRM）”，专业解释为“全面提升硬体、软体的标准和水平，设立专门的 CRM 部门来负责围绕客户开展的活动”。具体来说，客户管理体系中，一是包括系列专业讲座、旅游和各项培训活动；二是实行销售人员负责制，只要与客户达成交易，销售人员会在今后的交房、后期物业等工作中全程为客户服务。

除了开发建设时注重品质，销售追踪过程中注重服务，恒大在销售后期还将物业管理视为“打造精品”的一大举措。在物业管理中，许家印制定了大型成熟社区和高档豪宅物业管理精品服务标准，让一切有据可依，形成固定的特有模式。此外，与众不同的一点是，恒大物业推出“总经理接待日”、“总经理信箱”、“今天我为您服务”和“物业管理义务监督员”等特色服务，为住户提供了全方面的“管家”服务，尽情享受高端楼盘所具备的高端服务。

付出总会有回报，恒大没有白忙活，许家印的苦心没有白费。凭借一系列的作为，恒大高品质的形象日渐树立了起来。“打造精品”是许家印“追求规模”之后的又一关键战略，“规模”加上“品质”，让恒大如虎添翼。在许家印的坚持下，恒大的两大“利器”在手，在“险恶”的房产行业呼风唤雨，不断刷新“恒大高度”。

6. 君子诚为贵

恒大着实担得起“传奇”两个字，十几年的时间缔造了一个房企王国，让其他竞争对手望其项背。无数企业想要复制恒大模式，也想跟许家印讨教一下成功秘诀。

作为恒大的主宰者，许家印说得很实在，“我没有秘诀，如果算得上秘诀的，就是恒大模式，而恒大模式的基础就是诚信”。与众多举着“诚信”大旗，实则坑蒙拐骗的企业不同，许家印切切实实的将“君子诚为贵”作为恒大各项战略的底线。

2004 年 6 月 12 日，恒大开发建设的“金碧新城”项目如期开盘，千余名业主如约领到房地产权证。在广州，延期交房是普遍现象，鲜有房产开发商能够按照合同上承诺的日期交房，购房者早就习以为常。但是，恒大绝不会让这种情况出现，说好是哪天交房，就必须是哪天交房，绝不能失信于购房者。就是这么简单的一件事，恒大把自己瞬间提升了一个高度，“这就体现出了我们作为开发商的诚信”。

“质量树品牌，诚信立伟业”是恒大的总体战略方针，是其他战略规划的核心和原则，这就不难理解许家印说“诚信是恒大的立业之本”。不论是“低价营销”、“明星营销”还是“体育营销”，不论是强调“规模”还是“品质”，都是辅助，而“诚信”则是根本。

以恒大后期“树立品牌”为例，最为看重的就是质量，想要在质量上做出成绩，最为关键的一点是讲究诚信，使用有信誉保证的材料建房子。为了确保恒大建设的房子质量过硬，恒大率先引进了ISO9001质量管理体系，让每一道工序、每一个环节都有据可依。许家印是追求完美的人，为了追求房子的精细化，更是与全球知名企业达成合作，为恒大量身制定了一套关于精品住宅设计、施工、服务的标准。有着这些严格的条条框框，恒大得以在质量上有所建树，取得了其他房企难以企及的优势地位。

在确保质量万无一失的基础上，恒大将“诚信”二字贯穿于企业运转的各个环节上。尤其是在员工意识的培养方面，恒大可谓是不遗余力，通过各种各样的形式来提高员工的诚信意识，营造诚信氛围，建设企业的诚信文化。许家印可以保证，恒大拥有高于行业标准的精品标准，任何达不到标准的房屋绝不会进入交付流程，可以想见，恒大楼盘的质量称得上精品。

在正式投入建造前，所有手续都严格依法操作。通过参加拍卖、挂牌等合法途径获得土地资源，随后严格执行土地拆迁政策，杜绝任何违规行为，施工建设也严格遵守有关法规进行销售，从不虚假承诺，诚信贯穿了恒大房地产开发中的每一个环节。恒大在保证质量的前提下，从土地储备、开发报建、规划设计、建筑施工、营销推广、物业管理等全部流程都要确保在成本控制上做到位。如许家印所说，恒大之所以能够取得无以复制的成绩，在于恒大的决策到目前为止没有出现大的失误。

恒大的成绩有目共睹，能够在凶险的地产界出人头地，甚至与龙头老大万科并驾齐驱，可见恒大超乎寻常的实力。在恒大创立以来，经手的每个项目都拥有超高人气，纷纷创下了超高的成交额。每逢开盘，销售现场必会出现摩肩接踵的热闹场面，足以见证购房者对恒大楼盘的追捧，这得益于恒大精确的市场地位。在每个项目正式开发建设前，恒大都会在目标客户上做足功夫，明确消费人群的需求，从而确定建筑设计、园林规划、小区配套等方面的具体方案，为后期施工提供优化的蓝图。

有人将粤派地产称为“中国房地产业的领军者”、“中国地产的黄埔军校”，甚至是“中国房地产未来方向的探索者和引路人”。作为粤派地产的一员，恒大地产与众多粤派地产企业有明显不同的一点，即是布局问题。北京是寸土寸金之地，也是房企必争之地，大大小小的房企纷纷涌入北京，而恒大却特立独行，坚持不踏足北京，长期坚持以二三线城市为主。究其原因，许家印曾在2003年前往上海和北京等一线城市实地考察，他发现北京房价偏高，最终还是选择了广东。

恒大超越常规的发展历程中，资本积累的速度是惊人的，但这并不意味着恒大“莽撞”或者“冒失”，相反，恒大拓宽市场的进程秉承谨慎原则。许家印制定的大体战略是以广州为根基，全方位向珠三角地区扩展，稳扎稳打，一步一个脚印。恒大亲手打破了粤派奉行已久的“得京城者才可得天下”理论，用所向披靡的势头证明“不得京城者照样得天下”。

这个天下是如何得到的呢？说起来容易，做起来实在是难，恒大做到了。了解恒大的企业制度，就比较好理解恒大为何能够发展得如此神速了。恒大的组织机构分为董事局、决策委员会、经理层，形成了架构明确的三级管理体系。同时，在运转过程中，还有目标计划管理、绩效考核管理等管理模式作为辅助。

诚信经营加上诚信管理，能够得到购房者的青睐，也就不足为奇了。恒大以诚信为根基，向着“百年老店”的目标迈进。

7. 不让小股民失望

2015 年 7 月 7 日，中国 A 股市场动荡起伏，股民一片恐慌。晚间时分，远在大洋彼岸的美国便受到了影响，一眼望去，满是绿色，实在叫人心头压抑。7 月 8 日，照常开市后，港股也同样没能逃过一劫，恒生指数急速下挫，盘中创下 2008 年以来最大跌幅，收盘 23516.56 点，大跌 5.84%，全港个股 1778 只下跌，仅 57 只上涨。

一场大规模的灾难扑面而来，众多股票损失惨重，甚至连基本面良好的绿城、华润、龙湖等绩优内房股都惨遭“毒害”，跌幅一度到了 15%—20% 的惨状局面。向来虎虎生威的万达商业，一而再再而三的跌破发行价，如此下去，王健林的首富之位恐怕不保。

而恒大此时成为“万绿丛中一点红”，赫然醒目。开盘后，恒大一度跌幅达 19%，就在如此不利的局面下，短时间内迅速拉升，更为惊人的是，竟在午后成功逆转，实现 19% 的涨幅，并最终以

3.19%的涨幅收尾。这样的战绩不由得令人钦佩，在一片跌幅的情况下，竟然保住了自己的涨幅，让其他企业十分羡慕嫉妒。

当天傍晚，恒大公布了股票涨幅的原因，更是引来一片崇拜。7月8日，恒大度过了跌宕起伏的一天。危机出现后，恒大用14.75亿港元（约合11.82亿元人民币）回购了3.74亿股，占已发行股份的2.39%，并且每股的回购价格保持在3.31港元至4.48港元之间，平均价格为3.94港元。恒大的一系列动作可谓是惊心动魄，在恒大股价暴跌的三分钟后，公司立即启动了解救措施，开始着手回购，并且一直把股价助推到当日最高价4.48港元，涨幅达到19%，从而让自己的盘面趋于稳定。

许家印的应急措施执行的相当迅速，危情一旦出现，恒大没有半点耽搁，立即启动应对措施，顺利完成逆袭，不得不让人刮目相看。在突发状况下，能够有条不紊的快速行动起来，足以见得恒大团队的整体素质之卓越。

7月8日，恒大换手了6.52亿股，排名沪港通标的股第六，港股第十，成交额高达25.2亿港元（约合20.16亿元人民币）。这一天，恒大股价的振幅超过38%，单看这个数字似乎说明不了什么，事实上，持有恒大65.06%股份的许家印，他的账面财富在一天之内经历了116.80亿元人民币的大起大落，这笔钱相当于恒大地产一年的利润。如果许家印没有及时出手积极干预，那么这一年的辛苦算是白忙活了，这一年的房子算是白卖了。

与房子是否白卖了相比，许家印更在意的是股民对恒大的信任。在股价一再下跌的情况下，作为恒大最大的股东，许家印毫不犹豫的进行回购，向虚无缥缈的股市投入大量真金白银，以此稳定股价，换取股民的安心，更让支持恒大的股民们多了一份信任。

与恒大相比，其他企业的行动显得滞后。在此轮A股暴跌中，不少上市房企发布了大股东增持计划以及不减持承诺，甚至鼓励高管层认购股份。比如万科，推出一个百亿回购计划，然而有名头却没有执行的具体时间，与其说是挽救股市，不如说是在用花言巧语安慰股民的焦虑。在意料之中的是，这个计划收效甚微，收盘时直接跌出了最后的底线。

在国家实行货币宽松的政策下，恒大第一次启动了红筹房企境内发债的序幕，在20天内分两次三批发行，共计200亿元，利率分别为5.38%、5.30%和6.98%。正是这笔资金入账，巩固了恒大的资金流，成为许家印大举回购股票的资金保障。

对恒大的股价，许家印长期以来都有一种难以压抑的不甘，他多次公开表示，人们严重低估了恒大的股价。作为国内销售规模排名前五的企业，市盈率仅为3.8，市净率为0.46，而与它同时上市的龙湖，市盈率达到5.76，市净率则为1.01，远高于恒大。

不甘心的同时，国际资本"空军"对恒大的轮番宰割，更是让他难以忍受。国内房地产行业的缺陷，让恒大成为国际资本眼中的"待宰的羔羊"，自从上市以来的六年间，恒大与做空者在股价K线上苦苦相拼，为的就是"不争馒头争口气"。

遥望当初，为了争取上市，许家印与国际投资者订立"补偿机制"，从而获得他们的支持，其实就与股价的"对赌协议"相似，如果股价在约定的时间内未达预期，许家印将进行赔付。在六年的斗争里，恒大惨败，赔付金额高达9.61亿元人民币，这让许家印着实咽不下这口气。许家印多次在公开场合对国际对冲基金"做空兼造谣”直接表态，“我对这种行为恨之入骨，我有机会报复他们的!”

许家印可不是吓唬人而已，在2011年，恒大先发制人，采用回购的手段，快、准、狠的给了对冲基金重重一拳。当时，许家印甚至指示将上市公司现金的10%作为回购股份的长期备用资金。然而，这也让恒大暴露了自己的底牌。2012年6月，恒大在美国调查机构香橼的精确打击下，做着殊死搏斗。这是一场惊心动魄的对决，为了捍卫恒大的尊严，许家印以回购的方式做武器，同时，对香橼的指摘逐一做了强有力的反驳。恒大对外表示，不排除使用法律手段来对付恶意做空者。

在2014年底，香港证监会曾发布一份通告，表明已经对香橼的创始人Andrew Left展开研询程序，指出其在2012年对恒大的调查报告中犯有失当行为。时隔两年半之久，恒大与香橼的搏斗才迎来了些许胜利。在与做空者常年的斗争中，恒大的股价迟迟难以恢复，直到2015年才稍有起色。因此，面对7月8日的暴跌，许家印必然采取强势的态度出手挽回局面。

这一次，恒大以横扫千军之势，挽救了恒大的股价，更是拯救千万股民于水火之中，没有让小股民们失望而归。这一仗赢得漂亮，展现了恒大的实力和魄力，假以时日，恒大定然能够让国际投资者另眼相待。路程虽然遥远而艰巨，但是恒大已然出发在路上了。

第九章 胸怀天下， 不忘恩情

1. 行善是责任

许家印是中国首富，名副其实的“不缺钱”，有钱后，他是怎么做的呢？做慈善，接济穷人。

由于在公益事业上做出了突出贡献，许家印被聘为广东省慈善总会永久名誉会长，甚至有“南国公益第一人”的美称。有钱人很多，但是能够倾心倾力投身公益事业的人却不多，许家印就是其中的一位。

2004 年的初春，广东的台风活动频繁，时常雷雨交加，狂风大作。在这样的天气下，招商活动仍旧照常进行，顶着大风大雨，许家印驱车赶往广东清远参加活动。路上，他看到一个小女孩呆呆站在一处倒塌的茅草房前，面无表情。仔细一看，让他的心不由得一紧：茅草房在狂风暴雨的席卷下，变得面目全非，房顶上的茅草早就让风吹得不见了踪影，只剩下断壁残垣，就连屋里为数不多的几件家具都被水淹了大半截。

此情此景，让许家印颇为震动。随即，他下了车，向当地人询问情况，了解到原来村民受灾严重，就连基本生活都难以维系。他是房企老板，看到清远的村民正在饱受台风的折磨，他当下决定要为这里的村民做点什么。“为民解困、捐资农村”的构想随即萌芽，很快便在日后变成了现实。

同年3月，广东省发起“百村万户安居工程”，政府号召社会各界共同伸出援助之手，帮助全省22.5万贫困农户进行危房改造。同时，大力开展“十项民心工程”募捐活动。得知这一消息后，许家印尤为兴奋，他决定全力支持省委省政府的“十项民心工程”，为贫困农户贡献自己的一份力量。这件事他必须要做，而且一定要做到位。

2004年的5月9日，为了大力支持广东开展的“十项民心工程”募捐活动，广州省委、省政府精心举办了一场《南粤群英献爱心》晚会。许家印来到了现场，并且代表恒大集团捐出1000万元善款，这个数字是全场的最高值，大大支持了为贫困农户改造危房的工程。在许家印的带头下，社会各界纷纷慷慨解囊，一份份爱心汇聚在一起，最终省扶贫办共捐善款近8000万元。此前，许家印是房产界的大佬，此后，他在慈善圈更是占据一席之地。

捐款到位后，“十项民心工程”正式启动。许家印不仅投入了大量的财力，更是密切关注施工进展。分身乏术的他，但凡能够抽出时间，必定会亲自前往湛江、河源、清远等“农村安居工程”重点村进行实地考察，督促施工单位在保证质量的前提下，抓紧时间完工，让贫困农户尽早搬进新家，而不用再为摇摇欲坠的房子担忧。

有人说许家印这样做无非是为了博个好名声，是在作秀。真的是这样吗？当然不是，名也好，利也好，这些对于恒大老板许家印而言，都是唾手可得的东西，他要做的无非就是尽自己之力，为有需要的人尽一份心意。他吃过苦，知道贫困给人带来的磨难有多少，如今他功成名就，有实力做点实事，他自然不会心疼这点钱。对他来说，这是一个企业家的责任感，他的财富来自于社会，在恰当的时候，理所应当的回馈社会。

让人欣慰的是，许家印的付出得到了圆满的结果。在“百村万户安居工程”活动的努力下，广东省 6 万余栋旧房焕然一新，从危房变新房，让湛江、河源、清远、梅州等地近 20 万低收入群众得以享受到新家的温暖。可以说，能够取得如此圆满的成果，许家印功不可没。能够拿出一千万的大有人在，但是真正拿出来贡献社会的人却着实不多，许家印用实际行动向社会各界展示了恒大的社会责任感。

2010 年 6 月 30 日，与“圆万人新家梦”时隔六年，许家印在“广东扶贫济困日”启动仪式上，代表恒大捐款 1. 2 亿元，用于支持发展针对贫困农产的小额信贷业务。如果说出资建房是授人以鱼，那么此次扶贫济困则是授人以渔，为想要发家致富改变贫困现状的人们提供资金支持，帮助他们走上一条自救的道路。

在恒大与广东省扶贫基金会的共同运作下，首个扶贫小额贷款试点在广东省郁南县正式启用。在日后的扶贫进程中，百分之八十的贫困户如愿得到了贷款，开始了创业之路。政府与企业联手开展扶贫活动的情况并不罕见，但是这一次，由广州省政府牵头，恒大注入资金的形式，非常有创造性，值得借鉴效仿。

不一定是腰缠万贯的人才可以做慈善，也不一定是恒大这样的顶级企业才能捐资出力，但凡心存一份帮助他人的善念，都可以献出自己的力量。许家印之所以能够在关键时刻挺身而出，慷慨相助，与恒大的雄厚实力十分不开的。向来以稳健路线为主的恒大，项目遍布全国各地，但是仍能确保资金流的顺畅。

在高度社会责任心的感召下，恒大在全国22个城市的60个楼盘，前后共计推出了10亿元的优惠力度，真真切切的惠及各地百姓。企业少赚点，百姓的压力就会小一点，这也算是恒大作为房企能够为群众做到的善举。

2. 做慈善也是翘楚

以中国社会的现状来看，“做慈善”多多少少有点变味，多了份功利，少了份纯粹。不可否认，中国在慈善方面的制度和立法都不健全，以至于存在种种弊病，让真正的施善者心凉，让虚伪的施善者获利。许家印用自己的所作所为证明了一点，那就是他是真的在用心做慈善。

房地产市场是他的主战场，一贯是气势磅礴，“不差钱”是来形容他的营销策略。在慈善方面，“不差钱”则可以反映出他的竭尽所能和全心全意。在他看来，当一个企业终于摆脱资金的桎梏时，选择做慈善是责任感的体现，他愿意在这条路上走在最前列，带动其他人加入。成为中国最顶尖的房产企业，是恒大始终在追求的目标，同时，恒大也在致力于成为中国最具有社会责任感的企业。

据数据统计，截止2011年6月底，许家印用于支持慈善公益事业的资金高达16亿元，平均下来，每年都有至少1亿元的投入，包括赈灾、教育、民生、扶贫、体育等诸多慈善公益领域。恒大不差钱，但是能够心甘情愿的拿出来这么一大笔钱，足以说明许家印在慈善事业上的重视。他的用心换来了社会各界的认可，民政部连续四年将“中华慈善奖”颁发他，并被评为“中国十大慈善家”、“中华慈善奖最具爱心慈善捐赠个人”。

“中国十大慈善人物”对许家印的评价是，“以他博大的胸怀，创新的激情，希望给更多的人一个‘家’。他本人不仅乐善好施，而且以春风化雨般的情怀带动更多的人积极投身慈善事业中”。可以毫不夸张的说，许家印荣获的众多奖项，都是他应得的。在十几年的创业路程中，恒大的发展仰仗于许家印的拼搏，一路走来也实属不易，就在恒大一步一个脚印向前迈进的同时，他在慈善事业的投入也与日俱增。

实际上，许家印热衷于慈善事业并非是在恒大有所发展之后，相反，就在艰苦的创业初期，他就已经开始了自己的慈善事业。当时，处于恒大的起步阶段，资金短缺，日子过得紧巴巴。即便如此，许家印和妻子省吃俭用，捐助了湖南的两个孤儿。从孩子小学起，一直到他们大学毕业，他与妻子每月都会从生活费中拿出一部分寄给两个孩子，坚持了十多年的时间。在他们夫妻的帮助下，两个孤苦无依的孩子顺利完成了学业，并且迈入社会，走上了各自的工作岗位。可以说，是许家印夫妻二人改变了两个孤儿的人生。

为什么做慈善？许家印的目的很明确，就是尽己所能造福有需要的人们。除了人们熟知的十几亿元，其实许家印默默地做了很多善事。作为用人大户，恒大时常优先录取贫困大学生，他们中的不少人由于难以支付学费，在毕业后没能拿到毕业证，得知事情原委后，许家印必定慷慨解囊，自掏腰包拿出十万。更为令人敬佩的是，做了好事他却不留姓名，得到他捐助的贫困大学生经常是在进入恒大工作很久后，才知道钱的真是来历。对他们来说，恒大不仅是他们受雇的企业，更是如同家一般温馨的地方，而许家印不仅是他们的老板，更是如同亲人一样的存在。

有媒体这样评价许家印，“多年来，他（许家印）在大灾大难面前，把一切可能的能量都奉献给了最需要帮助的人，奉献给了伟大的和谐社会的创建工程，他和恒大地产集团的慈善行为受到了国家及行业的认可”。许家印为慈善事业的付出，都是货真价实的，也是发自肺腑的，没有半点虚假的成分。正是因为他的真诚，才让他的努力更加受人尊敬。

汶川地震发生后，许家印毫不犹豫向灾区捐款一千万。有人会说，恒大年销售额几百个亿，一千万不过是毛毛雨。这话没错，但是汶川地震发生时，恒大的处境和现在可没法相提并论。2008 年，正值金融危机来袭，恒大原本的上市计划也无奈被迫搁置下来，正是最缺钱的时候。即便如此，恒大仍然在第一时间拿出一千万，是南方众多企业中第一个捐资过千万的企业。在恒大的带头下，其他企业纷纷慷慨解囊，共同帮助灾区渡过难关。

地震发生时，许家印在国外出差，即便人不在国内，他还是立即向公司下达捐款一千万元的指令，没有半分犹豫。他这一深明大义的行动的背后，其实是恒大的艰难，这一点他很少向外人提起，也从未邀功。

在恒大发展最艰难的时期，恒大扛起重担，咬紧牙关，在集中了多个账户的资金后，才勉强凑够一千万。与现在相比，那时的恒大可谓是顶着极大的压力，那时的一千万比现在的十个亿还要沉重。然而，许家印却一再坚持，不论别人怎样劝阻，他都决定把这笔钱捐出去。恒大的困难，与汶川灾民的困难相比，孰轻孰重，他用行动做出了回答。

汶川地震后，灾情不断，玉树地震、东南亚海啸、南粤台风相继发生，赈灾活动也在紧锣密鼓的举行。但凡有活动，绝对少不了许家印的身影，他代表恒大一次次出现在捐款活动的现场。2012 年，在福布斯公布的中国慈善榜上，许家印以 2011 年全年 3. 9 亿元的现金捐款总额荣登榜首。

当得知新疆哈密地区急需兴建希望小学的消息后，许家印二话没说，当即拿出 100 万元用于当地的希望工程建设。正是受益于他的善举，每年都会有许多家庭贫困的学生免费进入校园接受教育，而许家印每年为他们至少要投入 600 万元。除了把学校建起来，许家印要求学校每年拿出 200 万元设立优秀奖学金，以最大限度来鼓励贫困学生奋发图强。

2007 年，在广东省乳源县民族实验学校举办的“恒大情系教育光彩照耀粤北”捐赠仪式上，许家印代表恒大捐款 3000 万元。这笔钱将用于 100 所民族小学的建立，竣工后将造福韶关、清远 4. 5 万少数民族儿童。随后，许家印助力“香港新家园”的建设，为此捐款 1000 万港元。

荣誉加身，许家印始终保持着低调和谦逊。他说：“作为黄土地的儿子，我的少年和青年时代在贫寒中度过，对贫困带来的苦难有着刻骨铭心的感受，对劳苦大众有着深深的情感。只要能力允许，竭尽所能肩负更多的社会责任，竭尽所能帮助需要帮助的人，是我时刻谨记在心的事情。”

3. 有份恩情没齿难忘

许家印时刻谨记一点，恒大越强大，越应该承担起更大的责任。随着财富的积累，他愈发意识到自己可以为社会做的更多。

在艰难困苦的年代，许家印经历了童年、少年及青年，他出身贫苦，切身体会到了“穷”的滋味。俗话说“穷人的孩子早当家”，他正是凭借自身的韧劲儿和贫困作斗争，不断试图改变现状，当高考恢复后，他首战以失败告终，却以更昂扬的姿态投入到二次高考上，顺利进入大学。

作为高考恢复后，第二批入学的大学生，许家印深知机会来之不易，他感恩于国家，所以时刻怀揣着对祖国的热爱。如若没有高考，他的人生会朝着哪个方向走还是未知，国家为他提供的条件，奠定了他缔造恒大神话的基础，这一点他尤为清楚。

随着邓小平同志的大笔一挥，改革开放由此兴起，随即为中国带来前所未有的契机，掀起了一股商业热潮。许家印不是第一批从事房地产开发的商人，但是他来的时候还不算晚，而且凭借他的头脑和魄力，加上当时的有利政策和环境，为恒大一飞冲天提供了可能。所以，在许家印的内心深处，他热衷于慈善公益事业，并非为了追名逐利，而是当自身的能力达到一定高度时，他迫切的想要回馈国家和社会。

许家印曾坦言：“高考彻底改变了我们的人生，国家助学金又支持着我们读完大学。”国家给了他改变命运的机会，他如今的不同，必然要归功于上大学。当时，作为贫困生，国家每月会补助十多块钱。不要小看这个数字，足以担负起简朴的日常生活，正是靠着这笔钱，许家印没有饿着肚子，顺利完成了大学学业，取得步入舞钢就业的机会。

外界对他的帮助，他都铭记在心，当有了能力，第一时间给予回报。当许家印回到母校——现在的武汉科技大学，兼职教授一职时，首先设立了“许家印奖学金”他希望能够借此帮助那些心怀壮志却苦于贫困的学生。因为他有切身经历，所以他知道哪怕一笔为数不多的奖学金，对一个在贫穷中苦苦挣扎的家庭有多重要，起码可以支持着他们尽力完成学业，然后有机会改变贫穷的现状，开启不一样的人生。

倪国巨是许家印的大学导师，从开始就非常欣赏许家印，虽然当时没有想到他会有今天的一番成就，但是他的韧劲儿和拼劲儿赢得了老师的青睐和认可。如今，许家印满载荣誉归来，不忘导师对他的教导，不忘母校对他的关怀，用自己创造的财富回报他们。

2003 年，正值武汉科技大学周年校庆，许家印现身母校，并捐资一百万，用来资助学校的校庆活动。他的慷慨大方让导师非常欣慰，与之聊天时，说到了班里有几个品学兼优的学生，但是碍于家境贫寒，随时有辍学的危险，着实让人遗憾，于己于公，都是一种浪费。听罢，许家印当即表示“这样的情况，你们早该告诉我的”。随后，他在第一时间为这几个贫困生垫付了全部学费，并提供生活补贴，扶持着他们完成学业。

许家印受益于国家的奖学金补助，所以在恒大日益壮大的同时，他没有忘记去帮助其他需要帮助的贫困生。2011 年 7 月，经过精心的筹备，恒大贫困大学生助学基金宣布成立，借此向广大学子伸出援助之手。不仅是大力扶持恒大的助学基金，许家印更是向中国扶贫基金会捐资 3000 万元，这一举动惠及全国百所高校，让数万名学子凭借助学金安心读书，不被贫困所扰。不仅自己积极投身于慈善公益事业，许家印更是向更多人发出号召，共同经营慈善事业，让慈善成为全民互动，而非个体的行为。

倪国巨对自己的弟子有十六字评价："勤于学习，善于思考，长于宏观，精于细节。"学生时代的许家印如此，如今的他依旧如此，他带领恒大披荆斩棘，用辛苦赚来的钱用于慈善事业。他常说，"一个合格的企业要懂得企业的财富是来自于社会，还要懂得怎样回馈社会"。

对母校的恩情，许家印终身难以忘怀，同样，对故乡河南，他怀有感恩之情。自幼家境贫困的他，承蒙亲朋邻里的帮助，这份感激之情，许家印没齿难忘。恒大的强大，让他有了回报大家的能力，所以但凡有机会，他都热切的渴望能够做些什么。

随着中国西部的高速发展，国家开始实施中部发展战略，积极为中部制定长远的战略规划，并不遗余力地执行。在国家的大力推进下，处于中国中部的河南，借助有利的发展机遇，大力发展自身的经济建设，而伴随经济腾飞，房地产市场则迎来了强劲儿的发展势头。其他领域，许家印不敢妄言，但是在房地产领域，恒大可是有着举足轻重的地位。在经过细致的规划后，许家印决定投身河南的地产行业，为故乡的经济添砖加瓦。

恒大的行动始于 2010 年，并在短时间内，以高效的运作模式完成了初步的计划。随后，恒大开启了“疯狂”模式，相继在郑州、洛阳、新乡以及安阳等地开发了一系列项目，建成住宅项目面积达到450多万平方米，前后总计投入了320多亿元资金。当然，这笔投资是有回报的，在不到一年的时间内，恒大在河南的销售额达到30亿元，而全年的销售额估计会达到50多亿元。

在倾尽全力发展恒大的同时，许家印决定为故乡多做些事情。“想发展，先修路”，于是许家印出钱出力，将乡里外出的必经的一条土路修成了水泥路，又平坦又宽阔，大大方便了乡亲们的生活。为了改善家乡的整体环境，接下来，许家印更是不遗余力，尤其是在教育方面，投入了大量财力。

4. 感恩父老

如果说投身河南地产的行为还带有商业化的气息，那么他对河南教育等领域的投入则完全出于自己的善意。多年前，许家印出差路过河南，顺道回乡探亲。行车的路途中，他无意间看到一个年幼的小孩正在努力地打猪草，理应是上课的时间，这个孩子却在外面干活，这让他非常纳闷。随即停下车，向前问了究竟才知道，原来是因为家境贫困，实在是凑不齐学杂费，所以只能辍学在家帮父母打杂，以此减轻家里的负担。细问之下，许家印得知学杂费还不到二百元，孩子的家庭却拿不出来，这让他心上一下子压了块大石头。

看到一个孩子如此，许家印当即想到了其他孩子，他特意驱车前往乡里唯一的一所小学。到了目的地，看着几近倒塌的教室，许家印的眼眶马上红了起来。当时正值隆冬季节，寒风凛冽，有几间教室的房顶甚至残缺不全，一个大洞接一个大洞，破纸板充当起屋顶遮风挡雨，效果却明显差很多。大风呼啸着，教室的门却敞开着，竟然是因为没有灯，只能依靠自然光。在如此恶劣的条件下，孩子们仍旧认真地看书习字，屋里没有像样的桌椅板凳，只得用从自家带来的板凳充当课桌，孩子们则跪在地上去适应板凳的高度。

一张张稚嫩的小脸被吹得通红，一双双稚嫩的小手已然被冻得生了冻疮，然而，孩子们却丝毫不在意这些，完全沉浸在读书的乐趣中。眼前的场景，让许家印有种似曾相识的感觉，这不正是几十年前的自己，即便艰苦卓绝，他仍坚定着要读书改变现状的信念，啃着硬邦邦的窝头，在昏暗的教室里拼命读书。几十年过去了，家乡的孩子们竟然还在承受着这份辛苦和煎熬。

了解完情况后，许家印二话没说，立马与当地乡政府取得联系，承诺要捐资一百万用来在当地建设一所希望小学。一百万对现在的恒大来说，连九牛一毛都算不上，但是当时许家印还处在创业的前期阶段，资金确实不富裕，这一百万不是个小数目。即便如此，他仍旧痛快的把钱拿了出来，在他看来，必须尽快改善孩子们的学习环境。资金到位后，这所希望小学很快便完成了建设，一共三层楼，足以容纳千人同时上课，为了表达对许家印的谢意，老乡们给这所希望小学起了一个名字，叫做“家印小学”。

在周口市经济技术开发区，许家印一鼓作气投资亿元创立恒大中学，学校配有六层教学楼、办公楼、实验楼、图书馆、体育馆等一应俱全，许家印更是购置了现代化的教学仪器，引入了数字教学软件系统。为了保证学校的教学质量，学校的任课教师全部来自全国各地的特、高级教师，让孩子们得以享受到其他优等学府的教育资源。对于来自贫困家庭的学生，许家印特意每年设立 200 万元的奖学金，更是免去了特优生的学费，若是能够考入清华、北大，恒大中学还将提供六万元的费用。

恒大中学秉承“教育报国，造福桑梓”的办学宗旨，坚持“尚德重仪、打造品牌、文化立校”的治校理念，提倡“立师德、抓质量、重服务、树品牌”的教风、学风，以一流的师资力量打造恒大中学学子的似锦前程。在高要求、严标准的督促下，恒大中学荣获“全国百所爱国主义教育示范学校”、“中国民办教育50强”、“河南省民办教育先进单位”、“河南省教育科研基地”、“河南省示范性普通高中”等几十项优秀称号，足以见得恒大中学堪称河南省民办教育的典范，成为远近闻名的好学校。

自恒大中学创办以来，先后有近两万名优秀学生在此毕业，其中，更是有2000多名考上了北大、清华等全国一流名牌高校，其升学率居高不下，在全省名列前茅。比起建屋建房，大力投入教育领域，对河南的发展更是起到了至关重要的作用，众多学子在恒大的帮助下实现了求学梦，得以凭借优异的成绩改变困苦的生活。

“作为黄土地的儿子，我的少年和青年时代在贫寒中度过，对贫困带来的苦难有着刻骨铭心的感受，对劳苦大众有着深深的情感。”这就是许家印，心怀感恩之心，实打实的做出自己的贡献，让家乡父老受益。

2011年，河南省“5+2”经济合作活动在周口举行，由河南省政协在2007年倡议并开展的“5+2”经济合作活动，目的在于为河南本地商会组织和异地商会组织创造一个交流合作的平台，以此带动河南省地区和周边区域的经济联系。“5”指的是周口、商丘、驻马店、南阳、信阳五地，“2”指的是境内、境外两个地域，秉承

“牵手合作、振兴豫东南”的活动宗旨，大力度宣传河南省的优势资源，周口市政府为此推出了一批重点招商项目，从而吸引四面八方的企业结成商业伙伴。

家乡举办这样盛大的活动，许家印岂能不参加？不仅参与其中，更是大手笔向家乡献礼。借此时机，许家印毫不犹豫的将恒大中学赠予政府，大力支持河南省的教育事业。此外，在经济建设方面，恒大将重点着眼于提升河南各地的发展竞争力。在活动现场，许家印代表恒大与周口市政府达成合作意向，并签署了一系列战略合作协议。

其中，恒大将斥资 15 亿元，在周口市建造一座超五星规格的高端酒店，瞬间提升了当地餐饮业的水平。同时，在周口市东新区的建设中，恒大将担负起重要的使命，整合自身和外部资源，倾力打造新城区的建设。除了周口东新区，恒大还将投身于郑州、洛阳、信阳、安阳、新乡、舞钢等地的城市化建设，为当地百姓打造质优价廉的房子，改善老百姓的生活水平。

作为广东省河南商会会长，许家印有责任担负起河南的发展重任，尽己所能，带动家乡企业的发展，让河南企业家携手一心，共同致力于河南省的经济建设。相信假以时日，在大家的奋斗下，河南将会呈现出焕然一新的面貌。许家印希望，“通过在住宅产业、旅游产业、教育领域等方面的持续投入，给父老乡亲带去实实在在的好房子、培养良好的教育环境，推动河南的文化发展、经济繁荣”。身在广东，心却始终牵挂着家乡的发展，他时刻惦念着家乡的父老乡亲，期盼着能够帮助家乡人民过上更美好的生活。

对于第二故乡广东，许家印同样也是满怀深情，他乐善好施，热衷于公益事业，被誉为“南国公益第一人”。特困学生、教师都是许家印的帮助对象，他出钱出力，资助他们的学业和生活，并以个人的名义捐助了百名贫困大学生，让他们得以安心完成学业，不用为没有学费而苦恼。对于广州市教育基金会和慈善会，许家印更是慷慨解囊，多次捐助巨资，用来扶持慈善事业。

河南是生养他的地方，广东是成就他的地方，对于这两个地方，许家印时刻怀揣着感恩的心，在他有能力为第一故乡和第二故乡多做善事的时候，他没有任何犹豫，毅然决然的加入到支持当地建设的行列中去，身先士卒，号召广大企业一起，贡献自身的力量。

许家印常挂在嘴边的一句话是，“河南是生我养我的地方，是我亲爱的故乡。河南人坚韧与执着的性格是我人生道路上最大的财富与动力，也鼓舞着我克服困难、追求成功”。

5. 践行“企业公民”的责任

2005 年，正值发展高峰期的恒大荣获首届“中国最佳企业公民”的称号，这项荣誉代表了国家和社会对恒大的认可，其背后是恒大多年来对社会责任的一种坚持。

“企业家首先是一个人，其次才是一个商人”，许家印如是说。这是他对商人身份最基本的定义，首先为人意味着承担一个社会人应有的责任义务。

美国波士顿学院企业公民研究中如此定义“企业公民”：“企业公民是指一个公司将社会基本价值与日常商业实践、运作和政策相整合的行为方式。一个企业公民认为公司的成功与社会的健康和福利密切相关，因此，它会全面考虑公司对所有利益相关人的影响，包括雇员、客户、社区、供应商和自然环境。”

企业公民委员会则定义为：“企业在经营活动中，以地球环境和人类福祉为出发点，按照为客户提供优质产品和满意服务为基本原则，自觉承担社会责任，实现全面、协调、可持续的线性发展。”

不难看出，企业公民最大的特点就是其出发点不是单纯为了盈利，在种种行为的背后是一个企业对社会、对人民的态度。

许家印对“企业公民”也有自己的一番见解，他说：“一个成功的企业一定是一个具有公民意识的企业，而一个具有公民意识的企业，不但要注重公司本身的经济绩效，还必须关心和努力提高企业行为对社会和环境所产生的重要影响。‘企业公民’其实是企业作为一个团队在社会中履行责任，它不是企业的单个行为，它的整个品牌，整个信誉，都应该体现这个‘企业公民’的形象。”

正是基于这份责任担当，恒大的每一步战略规划都从“公民意识”出发，走一条可持续发展的道路。在最大限度上争取企业个体利益的同时，恒大没有将理应履行的社会责任和义务抛诸脑后，这也是恒大为何会受到社会及百姓认可的根本所在。

回望2008年席卷全球的金融风暴，在萧索落寞的市场环境下，众多企业苦苦坚持着，一个不小心就会粉身碎骨，多年的苦心经营就有可能化为泡影。恒大身处其中，自然也不例外，但是即便在自身举步维艰的情况下，许家印却始终秉承一个信念，但凡恒大有能力，就一定会扶持那些曾经向恒大施以援手的合作伙伴。内部规定，贷款300万以下就直接接受，300万以上的则经过商讨后可以办到的，也可以接受。这就是恒大，即便是处在困境之中，只要合作伙伴有需要，定当全力以赴。

众所周知，许家印热衷于慈善公益事业，出钱出力毫不犹豫，实际上，不仅是在国内有所作为，恒大甚至将这份热心肠带到了国门之外。

2004 年，印度尼西亚苏门答腊岛附近海域，发生百年来极为罕见的大地震，随后又引发了高达 10 米的巨大海啸，印度尼西亚、泰国和印度等处于地震眼中的位置，所受到的影响非同小可，遭受到极为惨重的损失。

中国政府在第一时间向受灾各国伸出援助之手，紧急向灾区输送救灾物资。得知消息的许家印坐不住了，他考虑着恒大能够为灾区做些什么。随后，许家印亲自撰写了题为“用行动谱写新广州、新亚洲、新时代”的捐款倡议书，并与报社取得联系，发表在《广州日报》上。一经发表，立即收到了广州市社会各界的强烈反响。恒大上下也是一片众志成城，在公司内部举办了一场捐款活动，最终的捐助金额高达 103.36 万元，一举成为广州市捐款最多的企业，这就是恒大力量。

更为难能可贵的是，在恒大的带动下，广州地区的各家企业纷纷慷慨解囊，加入到为灾区献爱心的活动中来。在大家的共同努力下，广州市的捐款最终达到 3000 多万元，彰显了社会各界对国际友人的关怀，更体现了恒大敢于担当的企业素养。

广东省慈善总会负责人说：“我们深为恒大集团的员工骄傲，为许家印击掌叫好。许家印是我会的永久名誉会长，在世界灾难面前，他和恒大集团的员工表现了博大的爱心，展现了我们广州的新形象。”这是对恒大的认可，对许家印的认可，在灾难面前，没有无动于衷，而是积极参与其中，这正是一个顶级企业应该具备的社会公民责任感。

2011 年 5 月，作为广州市北部山区帮扶企业的表率，恒大为广州的扶贫济困事业做出了卓越的贡献。恒大拿出 2.45 亿元全力支持广州北部山区建设，尽心尽力为当地困难群众寻找脱贫致富的道路，为他们提供基本的保障，让他们能够自食其力，解决长久的问题。

2011 年 6 月 9 日，作为广东省光彩事业促进会副会长、恒大集团董事局主席，许家印慷慨捐赠 1800 万元用以支持清远市民族地区民生事业；

2011 年 6 月 30 日，是“广东扶贫济困日”，作为起于广东的企业集团，恒大慷慨捐出 3.18 亿元善款，用于支持广东的扶贫济困事业，也成为当年“广东扶贫济困日”活动最大的一笔捐赠；

2011 年 12 月 28 日，恒大集团向广州市公安民警基金会捐赠仪式在广州市公安局指挥中心大楼隆重举行，恒大在现场向广州市公安民警基金会捐款 200 万元。

每一笔都是恒大的心血，同时，凝聚着恒大对社会和人民的深切关怀。

2009 年，恒大倾力举办了“恒大慈善万人行”活动，好评如潮。随后，在 2011 年，恒大更是向中国扶贫基金会捐赠 3000 万元设立“恒大集团贫困大学生助学基金”，用于资助全国 100 所高校的万名品学兼优、经济困难的大学新生，确保他们能够顺利完成学业，免去他们辍学的担忧。

与此同时，“助学基金”计划开展“革命老区寻访助学行动”，以大学生志愿者为骨干，组成 4 支志愿者小分队，前往全国 10 个具有深厚革命传统的老区和贫困地区进行寻访，对当地优秀的困难应届高考生进行走访，鼓励他们走向新的环境，继续完成学业。“助学基金”将为他们提供第一学期1500元的生活费补助，帮助他们顺利进入大学校园，从而实现大学梦。

6. 家有爱妻

爱大家，许家印也爱自己的小家。

杨惠英是许家印的妻子，二人在舞钢相遇、相知、相爱，最后得以结成夫妻。在舞钢工作期间，是妻子的父亲出力，帮助许家印从农村调回城里来，当他辞掉舞钢的“铁饭碗”准备创业的时候，更是得到了老岳父的倾力支持。

许家印与杨惠英的爱情朴实无华，于平淡细微之处皆可以看到彼此之间的浓浓爱意，以及朝夕相处的高度默契。许家印曾动情地说，“工作的确太忙，最对不起的人，一想起眼眶就会红的人，还是太太。太太对我非常放心，给我的自由度很大。从来不问我干什么去了，她太了解我了”。

创业初期，许家印经常工作到凌晨三四点钟才回家睡觉，睡不多会儿就要起个大早去公司继续忙活。为了不影响妻子休息，他时常选择在客厅沙发上将就一晚，再苦再累却从未忘记对妻子的体贴。杨惠英也是如此，有时候翻来覆去睡不着，为了不打扰到丈夫，便会起身去沙发上继续失眠。

杨惠英有学历，有属于自己的事业，然而在家庭和丈夫面前，她选择站在爱人的背后，倾尽所能地默默支持他。她对他的爱没有甜言蜜语，而是实实在在的关心和体贴，一切以他为主，哪怕自己咬牙坚持，也绝不耽误他的事业。

1995 年，杨惠英因为宫外孕被送进了急救室，在自己生命垂危的时刻，她为了让丈夫安心工作，愣是把这件事瞒了下来，自己一个人捱过了最痛苦的时光。第二天，许家印才从朋友口中得知一切，心急如焚地开了一个多小时的车赶到医院，一路上忐忑不安。到了医院后，看到妻子憔悴的面庞，他真是难受得说不出话来。这件事让他印象格外深刻，也让他心有愧疚。

许家印曾满是深情地说："我欠她太多，婚后这么多年，我们有吵架但从没真正翻过脸。别的我不敢说是公司第一，但我们夫妻的感情，不自夸的说，一直是恒大人学习的榜样。"许家印与妻子简直就是恒大的"模范夫妻"，夫妻二人恩恩爱爱，着实羡煞旁人。

许家印与杨惠英是同甘共苦的一对夫妻，如今，恒大声名显赫，家底自是首屈一指。但是，在创业尚未成功的时候，夫妻二人共患难，彼此扶持、鼓励，才得以享受到今天的甜。许家印在深圳当打工仔的时候，岳父因高血压住院，情况岌岌可危，非常不乐观。得知消息后，许家印立即动身坐火车赶回河南漯河，半夜里坐不上车，只好找辆三轮车赶路。赶到家后，岳父对他讲出了自己最后的心愿，就是从河南舞钢回安徽老家。

为了满足岳父的遗愿，许家印不敢有丝毫怠慢，赶忙找来辆货车。在一片冰天雪地中，抱着岳父，颠簸了 12 个小时，才最终抵达安徽。到家后，许家印的手臂早已没了知觉，为了尽可能让岳父躺着舒服些，他这一路上都没敢活动一下胳膊。历经千辛万苦后，终于完成了岳父的心愿，让他在弥留之际得以了却所愿。妻子对一切浑然不知，看着一身疲惫的丈夫，她抱着仅有 6 个月大的儿子嚎啕大哭起来。

在深圳打拼的那段日子，许家印过得苦不堪言，他却从未有过任何抱怨，没发过任何牢骚。与现在呼风唤雨的许家印截然不同，初来乍到，好不容易找到份业务员的工作，为了节省开支，他在朋友家的走廊里借住下来，整整3个月的时间，就这样坚持了下来。后来，凭借出色的业绩，得到老板的青睐，晋升为办公室负责人，条件稍有改善，终于可以不住走廊了，住宿的地方换成了公司里一间废弃的厨房，简单收拾了一下，成了他生活起居的全部空间。

这段时间，许家印与妻子一直处在分居两地的状态。直到1993年，许家印荣升为深圳中达的老总，中达老板实在看不过去了，决定公司出钱让他去租套房子，以便可以和家人团聚。随后，跟人合租了一套两室两厅，合租的人住其中一间，许家印与妻子、两个儿子、岳母、父亲以及朋友住在另一间，7口人挤在狭小的空间内。

一切苦尽甘来。杨惠英没有选错人，她的丈夫是顶天立地的男子汉，为了家庭在外打拼，为了梦想在外奋斗，终于迎来了最后的成功。许家印与妻子可谓是荣辱与共的典范，他们恩爱有加，虽然有着寻常人家不可比拟的财富，但是却依旧过着寻常人家普通夫妻的生活，在风雨中互相扶持，彼此照顾，成就一段佳话。

作为恒大老板娘，杨惠英几乎与恒大的事务没有半点瓜葛，她并没有亲自参与到恒大的日常管理中来，安心在家相夫教子，照顾家庭，算得上是贤妻良母。不过，这位看似温润如水的老板娘，却有一个让人意想不到的爱好，那就是看球！

估计建立恒大足球俱乐部之后，恒大最开心的人就属老板娘了。杨惠英是一个铁杆足球迷，与万千女性不同，她对足球十分感兴趣，甚至比丈夫许家印还要兴致勃勃。老板娘是球迷这件事，恒大员工无人不知无人不晓，有员工透露，老板娘甚至经常特意半夜起来收看欧冠等赛事。而且，自家就有足球俱乐部，但凡平常有闲暇时间，老板娘都会跑去天河体育场观看恒大的比赛。

除了备受关注的主场比赛，就连客场比赛也是不轻易错过。作为恒大老板娘，杨惠英却从不摆老板娘的架子，与众多球迷一起到现场观战。每次去看球，她都选择在普通观众席就座，不去贵宾席，更没有前呼后拥的保镖陪同，也不会特意让工作人员做些安排。同普通球迷一样，为恒大球队加油助威，有时还会和身边的球迷聊聊天，分享一些趣事。因为去的次数多了，恒大球场的保安都认识老板娘。

老话常说，一个成功男人的背后必然会有一个默默相伴的女人，许家印有幸与杨惠英携手共度人生，实在是天赐良缘。许家印就是这样一个爱家庭、爱妻子的男人，他对社会这个大家心存感恩，对自己这个小家庭，对妻子，更是心怀爱意。

第十章 新的生存方式——多元化

1. 矿泉水的秘密——恒大冰泉

2013 年 11 月 9 日，“恒大冰泉”高调亮相，延续着恒大一贯以来的强大气势。2014 年 1 月 12 日，恒大在清远召开“恒大冰泉”全国合作伙伴大会，来自全国各地的 3000 余名经销商蜂拥而至，他们对此次押宝翘首以待。会上，许家印亮出了恒大冰泉的销售目标：“今年 100 亿元、明年 200 亿元、后年 300 亿元！”

如此狂妄的口气，除了许家印，还有谁？在合作伙伴大会当天，恒大冰泉与赶来的经销商在现场签下的订单金额超过 27 亿元，加上之前已经签订的 30 亿元订单，恒大冰泉在短短 30 天之内，完成了 57 亿的订单，这在行业内堪称奇迹。

会上，许家印的承诺掷地有声，他信誓旦旦地说：“恒大冰泉，只准成功，不许失败。”这是属于许家印的霸气。大会现场，3000多名经销商的热情格外高涨，大家争先恐后地提出关心的一系列问题，许家印的回答没有让他们失望，更是激起了他们的信心。对于广告宣传问题，许家印的回答是，“经销商做广告，恒大买单”，他如此说，更是做得让人心服口服，在此次大会开始前20天，恒大已经为恒大冰泉投入了13亿的广告费用，而且这样阔绰的方式还将保持下去。

除了坚决拥护的声音，难免还有部分质疑声，对于恒大此次进军矿泉水领域，有人不客气的评价为“像是外行玩票”，甚至有人断定恒大冰泉“昙花一现”的结局。虽然有些消极，不过就中国目前的情况来看，矿泉水市场的布局早已形成多时，高端矿泉水市场由依云、昆仑山、西藏5100把持，低端矿泉水被农夫山泉、康师傅、娃哈哈、怡宝等分割，各大品牌势均力敌，想要打破原有的格局，跻身前列，这对“新人”恒大来说，确实是个不小的考验。

许家印对质疑声习以为常，他向来不把别人的疑问放在心上，他的实际行动会证明一切。在拿下57亿元的销售订单的第四天，许家印率领恒大高管团队做客吉林省政府，省委书记王儒林、省长巴音朝鲁等五位吉林省常委会见了恒大来宾。这是一个极为明显的讯号，恒大冰泉水源所在地长白山正是位于吉林境内，而吉林省政府的姿态表明，吉林将会成为恒大冰泉强有力的支撑力量。

不出意料的是，吉林省做出重要批示，将从年产1500万吨水源地、铁路运输物流专线、水源地环境保护等三方面入手，为恒大冰泉提供支持，助力恒大冰泉“一处水源供全国”模式的贯彻落实，为恒大冰泉“打造成高端款泉水第一品牌”的目标提供可靠保障。

面对吉林省的友好，许家印也表态“将不惜一切代价将恒大冰泉做好”，不辜负各方各界的支持和信赖。

恒大速度在恒大冰泉上同样得以体现。恒大冰泉在全国铺货点的扩张速度是每天8000家左右，恒大冰泉在2014年将会完成建立200万个铺货点。这样的速度，让江山坐稳的水企前辈们着实坐立难安。自从恒大冰泉在亚冠决赛上与世人见面，人们就心知肚明，这将会引发水行业的又一轮较量。当许家印高调的喊出“恒大冰泉2014年要卖100亿元，2016年至300亿元，年产量达1500万吨”的豪言壮语时，注定会掀起一片大风大浪。

仔细研究一下中国水行业的市场情况，就不难发现，许家印此次高歌猛进的确是在向固有的水企布局发出挑战。据资料统计，2012年中国国内的高端矿泉水市场规模约为30亿元左右，若按照40%－50%的增长速度计算，2014年的市场规模尚且不足100亿元。许家印是这么说的：“2014年要卖100亿元”，这就意味着再造一个市场，否则这将是注定失败的目标。熟识恒大运作模式的人都知道，许家印既然做就会做到最好，而且不遗余力。恒大做水，或许将成为中国瓶装水市场的一个新霸主，将固有市场推向一个新的起点。

从亚冠赛亮相后，截止到2014年1月12日恒大冰泉订货会召开，在两个月之内，恒大单在广告推广上的投入就已超过13亿元，战绩为57亿元的销售订单，前后加起来三个月的时间，完成了2014年百亿销售目标的一半。

毕竟水行业不是恒大的老本行，作为初来乍到的新手，将大本营和水源地选在长白山，就意味着恒大已经加入到长白山水战中。长白山是世界三大矿泉水水源地之一，得天独厚的天然环境，造就了长白山水的上乘品质。海拔 2691 米的长白山，是东北松花江、图们江和鸭绿江发源地。贯穿东三省的长白山系，被探明的矿泉水水源地有 200 多处，恒大冰泉的水源地，就在长白山天然矿泉水靖宇水源保护区的银龙泉。

在此方圆 5 公里范围内，娃哈哈、农夫山泉、康师傅等十几家企业早已圈好了各自的场地，除了以上外来企业，还有本地企业“泉阳泉”。各门各派经过长年的征战，逐渐稳定了各自的市场份额，然而在平和的表面之下，隐藏着激烈的竞争。在这片云集矿泉水品牌数量最多的土地上，恒大的到来，让这片深山老林多了几分火药味。以泉阳泉为例，500 米开外，便是恒大冰泉，700 米开外是农夫山泉，1500 米外是康师傅、娃哈哈。

长白山深层矿泉，是经过地下千年深层火山岩磨砺，并历经百年不断循环、吸附、溶滤而成，属于火山岩冷泉。因为水温常年保持在 6－8℃，从而保证了水质中的矿物成分及含量的相对稳定性，水质绝对纯净，口感温顺清爽。经过世界权威鉴定机构 德国 Fresenius 检测，鉴定结论为“口感和质量与世界著名品牌矿泉水相近，部分指标更优”。

既然来了，许家印自然是揣着信心来的。虽然是个新人，但是恒大拥有雄厚的资金实力做后盾，有了充足的资金支持，想做成一件事就多了几分把握。此外，这次进入水行业，许家印打算重新包装长白山水系，故而从众多水品牌中脱颖而出。很快，恒大收购了长白山当地的一家矿泉水企业，这是一家只有三条 10 万吨左右的生产线的企业，目前的实力虽然落后，但是就恒大的运作方式来讲，突飞猛进指日可待。

水源地运输成本过高是制约矿泉水市场发展的一大原因，这个问题长期困扰着众多水企，想要解决却又难以解决。针对这个问题，在与吉林省政府的会谈中，吉林省委省政府计划加快改造线路，增加运能，提升铁路运输能力，增设专线直达恒大冰泉厂区，满足恒大冰泉未来不断提升的产能需求。不过，一切都需要时间，短期内，恒大冰泉的运输能力尚且还不足以撑起恒大宏伟的目标。

进军矿泉水，是恒大品牌多元化的重要一步，许家印坦言，“以恒大目前的规模来说，如果不走多元发展战略，就等于浪费企业品牌，也会失去很多发展的机会”。“恒大”本身就是不可多得的无形资产，恒大冰泉已经问世，就引起了巨大的轰动，以恒大的行事风格，恒大冰泉成为水产品领域颇具扩张性的新品牌。

2015 年 5 月 18 日，恒大矿泉水集团董事长刘永灼在参加阿里巴巴的一个战略发布会时说，恒大冰泉与淘宝的“一瓶一码”合作引领了这个行业正在的扫码热潮。许家印有着明确的方向，同恒大地产一样，恒大冰泉倾向于让二三线城市的普通消费者照样喝得起优质饮品。但是，在这条多元化道路上，恒大走的并不是特别顺利，较之高调的开场，在随后的发展中遭遇了不少坎坷。

2015 年 3 月份，在 2014 业绩报告会上公开表示，恒大冰泉业务去年亏损超过 23 亿元，而且渠道整合面临经销商对抗的困境。不得不说，愿景是美好的，现实是残酷的。对于多元化的道路，许家印曾在内部讲话中作了阐述，他认为多元发展是恒大第七个“三年计划”，即 2015 年到 2017 年的重大主题，恒大要参照通用、三星这样的企业来发展。他表示“多元化是 500 强企业普遍采用的发展战略，……是企业壮大规模和超常规超越式发展的必然选择”。

2015 年 5 月，迎来了火热的夏季，恒大矿泉水对这个销售旺季等待多时，使出浑身解数为恒大冰泉造势，赞助大学生足球赛，冠名歌舞巡演，宣传“一瓶一码”等等，花样百出，收益却与当初 13 亿元的广告投放相去甚远。恒大经过多年努力，被福布斯列为世界第500 强，总资产高达4745 亿，即便有如此强劲的后备力量，恒大冰泉仍在进入夏季后遭遇了诸多麻烦，如生产线升级停滞，销售价格失控，渠道竞争遭遇剧烈反击等等。

2014 年 8 月2 日，在恒大集团半年工作会议上，许家印首次在内部会议上提出恒大多元发展战略，以不容置疑的姿态宣布恒大正式进入“多元 + 规模 + 品牌”战略阶段，将 2015 年开始的第七个“三年计划”的主题确定为“夯实基础、多元发展”。

2014 年 8 月 26 日，在恒大 2014 年中期业绩发布会上，许家印表明了自己的态度，“恒大明年要跻身世界 500 强。在世界 500 强评比的营业额等主要指标上，恒大还是很有信心的”。他坚信，通向成功的道路，没有一条是光明平坦的大道，与其过度担忧，不如真刀真枪的拼一拼，话说得再多也不如实干来的有效果。

恒大想把自己的产品做大做强，但是在品牌上，却欠缺心机。比如，恒大进入饮用水行业，推出的产品名为“恒大冰泉”；恒大进入农业产业，三个新业务公司分别取名为“恒大乳业集团”、“恒大畜牧集团”和“恒大粮油集团”。虽然最终产品的名字尚未确定，不过按照一贯的风格，估计会继续沿用之前的模式。难道将“恒大”的名号加以利用不好吗？产品一脉相传，以此证明自身的价值有何不妥吗？实际上，看似沾了“恒大”的光，其实产品本身的品牌价值却丝毫体现不出来。

水饮品市场的行情是，普通瓶装水终端零售价在 1 至 2 元之间，娃哈哈、农夫山泉、康师傅等众多品牌都集中在这个价格区间中；高端水价格在 5 至 10 元之间，5100、依云等属于这个区间；中端则是 3 至 8 元的价格，目前来讲，尚未有成功占领市场份额的品牌。

论品牌的内在价值，恒大冰泉除了打出长白山水源外，似乎暂且没有任何其他优势可言。况且，以长白山作为水源供应地的品牌数不胜数，这就打破了恒大冰泉的这一点优势。想要在众多水产品中脱颖而出，除了产地价值，更是少不了独特的精神价值和主张，以及与之相称的产品形象、渠道、终端、传播推广以及队伍等，在这方面，恒大资历尚浅。

随后，恒大冰泉爆出降价的新闻，有直接降价的，有“买一赠一”的，原价 3.8 元一瓶的“高端水”直降到 1.9 元一瓶的普通水价格，促销可以有，但促销到这种力度，就会直接拉低其高端水的定位，拉低品牌价值。

虽然恒大冰泉的境况与预想的战绩有所出入，恒大在多元化的道路上磕磕绊绊，但是许家印仍旧满怀信心，“多元发展绝对不是我们的权宜之计，而是具有长远性、全局性、根本性的发展大战略。我们要进入的新产业新项目，将来的年销售额也要达到几百亿上千亿的规模。只有这样，我们的多元化才有意义，才能达到战略发展的真正目的”。

2. 另类的多元化

2015 年 6 月 23 日，恒大原辰医学美容医院在天津开业，堪称全球最顶级、中国第一家全韩团队的医学美容医院。作为恒大健康联手亚洲第一医学美容集团——韩国原辰进军医学美容行业的首个项目，在国内首次引入韩国全套技术、管理、服务体系，引进世界最先进医学美容设备，打造规模最大、团队最强、技术最好、服务最优的超一流医学美容医院。

恒大原辰医学美容医院是中国首家全韩团队医学美容医院，拥有100%韩国医生、100%韩国核心管理团队，临床经验均超15年，是一支双认证执业团队，所有医生获中韩两国政府最权威执业资格认证，其“一次性综合塑形”及精细化手术创行业先河。在恒大的支持下，斥巨资引进逾百种国际最先进医学美容设备，以高端韩式“管家型”服务颠覆传统医学美容服务模式。

近年来，中国医学美容行业发展迅速，成为继房地产、汽车、电子通信、旅游之后的“第五大消费热点”，预计2018年市场规模可达1万亿。

恒大进军健康产业进展迅速，旗舰公司恒大健康涵盖医学美容及抗衰老、互联网社区医院、新型国际医院、养老产业四大业务领域，此次恒大原辰医学美容医院开业，标志着医学美容及抗衰老板块正式启幕。

韩国原辰医疗美容集团成立于1999年，是韩国成立最早、规模最大的医疗美容集团。

与海南博鳌乐城国际医疗旅游先行区管理委员会及韩国原辰医疗美容集团签订合作协议，在博鳌乐城国际医疗旅游先行区投资建设集医学整形、美容美体和抗衰老保健为一体的医院。

恒大进军整容整形行业的消息由来已久，早在2014年，就有消息称恒大已经将韩国最大的综合整形外科医院原辰整形外科收入囊中。此后，恒大又有新动作，宣布收购香港新传媒控股有限公司，并计划将其更名为恒大健康产业有限公司，力求在多元化的进程中扩展版图。

与矿泉水和粮油市场一样，以美容整形为主的健康产业具有广阔的市场空间，这是恒大最为看重的一点。据不完全统计，2014 年中国美容产业的总产值在 8500 亿元左右，较之 2013 年，增长了 15%。不过，在快速发展的同时，美容行业尚不足以呈片状分布，只是零星散落在各地，美容专业企业品牌全国市场占有率均不足 0.5%。

目前，美容行业中，尤其是抗衰老保健行业还处在开发初期，市场潜力巨大，而且整形美容可谓是收益高、利润高的行业，这样一块大蛋糕，恒大既然瞄准了就不会轻易放过。

恒大原辰主营业务为在天津开设美容整容外科医院，目前已取得天津市卫计委规划批复和医疗机构设置批准书等。

恒大新传媒与韩国原辰分工明确，前者负责投资市场及医疗设备，后者负责提供专业医疗团队及全韩技术、管理模式及管理流程。而新传媒则是韩国原辰在中国的唯一合作方。

收购韩国原辰，建立恒大原辰，对恒大而言，是进军健康产业的重要一步，具有不可忽视的战略意义。以此为契机，将会着力打造全球高品质健康管理、医疗服务平台，以“科学健康”的理念，提供专业化的健康医疗服务。

恒大健康产业集团已经并购世界最大医疗整形机构———韩国原辰，成立“恒大原辰医学美容医院”。韩国原辰是韩国最大的综合整形外科医院，为韩国诸多当红明星做过整容手术，实力不俗。收购完成后，恒大计划从瑞士和日本引进相关最新技术，进一步提升医院的医疗水平，为打造高端品牌奠定基础。作为恒大集团全资下属公司，恒大健康产业集团的运营项目类型涉及整形美容、抗衰老、健康体检、中医养生、产品研发等五大产业体系。预计 2015 年的年营业收入超过 160 亿元，服务人群超过 5000 万人。

与此同时，向来以二三线城市为主要战略布局的恒大，逐渐有意识的向一线城市靠近。2013 年 9 月 4 日，经过 43 轮竞拍，恒大地产以 40. 4 亿元及配建 51500 平方米公租房摘得御景湾项目地块，溢价率为 64. 9%。御景湾项目是北京市第一块自住型商品房用地，恒大此次一举拿下，业内将此视为恒大回归一线城市的信号。

目前，恒大地产现已在全国 147 个主要城市拥有大型项目 300 多个，主要遍布于济南、合肥、沈阳、长沙、南京等二三线城市。在高价拿下御景湾项目地块之后，恒大开启了在北京拿地的一系列动作。2013 年 11 月 21 日，恒大地产以 51. 35 亿元总价竞得北京朝阳区东坝南区地块，刷新北京市场此前的总价地王纪录；2014 年 3 月 27 日，被业内称为“北京最贵自住房项目地块”的朝阳区来广营乡地块被恒大地产以 20. 5 亿元的价格摘得，溢价率为 37. 4%。

在此之前，之所以避开北京等一线城市，就是因为地价过高，为了快速发展，恒大选择了以“规模”制胜的战略。如今，高调回归，虽然顶着居高不下的地价，但是为了换取恒大在一线城市的布局，是有必要下血本的。

在中国指数研究院主办的“2014 中国房地产品牌价值研究”发布会上，新城控股高级副总裁欧阳捷对房地产行业未来的形势直言不讳，他认为“未来五年房地产行业生态圈走势将更加残酷，甚至会有90%的房企退出行业”。他这番话绝非杞人忧天，当前房地产业开发投资竞争日益白热化，不是你死就是我活，一片生死搏杀，市场整体运行趋势减缓，融资成本却直线上升，以房产业务为主的房企，势必面临转型的抉择，除了内部业务链上类似商业、养老等业务领域的延伸，也不排除对外拓展新业务，跨区域甚至跨国界的综合转型。恒大坚定不移地开拓多元化领域，就是要寻找新的利润增长点，以分散房地产市场可能出现的下滑风险。

2014年9月29日，恒大宣布投资900亿元建设光伏发电项目，不久后，10月7日晚，便与国藏集团发布联合公告称，恒大与美国太阳能企业SolarPowerInc签订备忘录，两者计划以折让约87%的价格、合计12亿港元入股国藏集团。

恒大将目光锁定在新能源产业后，动作接连不断。先是在张家口投资建设了920万千瓦太阳能光伏发电项目，总投资达900亿元，分为三个小项目，一是投资建设600万千瓦太阳能光伏发电厂项目；二是投资建设20万千瓦工业园区分布式太阳能光伏发电项目；三是投资建设300万千瓦太阳能光伏农业项目。三年为期，争分夺秒在规定时间内完成所有建设。

有国家政策的大力扶持，加上上游产业链成本下降的利好影响，光伏电站近年来成为资本投资的宠儿。在投身新领域之前，发展空间是恒大极为看重的一个方面，是否决定出钱出力，就要看该领域的未来前景是否广阔，值不值得费心费力。

在下定决心后，考虑到光伏产业前期需要巨额的资金投入，鉴于恒大老本行地产行业需要稳定的资金链加以维持，所以最后决定收购一个“壳公司”进行独立营运并寻找融资机会。国藏集团主要从事制造及买卖电缆、电线及铜杆，买卖及分销酒类产品及上市证券投资，这对恒大涉足光伏电站领域存在诸多利处。

据国家能源局公布资料显示，截至 2013 年底，全国 22 个主要省（自治区、直辖市）已累计并网 741 个大型光伏发电项目，主要分布在我国西北地区。累计装机容量排名前三的省份分别为甘肃省、青海省和新疆维吾尔自治区，分别达到 432 万千瓦、310 万千瓦和 257 万千瓦，三省（区）之和超过全国光伏电站总量的 60%。恒大的项目装机容量则超过了甘肃和青海两省的总和。

之所以选定张家口，许家印表示，“张家口有非常好的硬环境和软环境，各方面条件得天独厚。太阳能光伏产业是利国利民的大好事，国家正大力鼓励相关产业发展，恒大对双方合作非常有信心，一定会加大投资力度，推动项目进展”。五年之内，许家印三次造访张家口进行实地考察，最终才将恒大的光伏电站项目落户这里。恒大全力实施多元发展战略，从地产进入粮油、光伏等新产业，张家口全部给予大力支持，这份信任让许家印尤为感谢。

在其他房企还在老本行内拼抢厮杀的时候，许家印已然带领恒大奔向了新的发展方向。许家印最为清楚，单靠房地产一个版块不足以成就百年老店，所以多领域探索。不论是整形美容，还是光伏发电项目，看似另类，实则蕴含着许家印生意人的智慧。

3. 向农牧产业发起挑战

2014 年 8 月 28 日，在广州举行的恒大粮油产品上市发布会上，恒大宣布正式进军农牧产业。恒大计划在现代农业领域投资超过 1000 亿元，并且已经投资近 70 亿元建设及并购 22 个生产基地，全面布局大兴安岭生态圈。其首批产品包括绿色大米、有机大米、绿色菜籽油、绿色大豆油、有机大豆油、有机杂粮等。

2014 年 8 月 27 日晚，在亚冠 1/4 决赛中，与澳大利亚西悉尼巡游者相遇，恒大足球惨遭淘汰，对恒大足球而言，是悲壮的时刻。许家印在现场观看了这场比赛，目睹了恒大足球的败局，虽然“胜败乃兵家常事”，即便是强大的恒大也并非常胜将军，但是这场比赛对恒大有着更为重要的意义。

在恒大球员们的球衣上，赫然印有“恒大粮油”四个字，显而易见，这是恒大为推广新项目在做准备工作。既然有新项目上马，向来高调的许家印自然不会放过任何宣传的机会，他向全国 300 多家媒体记者发出邀请，一起观看赛事，并打算在第二天宣布这个决定。除了利用自身的广告资源，恒大也在央视等多种渠道上发布了广告进行大力宣传。然而，输掉的比赛让许家印的如意算盘落了空。

当然，一场比赛不会阻碍恒大进军农业产业的计划。9 月 1 日，恒大举行了气势如虹的发布会。经销商与媒体记者搭乘 32 架包机抵达乌兰浩特后，有 80 辆大巴车组成的车队早已在原地等候多时，浩浩荡荡的队伍着实壮观。这场发布会是恒大在一个月内筹备起来的，全体工作人员放弃了周末休息，加班加点，人人如同训练有素的战士，将恒大强大的执行力展现得淋漓尽致。为了确保发布会圆满举行，恒大上下集体出动，除了大当家许家印，恒大集团总裁、常务副总裁、副总裁、总裁助理、36 个地区公司所有董事长与高管全程出席。

如此声势浩大的排场，不仅让人觉得好奇，恒大怎么做起农业产业来了？谈到这个问题，就有必要回顾一下恒大所创下的辉煌。

恒大自1997年成立以来，缔造了一个神话，2013年的销售额为1004亿，而2014年仅前七个月的销售额就已经达到801亿。如此耀眼的光环背后，是恒大不得不说的“痛处”，长期布局于二三线城市，主打的“民生住宅”，以薄利多销为营销战略，这就意味着恒大的净利润要低得多。

在2010年，恒大斥资一亿元买断广州足球俱乐部所有股权，步入足球界。随后对俱乐部的投入更是一次比一次阔绰，俱乐部回报给恒大的则是傲人的战绩，逐一横扫强敌，实现了中超三连冠，并夺得亚冠。恒大足球俱乐部的表现，让长期处于无望状态的中国球迷眼前一亮，而且包括政界、媒体在内的社会各界，都在密切关注着这支球队的一举一动。

恒大足球如同聚焦点，吸引着无数目光，这就成为恒大展现自我的一个绝佳的平台。借助恒大足球这个媒介，许家印得以顺畅的进入快消领域，屏蔽掉了诸多阻力，让恒大在推出新项目后，可以快速打开市场。恒大冰泉是如此，恒大的现代农业也是如此，在缺乏品牌支撑、附加值低、存在食品安全隐患等诸多问题面前，恒大试图走一条捷径，想要利用自身的影响力来战胜已知的障碍。恒大涉入的粮油、乳业、畜牧诸行业中，不乏一些定位高端的产品，许家印则是希望借用“恒大足球”的名号为新产品保驾护航。

2014年9月1日，恒大粮油、乳业、畜牧三大集团揭牌，而同时举行的恒大粮油集团全国订货会一举斩获119亿订单，创行业纪录。不难看出，恒大对多元化战略的信心十足，这也是基于恒大做了充分的准备。恒大计划在大兴安岭生态圈布局5个生产基地，包括大米、非转基因压榨大豆油、双低压榨菜籽油、婴幼儿配方奶粉、畜牧业。大兴安岭地区的生态环境纯净，无污染，确保了农副产品的安全性，而且恒大的产品非转基因，可以保证有机、绿色、原生态。秉承“质量至上”的理念，实施“食品安全战略”，并且强调“拒绝转基因”。

恒大发布的首批产品，包括恒大绿色大米、恒大有机大米、恒大绿色菜籽油、恒大绿色大豆油、恒大有机大豆油、恒大有机杂粮。所有产品确保源自大兴安岭生态圈世界黄金纬度产区；确保从选种到销售等全产业链流程恒大管控，所有油品纯物理压榨、玻璃包装；确保绿色、原生态，拒绝转基因，有机产品覆盖豆油、大米、杂粮全产业线。以粮油为例，其选种、种植、培护、收割、收购、加工、包装、运输等全流程，全部由恒大粮油管控生产，确保原生态、绿色、100%非转基因，确保健康放心。

在恒大粮油上市当天，恒大同步启动三大产业集团的招聘计划。计划招聘1800人，其中粮油集团500人，乳业集团550人，畜牧集团800人。岗位需要从基层产品工程师到产业集团总经理等高管，涵括专业领域科学家研究员、加工厂厂长、销售总监等，其中质量监察控制工程师岗位是此次招聘的重点岗位之一，粮油集团、乳业集团、畜牧集团招聘人数分别高达150人、300人、200人，总人数达650人。

2014年9月5日，清华恒大研究院在广州揭牌成立，宣告清华与恒大的十年战略合作关系进一步深化，由此助力恒大多元化战略的施行。清华恒大研究院将打造成为中国乃至全球规模最大、水平最高、实力最强的产学研平台，在多元化领域特别是现代农业科技方面将对恒大进行一对一的全程、全力支持。届时，恒大粮油、恒大乳业、恒大畜牧三大集团的产业化、规模化发展将获得强有力的技术支持，有效提升恒大农业产业竞争力和盈利水平。

恒大大跨步迈向多元化领域，引来了四面八方的惊叹、猜测和质疑，人们都在观望恒大究竟能够走到哪一步。无论是最新的农业领域，还是之前的足球领域，恒大以新人的身份加入到其中，却处处都展现出老手的做派，恒大经过十几年摸爬滚打建立起来的高投资高回报模式、军事化管理下的高度执行力，加上资金、人力等诸多方面的资源，恒大想不成功都难。

许家印是个商人，却又不是个简单的商人，他对行业发展机遇的高度敏感和对战略方向选择的非凡魄力和眼光，让其他人望尘莫及。投身农业产业，就是看到了食品安全隐患和消费升级的契机，在时代的大势所趋之下，投资健康农业正当时。在中国，何时何地都不用为市场而犯愁，十三亿人口构成了惊人的市场体量，况且中国人自古以来倡导“民以食为天”，对“食”的追求深深扎根在中国百姓的心中，只要做得好，绝对不会没有市场。

然而，问题来了。如此庞大的市场，却始终存在难以解决的问题，市场机制不健全，导致市场长期处于低准入、低集中度的状态中，而且发展至今没有形成强势的固有品牌，就目前而言，“两低一无”状态的还将继续持续下去。

此外，农业产业是投资回报慢的典型，在高投资高负债之下，无疑加重了资金风险。在农业领域，想要着急赚钱，是万万不可有的心态。一个农业产业尚且存在如此之多的麻烦，何况恒大同时进入乳业、畜牧和粮油三大产业，想要立于不败之地，需要三样法宝：足够的资本、丰富的行业经验、足够的耐性，三者缺一不可。

毫无疑问，恒大是具有超乎寻常的品牌影响力，但是在快消品行业，在娃哈哈、康师傅、统一、中粮、伊利等品牌面前，恐怕还只是个“新人”。恒大十分擅长突击，恒大足球俱乐部的发展，无疑是成功的，但是相同的运作模式在快消品行业似乎显得格格不入。

作为快消品行业的巨头，娃哈哈、康师傅、农夫山泉等老牌企业无一不是苦心经营多年，整合品牌、渠道、产品、价值输出等各方面优势，早就已经形成完善的产品线，而且品牌家喻户晓，娃哈哈甚至拥有从幼到老的客户群。恒大在房地产行业是佼佼者，购房者对其品牌十分推崇，但是在快消行业，“恒大”暂时还很弱小。

恒大高度集权的管理模式和刚性化管理的体制，让其在房地产行业呼风唤雨。但是，在农业领域，需要的是精耕细作，想要快，门儿都没有。一个需要极慢，一个主张极快，这就是农业和恒大之间存在的矛盾。如何让一个擅长百米冲刺的人，去适应马拉松比赛，这对恒大而言是个巨大的考验。

当前形势下，农业正处于传统农业向现代农业转型的关键时期，诸多问题暴露无遗，不论是种养殖方式和产品需求的不对等，还是物流配送和市场的不对等，都是棘手的问题，更不要说包装、损耗、土地整合、农民管理等种种环节，想靠钱来解决一切，是绝对行不通的。

“品牌”是恒大继“规模”之后提出的又一发展战略，恒大地产也的确是按照这个思路在发展，而且成果显著。同样，在快消行业，做品牌依旧是不容忽视的重要环节，从品牌名称、品牌核心价值、品牌形象、品牌故事等方面，无不需要精心的策划，看似无形的东西，却将会伴随产品进入市场，进入千家万户，成为产品销售过程中的利器。好的产品催生好的品牌，好的品牌则会带来良好的品牌效应，帮助产品开拓市场和稳固市场。

不论是在农业产业，还是矿泉水行业，恒大既然决定头也不回地实施多元化战略，势必面临各种各样的困境。就其自身而言，有优势，有劣势，想要赢得漂亮，考验许家印和恒大的时候到了。

4. 巨头联手

2015 年 6 月 23 日，香港上市公司马斯葛对外发布公告称，已于 6 月 15 日与腾讯控股、恒大地产订立新股认购协议。根据协议，腾讯与恒大以 7.5 亿港元认购新股，占认购完成后已发行股本 75%，同时成为两大股东。虽然并未公布详细内容，但是这份公告足以引起社会各界的瞩目。

一个是地产大鳄，恒大是全球总资产最大的房企之一，总资产近 5000 亿元，自施行多元化战略以来，已覆盖地产、快消、健康、体育、文化等各大产业；一个是互联网巨头，腾讯是全球市值最大的互联网公司之一，市值近 1.5 亿元，拥有最先进的互联网技术资源和最庞大的用户群数据库，旗下微信、QQ 两大平台活跃账户即超 13 亿。恒大与腾讯的此次联手，势必成为中国两家大企业合作的典型范例。

回顾二者在香港投资的情况，不难发现，都不算频繁。此前，腾讯在香港资本市场仅有寥寥几次的入股经历，而恒大更是第一次在香港“借壳”。与腾讯并称“互联网三巨头”的阿里巴巴，动作明显比较多，早前已经拿下包括阿里健康、阿里影业等多家香港上市公司。

近年来，恒大致力于推动民生行业的全产业链多元化，不遗余力地践行多元化战略。作为今日的伙伴，腾讯则一直倡导“互联网 +”的模式，试图借此推动中国实业转型升级、重塑产业大格局。

6 月 23 日，恒大集团旗下的恒大原辰医学美容医院在天津开业，可见恒大健康的四大业务领域——互联网社区医院、新型国际医院、医学美容及抗衰老和养老产业，正在逐步向前推进。在足球、矿泉水、粮油、乳业、音乐等产业布局之后，恒大正在大跨步的迈向其他领域。此次合作，最好的局面达成共赢，实现移动互联网、云计算、大数据与传统实业的无缝对接，让信息流、资金流、技术流与产业链彼此融合。

被恒大、腾讯收购的马斯葛公司，于 1997 年上市，是一家投资控股公司，此前主要在台湾从事生产太阳能电池用多晶硅，随后公司主营业务变为投资及买卖证券、提供贷款融资服务、通过持有投资物业为赚取租金及资本增值、制造和销售照相产品配件。

目前来看，恒大各产业的版图明晰，地产业务已经在香港上市，下属公司恒大健康也已经借壳上市，旗下的恒大原辰医学美容医院也在天津正式开业，而矿泉水、粮油、乳业业务也在上市的计划之中，预计三年后在香港分拆上市。

此次选择与腾讯强强联合，许家印必然有着长远的考虑。恒大与腾讯都是华南市场的行业领袖，以势均力敌的实力谈合作，避免了诸多麻烦。之所以选择腾讯，许家印也是看到了其在轻资产或互联网业务上有好的模式，可以与恒大在传统资产开发业务积累下的经验相辅相成，实现优势互补。有了称心如意的合作伙伴，恒大如虎添翼，对自身的多元化战略好处多多。

选择收购马斯葛公司，也是恒大自身发展所需的一步。马斯葛在台湾从事制造太阳能电池用多晶硅业务，与恒大着手建设的新能源产业布局不谋而合，如若进展顺利，恒大旗下的新能源产业则可以借助马斯葛这个平台进行上市。2014 年，恒大与张家口市签下太阳能光伏发电重大项目战略合作协议，计划投资 900 亿元，打造国内规模最大的太阳能光伏发电项目，为了满足融资需要，解决资金问题，恒大着手借壳国藏集团实现新能源业务板块的上市，不过最终由于商业条件不符合而终止了合作。

在收购国藏集团的计划失败后，恒大找来实力雄厚的互联网企业腾讯共同入主马斯葛，恒大的下一步如何走，引发人们的无限猜想。

在与恒大的合作还未敲定前，腾讯就曾透露出希望与房地产商合作的意向，合力打造互联网的生态系统。如今，腾讯的意愿达成，牵手恒大后，也许会参与房产的部分业务。以互联网为概念、以恒大多元化为基础，实现互利共赢。目前，恒大的产业囊括了地产、快消、健康、体育、文化等等，不论哪个方面，都可以实现与腾讯的移动互联网、云计算、大数据相结合，而且都是热门，具有广阔的发展前景。

就目前恒大与腾讯的股权占比看，恒大以绝对优势占据着主导地位，腾讯在未来合作中，可能性更大的是提供技术支持。不过，就此次收购马斯葛来看，马化腾在中间扮演着极为关键的角色。众安保险董事长欧亚平为马斯葛股东，而马化腾与他结识已久，二人与太太口服液创办人朱保国、TCL 集团主席李东生等被称为“深圳帮”。

恒大通过购买股票在港交所的动作表明，对于恒大而言，马斯葛仍然是壳公司，未来恒大依然会注入其他资产，实现其他业务板块的借壳上市。虽然属于猜测，但是包括现在的恒大健康以及折戟的国藏集团在内，都是通过借壳的方式进行的，所以有理由相信，马斯葛在未来所承担的任务也是如此。

此外，除了恒大的新能源产业外，矿泉水、乳业、粮油也会成为下一步上市的目标。在 2015 年业绩说明会上，许家印曾公开表示，“房地产行业整体上升速度将会放缓，对于恒大而言，矿泉水、乳业和粮油三大产业将是利润增长的重头戏，未来包括健康在内的四大非房地产业务板块都将独立上市，地点会选择香港”。

不过，一切皆是种种猜想，毕竟恒大目前不是单打独斗，与往常的独立操作不同，有了腾讯这个伙伴，投资方向是否会以矿泉水、乳业、粮油为主，暂且无法定论。可以肯定的是，无论马斯葛在未来会与恒大的哪一部分产业融合，都将会成为恒大得力的融资平台，对其降低融资成本、拓宽融资渠道具有积极意义。

5. 许马“联姻”

许家印和马云都是如雷贯耳的名字，如果这两位鼎鼎大名的大佬双双携手，会催生出怎样的传奇？

2015 年 6 月 5 日 11 时 11 分，阿里巴巴与恒大正式签订合作协议，阿里巴巴斥资 12 亿元，顺利收购恒大足球俱乐部 50% 股权，意味着在恒大足球俱乐部中，阿里巴巴将与恒大平起平坐。

在随后召开的新闻发布会上，作为恒大集团董事局主席的许家印与阿里巴巴集团董事局主席马云就达成的协议作了一番风趣幽默的解说。

实际上，马云入股恒大足球俱乐部并非一时兴起。早在一年前，许家印就开始向他不断灌输“足球的快乐”理论，不断向马云发出邀请，希望他能参与进来，并且肯定地告诉他，“足球有很多的快乐，你不进来就不知道这里的快乐”。在许家印的轮番“进攻”下，马云却依旧不为所动。然而，三个月后，马云开始主动找许家印打听足球的消息。

一次，许家印与马云在香港聚会，饭桌上难免喝几杯，而且十分开怀。聊到投机处，许家印谈到恒大足球俱乐部增资扩股的事，没成想第二天，马云主动给许家印打去电话，两个人聊了 15 分钟，合作的事就确定了下来。马云甚至笑称，之所以赶着尽快签约，就是为了防止双方后悔毁约，所以速战速决。之所以选定在十一点十一分，原因在于这是马云的幸运数字，合作就这么愉快地达成了。

马云坦言，许家印跟他讲了很多次，但是他始终提不起兴趣来。此后，许家印接连两次邀他一起观看恒大的比赛，他都没能赴约，心中稍有愧疚。随后，在与绿城的接触中，他忽然意识到原来足球也可以玩这么大。正好赶上在香港小聚，醉得一塌糊涂，早上一通电话打过去，问了一下昨晚到底都聊了些什么，随即就确定了合作的意向。

回到阿里巴巴总部后，公司正在召开会议，马云随即打断了他们，用 5 分钟的时间说明了他准备投资恒大足球俱乐部的决定。面对一脸茫然的阿里员工，他解释道，“我希望我们能够投资快乐，我们参与足球的原因，因为我们阿里巴巴的战略是健康和快乐，投资足球就是投资快乐”。这个突如其来的消息震惊了在座的每一个人，但是听完马云的初衷，全都表示双手赞同。可以肯定的一点是，足球的确具有无穷的魅力，对于斥资 12 亿入主恒大足球，马云确定自己的决定不是一时冲动，而是经过了深思熟虑。

先前，有传言称阿里巴巴会收购绿城股份，而绿城本身也拥有一支中超俱乐部。不知是有心还是无意，马云曾前往绿城足球青训基地视察，并在阿里巴巴的社交网络工具“来往”上写文章，表露出些许准备要进入中国足坛“搅局”的意向。然而，最终的结果是与恒大联手，实在是值得玩味。

在与恒大签约之前，好友宋卫平还向马云提出善意的警告，让他别碰足球，理由是“你不懂”。马云回应道：“足球是不懂才要碰，而且我也不认为许总（许家印）很懂足球。足球本来是该快乐的事情，是快乐忽悠了我。我也不懂电子商务、金融，但就是外行人领导内行，打开魅力的大门，体会到快乐，从昨晚到现在，我都是兴奋不已。”可以见得，马云对迈入足球领域的信心十足，一切为了“快乐”。

之所以会选择恒大足球俱乐部，马云用三个“第一”来解释，“做第一名，打败第一名，和第一名合作”。目前，恒大足球俱乐部在国内的排名第一，这就是选择它而非其他球队的最坚实有力的理由。阿里巴巴的加入，对恒大足球俱乐部来讲，绝非小打小闹。在路透社最新公布的数据中，阿里巴巴的市值达到 1400 亿美元，论资本实力和社会影响力的话，恒大还排在阿里巴巴的后面。

从恒大这一方来看，任何事都有发生的可能性，许家印的出其不意层出不穷。遥想当年，为了引进巴甲 MVP 孔卡，大手一挥掏出 1000 万美元转会费。如果这还不算惊人之举的话，那么砸下 1000 万欧元年薪聘请世界冠军教练里皮执教恒大，则是创纪录的行为。如今，轻松引入阿里巴巴的12亿元，也在情理之中。

如果说引进足球巨星和顶级教练是为了提升球队实力，那么对阿里巴巴的一片盛情又出自何由呢？况且，阿里以12亿元换走了恒大足球俱乐部50%的股份，意味着与恒大地位相当，同为恒大足球的当家人，许家印甘愿一山容二虎吗？

既然是“双老板制”，那么许家印就不再是恒大足球俱乐部的绝对权威，大事小情已经不完全由他做主了。针对这个问题，许家印回答得很干脆，“我们两个人都不进球员的更衣室，这是游戏规则，我非常同意，花那么多的钱，将世界最好的教练请来，我们还进行指挥，就是瞎搞”。马云则回答的很精辟，“如果51%和49%，我们就相互怀疑，我会担心他上场，50∶50，谁说的算？里皮说的算。我是董事长，他是董事长，如何运行董事会，我们有经验，友好协商，共同推进，我们两个是知道该怎么处理50∶50这样的董事会”。

提及球队的运作模式，许家印与马云有着极为一致的观点，那就是遵循足球产业运作的规律，绝对不会干涉球队运作。马云承诺：“一、永远不进球员的更衣室；二、永远不接球员的电话。”马云笑称自己对于电商而言，是个外行，但是阿里巴巴之所以在外行人的带领下做大做强，无外乎一个原因，“作为外行，阿里尊重内行的人”。对于马云这样开明的伙伴，许家印是非常认可的，二人的观点不谋而合。

在发布会上，许家印谈到了俱乐部增资扩股的长远计划：“下一步公司计划再引进20个战略合作伙伴。但是，我们增资扩股40%，引进20家，一家2%，大概是按照俱乐部市值估值30亿引进战略合作伙伴。”

恒大足球俱乐部在许家印的扶持下，可谓是“化腐朽为神奇”。2009年底，恒大以1亿元人民币从广药集团手上收购了这支球队，6年的时间过去了，恒大足球俱乐部的价值已然今非昔比，翻了24倍，变成24亿元。单凭这项成绩，还有谁敢质疑许家印是在玩票？

恒大与阿里巴巴的“联姻”，注定会为恒大足球俱乐部掀开新的历史篇章，值得中国球迷的万千瞩目，更是值得中国商界的持续关注。未来如何，拭目以待。